Mein Name ist Huth
Robin Huth

Teil 5

Auf zu neuen Abenteuern

AF289277

Mein Name ist Huth
Robin Huth

Teil 5

Auf zu neuen Abenteuern

Gerdi M. Büttner

Bibliografische Information der Deutschen Nationalbibliothek:
Die Deutsche Nationalbibliothek verzeichnet diese Publikation
in der Deutschen Nationalbibliografie;
Detaillierte bibliografische Daten sind im Internet über
dnb.dnb.de abrufbar.

Verlag: BoD • Books on Demand GmbH, In de Tarpen 42,
22848 Norderstedt

Druck: Libri Plureos GmbH, Friedensallee 273, 22763
Hamburg

ISBN: 978-3-7597-7904-5

Kapitel 1:
Grausiger Fund in Robins Arche

Felix macht eine kleine Pause bevor er weiterliest.

„Gestern Morgen fand ein Tierpfleger des Gnadenhofs Robins Arche die zertrampelte Leiche eines Mannes als er das Gehege der Stiere betrat, um die Tiere zu füttern. Der unbekannte Tote lag direkt am Zaun, den er vermutlich überklettern wollte, um sich vor den Stieren in Sicherheit zu bringen. Die Stiere, die erst vor einigen Tagen aus Spanien im Gnadenhof ankamen, sind es gewohnt ganzjährig im Freien zu leben. Sie wurden von spanischen Tierschützern aus dem Stall einer Arena befreit, in der sie am nächsten Tag bei Stierkämpfen getötet werden sollten. Der Gnadenhof Robins Arche hatte sich bereiterklärt die Tiere aufzunehmen. Sie gelten als zahm und sind Menschen gewohnt, deshalb ist nicht klar warum sie den Mann angegriffen haben. Was der Getötete, vermutlich ein Spanier, nachts in dem Gehege wollte ist nicht bekannt."

Felix schaut zu Michael hin, der in einem Bürosessel sitzt und mich die ganze Zeit am Ohr krault, während er zuhört.

„Warum steht das in der Zeitung? Ich habe die Leute von der Polizei extra gebeten es nicht sofort der Presse mitzuteilen. Hoffentlich müssen wir den Gnadenhof nicht schließen, bis der Fall geklärt ist. Oder die Stiere müssen weg. Beides wäre ein Problem für uns."

„Dachtest du wirklich die Zeitungsleute erfahren nichts davon? Die haben überall ihre Informanten und stürzen sich mit Feuereifer auf so eine Nachricht. In unserem beschaulichen Städtchen ist doch das ganze Jahr nichts los. Für die Presse ist der Fund einer zertrampelten Leiche eine Sensation. Wahrscheinlich stehen auch bald die Leute vom Fernsehen vor dem Eingang."

Er hört mit dem Kraulen auf, was ich mit einem unwilligen Brummen kommentiere. Da es aber um eine wichtige Sache geht, bestehe ich nicht auf weitere Streicheleinheiten. Schließlich geht es um den guten Ruf meines Gnadenhofs, da passt es mir natürlich gar nicht, dass ausgerechnet hier so eine schreckliche Sache passiert ist. Zudem es auch etwas anders abgelaufen ist, als es in der Zeitung steht.

Denn eigentlich hat nicht der Tierpfleger die Leiche entdeckt, so wie es geschrieben wurde, sondern ich habe sie bei meinem morgendlichen Rundgang durch die Stallungen und Gehege gefunden und den Pfleger zu ihr hingeführt. Der wurde ganz grün im Gesicht beim Anblick des Toten und ich musste ihn durch mahnendes Bellen erst darauf hinweisen, dass er sein Handy nimmt und wen auch immer anruft.

Zugegeben war es kein schöner Anblick, den der Tote bot. Aber mich macht es nur betroffen, wenn ich einen leblosen Körper finde, ekeln tut mich das nicht. Ich habe durch meinen Beruf als Tierschutzhund bedingt leider schon oft tote Tiere gefunden. Besonders der Geruch sagt mir sehr viel darüber aus, wie sie gelebt haben und wie sie gestorben sind.

Deshalb blieb ich bei dem Toten stehen, während der Pfleger sich eilig und würgend entfernte um die Ankunft der Polizei abzuwarten. Allein war ich allerdings nicht, denn die Stiere standen in einiger Entfernung und kamen dann langsam näher heran. Ich kannte sie noch nicht sehr gut, da sie erst seit wenigen Tagen bei uns waren. Doch wurde mir gesagt, dass sie nicht böse waren und weder mir noch Menschen etwas tun würden. Deshalb bezweifele ich auch, dass sie etwas mit dem Tod des Mannes zu tun haben.

Ich ging näher an den Leichnam heran um den Geruch aufzunehmen, den er ausströmte. Der sagte mir sofort, dass er schon länger als einen Tag tot war und somit nicht von den Stieren getötet worden war. Mindestens zwei Männer hatte den leblosen Körper hergebracht, unter dem Gatterzaun durchgeschoben und ihn dann so drapiert, dass es aussah als wäre er auf der Flucht von den Stieren niedergetrampelt worden. Aber mich konnte man damit nicht hinters Licht führen. Die Spuren, die diese Kerle hinterlassen haben, waren nicht zu übersehen.

Die Wunden des Toten sahen zwar aus als sei er von Stierhufen und -hörnern massakriert worden, aber nicht von denen unserer Stiere. Eigentlich überhaupt nicht von Stieren, zumindest von keinen lebenden. Ich kombinierte also haarscharf, dass es Attrappen aus Hörnern und Hufen waren, mit denen der Mann bearbeitet wurde.

Er stammte nicht von hier, auch das sagte mir sein Geruch. Zudem war er recht klein und schmal, seine Haut unter der Totenblässe war einmal gebräunt gewesen. Außerdem erkannte ich in seinem Gesicht tiefe Falten. Die ihn vermutlich älter aussehen ließen als er überhaupt geworden war.

Gerne hätte ich ihn noch eingehender untersucht, doch als ich hörte, dass Autos näherkamen, rückte ich etwas von der Leiche ab und legte mich ins Gras. Fürs Erste wusste ich genug.

Kurz darauf liefen jede Menge Leute in seltsamen weißen Overalls herum, die alle sehr Wichtig taten. Sie wollten, dass die Stiere auf eine andere Weide gebracht werden und ich sollte auch verschwinden. Felix gab mir ein Zeichen und so trollte ich mich und ging zum Stall, in dem die Pferde gerade ihr Frühstück bekommen hatten. Das erinnerte mich daran, dass ich auch noch nichts gegessen hatte. Vielleicht bekomme ich ja etwas von den Tierpflegern angeboten, so hoffe ich. Die haben meist was einstecken, was mir schmeckt.

Gemächlich schlenderte ich zu dem Stallteil, in dem Zorro und seine Ponyschar untergebracht ist. Er wieherte mir erfreut entgegen, er und ich sind seit unserem gemeinsamen gefahrvollen Abenteuer beste Kumpels.

„Du siehst hungrig aus", sagte er und kaute dabei auf einer Möhre. „Da im Eimer liegen ein paar erstklassige Müsliriegel. Nimm dir einen, ich kann sie nur empfehlen."

Nun zählen trockene Müsliriegel nicht gerade zu meiner Leibspeise aber zur Not gehen sie, vor allem werde ich davon schnell satt. Also steckte ich meinen Kopf in den Eimer und zog einen heraus.

„Mmmh, schmecken nicht schlecht", sagte ich und schluckte mehrmals, damit ich die trockenen Brocken den Schlund hinunterwürgen konnte. „Könnte ich mich dran gewöhnen. Kann ich einen Schluck Wasser bekommen?"

Ich weiß nicht mehr genau wie viele Kekse ich gegessen habe bis endlich Felix gekommen ist und mich zum Büro mitgenommen hatte. Er wunderte sich ein bisschen, weil ich das Trockenfutter verschmähte, das er mir hingestellt hatte. Ich trank nur eine Schüssel Wasser aus und legte mich dann in meinen Korb, um ein ausgiebiges Verdauungsschläfchen zu machen.

Das war gestern. Heute geht es mir schon wieder ganz gut, ein Bulldoggen Magen verträgt auch einmal etwas gröbere Kost. Allerdings nehme ich mir vor das nächste Mal nicht mehr so viele von den Müsliriegeln zu essen.

Felix und Michael reden noch eine Weile über den Mordfall. Aber um genaueres zu erfahren müssen sie abwarten was die Polizei herausfindet. Das kann eine Weile dauern. Zumindest ist Robins Arche heute wieder für Besucher geöffnet, es sollen sogar ziemlich viele Leute gekommen sein.

Ach ja, Menschen, denke ich und seufze schwer. Wenn irgendwo etwas passiert, sind sofort viele Neugierige da. Aber solange sie Eintritt bezahlen soll es mir recht sein. Kommt schließlich alles den Tieren zugute. Aber eigentlich wäre es mir viel lieber, der Mord wäre nicht passiert, besonders nicht hier. Ich kann es in meinem Stummelschwanz spüren, dass uns diese Tat Ärger einbringt, viel Ärger.

„Die Angelegenheit wird uns noch Ärger bereiten", sagt jetzt auch Michael und ich brumme zustimmend. Auch Felix ist der gleichen Meinung. Er schaut Michael besorgt an und fragt: „Meinst du, einer der Angestellten hat etwas damit zu tun? Vorstellen kann ich es mir nicht, aber man weiß ja nie..."
„Nee, glaub ich nicht. Für die Leute leg ich meine Hand ins Feuer. Aber ich könnte mir vorstellen, dass es etwas mit den Stieren zu tun hat. Der Tote sah sehr nach einem Spanier aus, ich könnte mir vorstellen, dass er ein Stierkämpfer oder ähnliches war. Ich kenne mich mit deren genauen Bezeichnungen nicht sonderlich gut aus. Für mich sind das alles widerliche Schlächter. Mit den Übergabepapieren der Stiere war doch alles in Ordnung, oder?"
Er schaut Felix an, ich ebenfalls. Doch der nickt überzeugt.
„Natürlich, die habe ich alle genau nachgesehen! Die Stiere wurden uns von den spanischen Tierschützern überschrieben. Das lief alles über einen Notar, du kennst das Prozedere. Was zuvor in Spanien abgelaufen ist, darüber habe ich keine Kenntnis. Wir haben allerdings schon seit Jahren Kontakt zu diesem Tierschutzverein, jedes Jahr zum Ende der Jagdzeit übernehmen wir die ausgedienten Jagdhunde, die sie retten, und vermitteln sie. Das lief immer alles sauber ab. Deshalb machte ich mir keine auch Gedanken als sie wegen der Kampfstiere anriefen."
„Hmm", vielleicht setzt du dich trotzdem nochmal mit ihnen in Verbindung und fragst, ob sie die Besitzrechte an den Stieren

belegen können. So ein Kampfstier ist sicher sehr viel mehr wert als ein gewöhnlicher Bulle. Die Betreiber der Arena waren bestimmt nicht glücklich darüber acht Kampfstiere zu verlieren, die ihnen vermutlich jede Menge Eintrittsgeld eingebracht hätten. Und deren Fleisch sie nach dem Kampf teuer an Restaurants verkauft hätte. Da kommt schon ein größeres Sümmchen zusammen, das ihnen entgeht."

Sie diskutierten noch eine Weile darüber, dann geht Michael und Felix setzt sich ans Telefon um Nachforschungen anzustellen. Wie ich aus Erfahrung weiß, kann das sehr lange dauern. Deshalb überlege ich wie ich mir am besten die Zeit vertreiben kann. Bis zum Mittagessen ist es noch lange hin, das sagt mir meine innere Uhr. Ich stehe auf und dehne mich erst einmal kräftig, dann schüttle ich mein Fell zurecht. Dabei fällt mir meist ein, was ich tun könnte.

So auch jetzt, ich beschließe einfach einen Spaziergang zum Gnadenhof zu machen. Muss ja schließlich nach dem Rechten sehen. Außerdem treffe ich dort garantiert jemanden, mit dem ich einen kleinen Plausch halten kann. Also mache ich mich auf den Weg, nachdem ich Felix mit einem „Wuff" angezeigt habe, dass ich mal weg gehe. Er nickt mir nur zu, ohne sein Gespräch zu unterbrechen.

Gemächlich schlendere ich den Weg entlang, der mich am Wäldchen vorbeiführt. Er ist nun geteert und breiter als zuvor, was mir eigentlich nicht gefällt. Ich liebe es über sandige Wege zu laufen und Unebenheiten wie Wurzeln oder Steine unter meinen Pfoten zu spüren. Das hält meine Füße elastisch und meine Krallen kurz. Asphalt wird im Sommer heiß, was sehr unangenehm ist, besonders, da der Weg ziemlich lang ist. Felix hat mir aber erklärt, dass es notwendig sei, den Weg zu asphaltieren und zu verbreitern, denn er ist die kürzeste

Verbindung zwischen der Auffangstation und dem Gnadenhof. Falls ein Notfall passiert oder wenn Anlieferungen von Futtermitteln oder Großtieren anstehen, ist man per Auto schnell vor Ort.

Das leuchtete mir ein, deshalb gab ich mein ok. Ich nutze diese Straße aber nur noch, wenn ich es eilig habe oder an kühleren Tagen, wie heute. Auch einmal, wenn ich über etwas nachgrübele und deshalb nicht so auf meinen Weg achten kann.

An der Kasse herrscht Hochbetrieb, da ein paar Busse mit Schulklassen angekommen sind. Deshalb verzichte ich darauf den beiden netten Kassiererinnen einen Besuch abzustatten. Obwohl dort immer ein paar Leckerli für mich bereitliegen. Die hole ich ein andermal ab, dafür stelle ich mich nicht in die Schlange aufgeregter Schulkinder. Zum Glück passe ich gerade noch unter dem Drehkreuz durch. Dazu muss ich mich allerdings ein bisschen verbiegen, was von den Kindern mit Grölen und Lachen quittiert wird. Einige versuchen mich anzulocken.

Ich ignoriere das, heute ist mir nicht nach tatschenden Händen auf meinem Rücken zumute. Deshalb sehe ich zu, dass ich wegkomme. Mein Weg führt mich wie immer zuerst zu den Pferdeställen, wo Zorro mich meist mit allen Neuigkeiten bekannt macht, die er aufgeschnappt hat. Das sind oft überraschend viele, der Ponyhengst hat seine schwarzen Ohren scheinbar überall.

Heute muss Zorro mit seinen Neuigkeiten jedoch etwas warten, denn im Vorbeigehen sehe ich die Stiere auf einer der hinteren Weiden stehen. Dorthin dürfen keine Besucher. Das wurde von der Polizei so angeordnet, da ja einer der Stiere angeblich den Mann getötet haben soll. Bis zur Klärung der Angelegenheit müssen sie besonders gesichert werden.

Zu meinem Glück komme ich aber ohne Probleme an die Tiere heran, indem ich einfach unter den dicken Holmen durchlaufe.

Manchmal ist es ganz praktisch, wenn man nicht so lange Beine hat.

Vor dem Pferch bleibe ich erst mal stehen und melde mich mit einem halbblauen Bellen an, ich weiß nicht, wie die Stiere auf mich reagieren und ob sie überhaupt Hunde kennen. Dann fällt mir wieder ein, dass ich ja gestern schon auf ihrer Weide war um den Toten zu begutachten. Wenn sie mich da nicht angegriffen haben, werden sie es heute auch nicht tun. Also nehme ich auch die letzte Hürde oder besser gesagt, laufe ich drunter durch.

Sie schauen zwar alle zu mir her, rühren sich aber nicht vom Fleck. Stoisch kauen sie auf ihren Grasbüscheln herum, dann neigt einer nach dem anderen wieder den riesigen schwarzen Kopf um weiter Gras zu fressen.

Nun kenne ich ja Rindvieh schon lange und habe auch schon so manche gerettet oder aus schlechter Haltung befreit. Deshalb weiß ich, dass sie manchmal unberechenbar sind. Doch diese Truppe ist harmlos, das erkenne ich auf den ersten Blick. Wären sie nicht so groß und hätten sie nicht so gefährlich aussehende Hörner, wären sie für den Streichelzoo geeignet.

„Ähh, Jungs, kann ich mal mit euch reden?" frage ich und setze mich in einiger Entfernung zu ihnen ins Gras. So habe ich sie alle in meinem Blickfeld. Erneut heben alle die Köpfe um mich anzuschauen.

Schließlich sagt einer: „Was willst du wissen, Hund?"

Ich atme auf, zumindest einer versteht mich. Es gestaltet sich oft etwas schwierig, wenn ich mit artfremden Tieren kommuniziere. Am leichtesten ist es, wenn sie schon von klein auf an Hunde gewöhnt sind, das scheint bei diesem Stier der Fall zu sein. Ich frage ihn ob er zu dem Mann etwas sagen kann, der tot auf ihrer Weide lag. Er denkt einen Moment nach, dann brummt er, was sich bedrohlich anhört.

„Ich habe ihn schon einige Male gesehen, zu Hause auf dem Gelände auf dem ich aufgewachsen bin. Da kam er einige Male mit noch anderen Männern vorbei, die uns immer lange angestarrt haben. Auch als wir von dort abgeholt und verladen wurden, war er dabei. Aber hier habe ich ihn nicht gesehen, nicht lebend meine ich, erst als er tot dort hingelegt wurde."

Aha, hat mich meine Spürnase also nicht getäuscht, denke ich zufrieden.

„Kanntest du einen oder mehrere von denen, die ihn da hingelegt haben?"

Er denkt nach, dann schüttelt er den mächtigen Kopf.

„Glaube nicht", sagt er kurz, dann senkt er seine Nase wieder zu dem saftigen Gras hinunter. Das Gespräch war damit beendet. Ich bleibe noch einen Moment sitzen und überlege was es mir gebracht hat. Immerhin, die Gewissheit, dass mich mein Riecher nicht getäuscht hat. Der Mann war schon tot als er auf die Weide gelegt wurde.

Ich will gerade wieder unter dem Holm durchschlüpfen, da spüre ich warmen Atem im Genick. Erschrocken schaue ich über meine Schulter und sehe einen riesigen schwarzen Stierkopf neben mir.

„He, Kleiner, ich weiß auch etwas", höre ich, während mich ein großes, dunkles Auge mit langen geschwungenen Wimpern anblinzelt. Der Schreck sitzt mir in sämtlichen Gliedern, doch ich versuche ihn zu unterdrücken. Langsam drehe ich mich um, damit ich den Stier richtig sehen kann. Sein gespaltener Huf steht direkt neben mir, ein kurzer Kick würde mich in den Boden stampfen.

„W..., was weißt du denn?" presse ich heraus.

Es kostet mich große Überwindung, einfach stehenzubleiben. Alles in mir schreit nach Flucht.

„Ich kenne einen der Männer, die den toten Mann gebracht haben. Er arbeitet auf dem Gut, auf dem ich geboren und aufgewachsen bin. Er ist kein guter Mann, hat uns immer heimlich gequält, wenn er alleine war. Er schlug mich und die anderen Stierkälber mit einem Riemen. Später, als wir auf eine entfernte Weide gebracht wurden, kam er immer mal auf einem Pferd vorbei und stach mit Eisenstangen auf uns ein. Dann jagte er uns über das Gelände, bis wir nicht mehr konnten."

Das ist ja sehr interessant, ich vergesse völlig meinen Schreck.

„Dann würdest du ihn mir sicher zeigen können, wenn er wieder auftaucht" meine ich aufgeregt.

Er nickt knapp.

„Klar könnte ich das. Mein Name ist übrigens Fernando. Du kannst mich auch Ferdi nennen. Und wie heißt du?"

„Robin", antworte ich etwas verblüfft. Ich wusste nicht, dass Kampfstiere Namen haben.

Die Stiere sind gar nicht so kämpferisch wie sie dargestellt werden, denke ich als ich weggehe. Wie meist sind es die Menschen die sie wild machen, damit sie überhaupt zum Kämpfen bereit sind. Wie genau man sie zum Kämpfen bringt weiß ich nicht. Nur, dass es für die Kolosse schmerzhaft und blutig ist und kaum einmal einer diesen Kampf überlebt. Zum Glück bleibt das den schwarzen Burschen erspart, bei uns sind sie in Sicherheit. An die vielen Stiere, die in Spanien bei solchen blutigen Spektakeln gequält und getötet werden, will ich lieber nicht denken, das verdirbt mir nur den Tag.

Ich bleibe stehen um zu überlegen wen von meinen Freunden ich besuche. Michael ist um diese Zeit zu beschäftigt, da brauche ich also gar nicht hinzugehen. Zu den Ponys kommt heute der Hufschmied, da störe ich bloß. Ich überlege gerade, ob ich bei den Kamelen vorbeischaue, da höre ich ein lautes Krächzen über mir.

Kurz darauf ruft es fröhlich:

„Hallo Robin, hallo Robin!"

Dann kommt er im Sturzflug auf mich zu, so dass ich mich schnell platt auf den Boden werfe. Gerade noch rechtzeitig, so dass mich nur ein schwarzer Flügel streift, bevor er neben mir landet. Es ist Jonas, ein Rabe. Aber was für ein Rabe, er ist die größte Nervensäge, die man sich vorstellen kann. Er wohnt hier auf dem Gnadenhof und er fühlt sich so wohl bei uns, dass er sich entschlossen hat, für immer hier zu bleiben.

Das ist alles schön und gut, kein Tier muss Robins Arche wieder verlassen, wenn es nicht möchte. Aber Jonas lebt nicht gemeinsam mit den wilden Raben, von denen es hier auch einige gibt. Nein, er hat sich einen alten Apfelbaum als Bleibe ausgesucht, den er als seine alleinige Wohnstätte ansieht und gegen jeden anderen Raben vehement verteidigt.

Ich muss zugeben, dass ich nicht ganz unschuldig bin, dass Jonas hier ist, denn ich habe ihn persönlich hergebracht. Und das kam so:

Letzten Winter hatten wir mal wieder richtig hohen Schnee, ganz im Gegensatz zu den vorherigen, in denen es meist regnete. Weil ich mich so über den Schnee freute lief ich schon am frühen Morgen durch unseren Gnadenhof. Besucher waren noch nicht da und vom Personal hatte noch keiner Zeit gefunden, den hohen Schnee von den Wegen zu räumen. Meine Pfotenabdrücke waren die Einzigen weit und breit. Hin und wieder ließ ich mich in die weiße Pracht fallen, rollte mich auf den Rücken und ruderte mit den Pfoten. Das gab seltsame Abdrücke und machte riesigen Spaß.

Doch dann war der Schnee neben dem Weg plötzlich nicht mehr glatt und unberührt, es sah eher aus, als hätte da ein Kampf stattgefunden. Große und kleine schwarze Federn lagen herum, dazwischen konnte ich ein paar Blutstropfen erkennen.

Das alarmierte mich sofort und ich begann nach dem Opfer des Kampfes Ausschau zu halten. Viel Hoffnung hatte ich nicht es noch lebend vorzufinden, doch dann sah ich einen schwarzen Klumpen etwas entfernt neben einem schneebedeckten Busch liegen.

Als ich davorstand erkannte ich einen Raben. Er lebte noch, war aber sehr zerzaust, zudem hatte er mehrere blutende Wunden. Während ich noch überlegte wie ich ihn packen konnte ohne ihn noch mehr zu verletzen, hob er blitzschnell den Kopf und hackte mit seinem langen Schnabel nach meiner Nase.

„Aua!" Das tat ganz schön weh, erschrocken sprang ich einen Schritt rückwärts.

„Ich wollte dir doch nur helfen", sagte ich anklagend und fügte noch hinzu: „Ich kann dich aber auch da liegen lassen. Wenn du Glück hast findet dich einer der Tierpfleger bevor du erfroren bist, oder ein Fuchs vorbeikommt. Es leben einige wilde Füchse hier. Die freuen sich über frisches Fleisch."

Beleidigt machte ich ein paar Schritte von ihm weg.

Ich mache es kurz. Natürlich wollte er nicht als Fuchsfrühstück enden und bat mich kleinlaut ihn mitzunehmen. Er wäre auch ganz brav und würde mich nicht mehr zwicken. Also drehte ich mich erneut um, packte ihn vorsichtig und trug ihn in Richtung der Pferdeställe. Um diese Zeit war Michael fast immer dort. Er kannte sich gut in erster Hilfe aus, der Rabe war also bei ihm in besten Händen.

Schon nach ein paar Schritten begann das Rabentier in meinem Maul zu plappern. Er erzählte mir mit krächzender Stimme, wie er zu den Blessuren gekommen war. Dazu muss ich sagen, dass ich bisher kaum einmal mit Raben geredet habe, deshalb verstand ich ihn nicht wirklich. Mit anderen Tierarten zu sprechen fällt mir anfangs immer schwer. Doch das gibt sich meist schnell. Außerdem fällt die Kommunikation immer lautlos aus. Ihr Menschen nennt das Telepathie.

Dieser Rabe sprach aber wirklich und zwar in der Menschensprache. Von der ich nur einzelne Worte verstehe. Nun, erwidern konnte ich ihm eh nichts, ich konzentriert mich deshalb darauf ihn nicht zwischen meinen Zähnen zu zerquetschen. Wir Bulldoggen haben einen kräftigen Biss und es fällt uns schwer, etwas locker zu halten. Besonders wenn es sich um einen zappelnden, quasselnden Raben handelt. So war ich froh als ich endlich die Stallungen erreicht hatte.

Als hätte er uns erwartet stand Michael in der Tür und nahm mir sogleich den Raben ab.

„Was bringst du denn da an, Robin? Oh je, der sieht aber arg zerrupft aus. Den muss ich mir gleich näher ansehen."

Er eilte davon, ich ging etwas langsamer hinterher und spuckte ein paar Federn aus. Der Rabe war nicht so schwer verletzt, das war mir auf dem Weg hierher klargeworden. Sonst hätte er nicht so endlos gequasselt. Das bestätigte kurz darauf auch Michael.

„Der wird wieder", sagte er an mich gewandt. „Er hat zwar viele Federn lassen müssen und ein paar blutende Schrammen, aber ich kann sonst keine größeren Verletzungen feststellen. Ich lasse ihn hier im Büro. Da hat er es warm und es kommt ständig jemand herein, da fühlt er sich nicht so einsam. Er ist von Hand aufgezogen und kann sogar sprechen. Vermutlich hat ihn jemand hier im Gnadenhof ausgesetzt, in der Hoffnung, wir würden uns weiter um ihn kümmern. Ein junger Rabe ist sehr anstrengend, das hat sein Besitzer wohl unterschätzt. Aber wir werden schon mit dir einig, nicht wahr, Jonas."

Er setzte Jonas in einen großen Vogelkäfig, den ein Pfleger aus dem Lager geholt hatte, und gab ihm erst einmal Wasser.

„Futter für ihn muss ich erst holen, am wichtigsten ist jetzt, dass er sich beruhigt und es warm hat. Es wird eine Weile dauern bis seine Federn nachgewachsen sind. Solange muss er im Warmen bleiben. Im Frühjahr können wir dann versuchen, ihn auszuwildern."

Sagte ich eigentlich schon, dass Michael die Tierkommunikation perfekt beherrscht? Er verständigt sich mit uns Tieren ebenfalls über Telepathie, das klappt meist sehr gut. Außer ihm kenne ich nur noch Tanja, mein Frauchen, die so gut mit Tieren sprechen kann.

Es stellte sich im Frühjahr jedenfalls schnell heraus, dass Jonas kein Interesse an Kontakt zu seinen Artgenossen hatte. Ausgewildert wurde er trotzdem, wenn auch bloß auf dem alten Apfelbaum, der auf der Wiese neben den Stallungen steht. Von hier aus macht er kleine Rundflüge um sich seine Nahrung selbst zu suchen. Oder bei den Pflegern zu schnorren, denn er steht auf menschliches Essen. Seinen Apfelbaum sieht er als sein Reich an, dass er gegen jeden Eindringling verteidigt. Und von dem aus er jeden anquatscht, der des Weges kommt. Seither zählt er zu den Stars auf dem Gnadenhof, denn viele Leute kommen öfter her, nur um sich mit ihm zu unterhalten.

Missmutig schaue ich Jonas an. Zugegeben hat er sich zu einem wahren Prachtexemplar von einem Raben gemausert, im wahrsten Sinne des Wortes. Sein Federkleid glänzt blauschwarz und sein langer Schnabel ist intensiv gelb. Aus den glänzend schwarzen Augen blitzt der Schalk. Einzig seine Stimme ist nicht schöner geworden, noch immer krächzt er wie eine rostige Maschine. Was ihn jedoch nicht daran hindert lauthals zu schreien, wenn ihm danach zumute ist. Was eigentlich immer der Fall ist.

Ich lege schon mal meine Ohren enger an, leider sind sie zu kurz um mein Trommelfell wirkungsvoll zu schützen, aber besser als nichts.

Jonas hüpft heran, bis er genau vor mir steht. Mit schief geneigtem Kopf schaut er mich aus seinen Knopfaugen an und ruft erneut:

„Hallo Robin, hallo Robin!"

„Ich weiß wie ich heiße, du brauchst meinen Namen nicht herausschreien."

Das sage ich ihm auf telepathischem Weg, den der schlaue Vogel natürlich ebenfalls kennt. Etwas genervt fahre ich fort:

„Können wir uns normal unterhalten oder hast du heute wieder einen Clown gefrühstückt? Falls ja, gehe ich gleich wieder."

„Bist du heute aber schlecht gelaunt", mault er und dehnt seine Flügel aus. Er schüttelt sich kräftig, dann spricht er normal mit mir:

„Was liegt dir denn so am Herzen, dass du keinen Spaß verstehst? Vielleicht kann ich dir ja helfen. Also spuck es schon aus."

Eigentlich will ich von ihm nur in Ruhe gelassen werden. Dann fällt mir ein, dass er mir vielleicht tatsächlich helfen kann. Schließlich ist er Tag und Nacht hier und sein Apfelbaum steht nicht weit von der Stelle entfernt, an der die Leiche gefunden wurde. Zwar habe ich mir noch nie darüber Gedanken gemacht was Raben nachts so treiben, doch kann ich mir gut vorstellen, dass Jonas auch da ein offenes Auge oder Ohr für die Geschehnisse, die um ihn herum passieren hat. Also frage ich ihn.

„Du meinst sicher diese zwei seltsamen Männer, die sich auf der Stierweide herumgetrieben haben", gibt er Antwort, wobei er sich ausgiebig mit einer seiner langen Krallen am Kopf kratzt. Eine schwarze Feder fällt zu Boden, der er nachdenklich hinterher schaut.

Ich bin sofort ganz Ohr und frage ihn gespannt:

„Du hat sie gesehen? Was haben sie gemacht? Erzähl mir alles, was du über sie weißt."

Er reckt sich hoch auf.

„Natürlich habe ich sie gesehen, mir entgeht nichts in meinem Park."

Ich sage nichts dazu, obwohl es mir auf der Zunge liegt, dass es mein Gnadenhof ist und er hier wohnen darf. Ungeduldig warte ich bis er weitererzählt.

„Ich habe mich schon gewundert, was die mitten in der Nacht da treiben. Sie schleppten einen schwarzen Plastiksack mit sich, der ganz schön schwer zu sein schien. Als sie ihn auf der Weide aufschnitten rollte ein weiterer Mann heraus. Er bewegte sich aber nicht und sie drehten ihn um, so dass er auf dem Gesicht lag. Danach lief einer der Kerle über die Weide in Richtung der Stiere. Er hatte eine lange Stange in der Hand, mit der er nach den Stieren stieß. Einen erwischte er damit am Hintern, der fuhr erst brüllend herum, dann überlegte er es sich anders und lief den anderen hinterher. Der Mann schimpfte hinter ihnen her, dann lief er wieder zu seinem Kumpel zurück."

Jonas hält den Schnabel und schaut mich mit schief geneigtem Kopf an. Ich schaue zurück. War das alles, was er mir erzählen konnte? So recht kann ich nichts damit anfangen, deshalb frage ich:

„Äh, und wie geht es weiter? Was haben die Männer dann gemacht?"

„Etwas seltsames. Sie hüpften herum und wedelten mit einem Tuch. Der eine mit der Stange ging nochmals auf die Stiere zu. Doch die drehten sich schnell um und liefen dann in die entfernteste Ecke ihrer Weide. Der Kerl fluchte und fuchtelte mit der Stange herum. Dann ging er zu dem anderen zurück. Der Kerl am Boden regte sich immer noch nicht. Schließlich sind die Beiden gegangen und ließen ihn zurück."

Es klingt immer noch nicht spektakulär, was Jonas gesehen hat. Ich bin enttäuscht, will aber noch nicht aufgeben.

Nach kurzem Nachdenken sage ich:

„Der Mann, der am Boden lag war tot. Er wurde von den anderen vermutlich ermordet..."

„Tot? Ermordet?" Jonas krächzte laut. „Deshalb ist er nicht aufgestanden. Ich habe noch nie einen toten Menschen gesehen. Ist das genauso wie bei einer toten Maus? Ich fresse die auf, wenn ich eine finde, sind ganz lecker. Kann man tote Menschen auch fressen?"

„Nein! Natürlich nicht!"

Entsetzt springe ich auf um mich zu schütteln. Auf was für Ideen dieser Rabe kommt. Da will ich nicht drauf eingehen, deshalb lenke ich ab.

„Sind die Männer nochmal zurückgekommen?"

„Ja, sind sie. Und sie haben irgendwelche Gegenstände mitgebracht, mit denen sie auf den am Boden liegenden Mann eingeschlagen haben. Warum sie das taten weiß ich nicht. Wenn er doch schon tot war..."

Ein paar leise Krächzer sollen wohl seine Ratlosigkeit ausdrücken.

Ich sage nichts dazu, das Thema ist mir nicht geheuer. Außerdem habe ich die erneute Bestätigung dafür, dass meine Nase mich nicht getäuscht hat. Im Weggehen drehe ich mich nochmal zu Jonas um.

„Würdest du die Männer erkennen, wenn sie nochmal herkommen?"

„Klar doch", meint er überzeugt und plustert kurz sein Gefieder auf.

„Soll ich dir Bescheid sagen, falls ich sie sehe?"

„Das wäre nicht schlecht. Aber bitte unauffällig, nicht dass du mir den ganzen Gnadenhof zusammenschreist."

Er krächzt laut, was immer er damit ausdrücken will, ich verstehe es nicht. Aber dann geht sein Krächzen in ein lautes, tiefes

Lachen über, das hinter mir her schallt. Ich gebe es nicht gerne zu aber ich bin beeindruckt. Und ein bisschen neidisch auf die Stimme dieses Raben.

Kapitel 2:
Ein Tritt und seine Folgen

In den nächsten Tagen hören wir nichts Neues von dem Mordfall und der Alltag hat sich auf dem Gnadenhof wieder eingestellt. Ich laufe meine üblichen Kontrollwege ab und denke kaum noch an den Fall. Dann werde ich jedoch mit lautem Gekrächze daran erinnert, als ich am alten Apfelbaum vorbei gehe.

Jonas landet flügelschlagend neben mir und kreischt mir ins Ohr:

„Da bist du ja endlich, ich habe den Kerl gesehen! Er ist hier. Komm mit, ich zeig ihn dir."

Das lasse ich mir natürlich nicht zweimal sagen und sprinte los, immer in die Luft guckend, da Jonas ein ganzes Stück über mir fliegt. Außerdem sehr schnell, so dass ich bald nicht mehr mithalten kann. Schließlich bin ich kein Windhund, sondern eine Bulldogge. Gerade will ich dem Raben zurufen er soll gefälligst langsamer fliegen, da renne ich in zwei Beine, die mir den Weg versperren.

„Aua!" Meine Nase schrammt über raue Hosenbeine unter denen Stiefel mit spitzen Nieten hervorsehen. Warum trägt jemand solche gefährlichen Schuhe, das gehört doch verboten. Doch ich komme nicht dazu weiter darüber nachzudenken, denn plötzlich schießt der Stiefel auf mich zu und trifft mich in die Rippen. Und das mit solcher Wucht, dass ich zur Seite fliege. Ich stoße einen Schrei aus und japse nach Luft. Da kommt der Stiefel erneut auf mich zu. Nur weil ich mich im letzten Moment auf den Rücken drehen kann verfehlt er mich.

Da der Kerl kräftig ausgeholt hat, wird er von seinem eigenen Schwung nach vorne katapultiert. Fast fällt er über mich drüber, erst im letzten Moment kann er sich fangen. Er schreit irgendwas, dass ich nicht verstehe. Seine Stimme klingt jedoch sehr wütend. Das veranlasst mich dazu Abstand zu nehmen um aus der Reichweite seiner Stiefel zu kommen.

Tatsächlich macht er Anstalten mir zu folgen. Doch da stürzt ein schwarzer Schatten auf ihn nieder. Jonas landet kreischend auf seinem Kopf und fegt ihm die Kappe herunter. Dann krallt er sich in den schwarzen, welligen Haaren des Kerls fest, gleichzeitig hackt sein langer Schnabel auf dessen Kopf ein.

Der Mann schreit auf und versucht den Raben zu packen. Doch Jonas hackt nach seinen Händen, so dass er sie eilig wieder herunternimmt. Hechelnd schaue ich den Beiden aus sicherer Entfernung zu. Vor Aufregung fange ich zu bellen an. Was auf dem noch ruhigen Gelände weit zu hören ist.

Rufe ertönen und man hört die Schritte mehrerer Leute, die in unsere Richtung laufen. Es sind die Tierpfleger, die ihre Frühschicht begonnen haben. Mir fällt ein Stein vom Herzen als die ersten den Weg entlangkommen.

Auch der Kerl sieht sie kommen und versucht verzweifelt den kreischenden und hackenden Raben von seinem Kopf zu bekommen. Blut läuft aus seinen Haaren über sein Gesicht, auch seine Hände zeigen deutliche Spuren von Jonas' Schnabel. Als der einen Moment von ihm ablässt, um den Leuten entgegenzuschauen, packt ihn der Mann und schleudert ihn von sich. In wilder Flucht läuft er davon und verschwindet hinter dem nächststehenden Gebäude.

Die ersten Angestellten bleiben bei mir und Jonas stehen um zu schauen ob wir unversehrt sind. Zwei große kräftige Pfleger rennen in die Richtung, in der der Kerl verschwunden ist. Ich will ihnen folgen, denn meine Nase wird erkennen, in welche Richtung er läuft. Doch nach zwei Sätzen jaule ich auf.

Mein Brustkorb tut plötzlich so weh, dass ich kaum noch atmen kann. Ich kauere mich zusammengekrümmt hin.

Sofort greift eine Pflegerin zum Telefon und ruft jemand an. Dann streicht sie mir beruhigend über den Kopf.

„Gleich kommt dein Herrchen mit der Tierärztin."

Tatsächlich dauert es nur wenige Minuten, dann hält ein Auto neben uns auf dem Weg. Felix springt heraus und kniet sich neben mich. Besorgt schaut er mich an, sagt aber nichts, sondern macht der Tierärztin Platz, die gleich ihren Behandlungskoffer neben mir abstellt. Ich beginne ängstlich zu hecheln, bin ich etwa so schwer verletzt? Als sie mich anfasst beginne ich zu zittern.

„Hab keine Angst, Robin, ich will dich doch bloß untersuchen. Du atmest etwas schwer, das muss ich abklären."

Auch Felix murmelt irgendetwas was mich beruhigen soll. Also ergebe ich mich in mein Schicksal. Ich werde abgehört und beim folgenden Abtasten wird die Tierärztin fündig. Als sie meinen Brustkorb berührt jaule ich auf.

„Da scheint zumindest eine Rippe gebrochen zu sein", meint sie an Felix gewandt. „Sieht aus als wurde er getreten. Das muss ich röntgen, nicht dass er innere Verletzungen davongetragen hat. In der Klinik schaue ich ihn mir dann nochmal genauer an."

Sie erhebt sich und schaut sich um.

„War da nicht noch ein Rabe, den ich mir anschauen soll?"
Suchend schaut sie sich um.

„Das ist Jonas, er sitzt da auf dem Gatter. Aber ich denke er ist nicht verletzt, zumindest ist kein Blut an ihm zu sehen. Auf dem Boden sind allerdings ein paar Blutspritzer, vermutlich hat er den Eindringling attackiert."

Es ist einer der Pfleger, der das sagt. Er hält Jonas seine Hand hin und der steigt mit leisem Krächzen darauf.

Während er untersucht wird plappert er munter vor sich hin und genießt es im Mittelpunkt zu stehen. Die Tierärztin gibt schnell Entwarnung, Jonas ist unverletzt.

In unserer Tierklinik werde ich gründlich untersucht, was ich ergeben über mich ergehen lasse. Ich bekomme eine Spritze gegen die Schmerzen und einen strammen Verband um die Rippen. Das Röntgenbild hat gezeigt, dass ich zwei gebrochene Rippen habe. Zum Glück sei es ein glatter Bruch, der keine Schäden an den inneren Organen verursacht hätte, informiert die Tierärztin Felix.
Für mich ist wieder mal nicht nachvollziehbar, was sie damit meint. Aber da Felix mir grinsend über den Schädel wuschelt scheint es was Gutes zu sein. Ich brumme zufrieden und entspanne mich etwas.
Allerdings bekomme ich dann von ihr zwei Wochen Schonung und Hausarrest verordnet. Was mir wiederum gar nicht passt. Jetzt, wo es hier so richtig spannend wird kann ich doch unmöglich zu Hause bleiben. Überhaupt weiß doch noch gar keiner was passiert ist. Dass dieser Kerl sich hier eingeschlichen und bei den Stieren herumgetrieben hat. Ich muss deshalb dringend mit Michael sprechen. Er kann es an Felix weitergeben.
Endlich bin ich medizinisch versorgt und werde von der Tierärztin entlassen. Sehr langsam trotte ich neben Felix in Richtung unseres Büros. Trotz der Schmerzspritze sticht meine Seite bei jedem Atemzug, so dass ich so flach wie möglich atme. Felix schaut besorgt zu mir herunter, ich sehe ihm an, dass er mich am liebsten auf den Arm genommen hätte. Die Ärztin hat ihm aber gesagt, das wäre nicht gut und dass sich meine Rippen dadurch doch noch in meine Lunge bohren könnten.
Zum Glück ist es bis zum Aufzug und von dort zum Büro nicht weit. Endlich dort angekommen lege ich mich sofort vorsichtig

auf meine weiche Matratze. Der Schmerz lässt sofort merklich nach, was ich mit einem Seufzer quittiere.

„Sag mal, was machst du denn für Sachen, Robin? Hast du große Schmerzen?"

Michael kauert sich neben mich, ich habe beim Reinkommen gar nicht bemerkt, dass er hier ist. Er mustert mich kurz und ich kann spüren, dass er besorgt ist. Er zuppelt sachte an meinem Ohr.

„Sicher hast du uns etwas zu erzählen, oder?"

Und ob ich das habe, also lege ich sofort los. Da die Unterhaltung mit Michael über unsere Gedanken abläuft, verursacht mir das Gespräch keine Schmerzen. Außer, ich lege mich auf die Seite, damit ich ihn besser anschauen kann. So wie jetzt...

„Aua!", ich jaule erschrocken auf, als mir ein schneidender Schmerz durch die Seite fährt. Sofort beginne ich zu hecheln, was sowohl Felix als auch Michael dazu bringt, sich erschrocken zu mir niederbeugen. Beide schauen mich mitfühlend an und streicheln mir sehr sanft über den Rücken.

„Wenn er so schmerzhaft ist, solltest du ihn lieber heimbringen," meint Michael. Da hat er etwas mehr Ruhe und bewegt sich nicht dauernd."

Felix nickt, doch ich sage schnell zu Michael:

„Nein, ich will nicht schon nach Hause, ich muss euch doch berichten was passiert ist. Außerdem habe ich hier mehr Ruhe. Immerhin leben in meiner Familie zwei kleine Kinder, die nicht wissen, dass ich mich schonen soll. Ich liebe die Beiden zwar sehr aber Ruhe habe ich da nicht viel."

Michael nickt wissend und übersetzt es für Felix. Der muss lachen, bestätigt aber dann:

„Da hat Robin wohl Recht, an die Kinder hab ich gar nicht gedacht. Die sind wirklich nicht sehr hilfreich, wenn man etwas Ruhe braucht. Lotta liebt ihren Robin ja sehr, aber vermutlich würde sie ihn ständig mit den Instrumenten aus ihrem Tierarztkoffer untersuchen wollen. Und Max ist mit seinen knapp zwei Jahren noch zu klein um zu verstehen, dass Robin Ruhe braucht. Er ist auch noch etwas grobmotorisch im Umgang mit den Hunden."

Er fährt sich grübelnd mit der Hand durch die kurzen Haare.

„Hmm, was machen wir denn da?"

„Wir lassen alles wie es ist, ich fahre morgens mit zur Arbeit und abends mit nach Hause." brumme ich etwas unwirsch. „Dieser ganze Durcheinander wegen zwei angeknacksten Rippen ist ja oberpeinlich. Ich bin doch nicht krank, nur ein wenig verletzt. Sowas wirft eine Bulldogge nicht um."

Nachdem sich Felix und Michael noch eine Weile über mich ausgetauscht haben, kommen sie schließlich zu dem Ergebnis:

Es bleibt erst einmal alles beim Alten. So lange es mir nicht schlecht geht, komme ich weiter mit ins Büro. Ich atme vorsichtig auf, dann kann ich endlich erzählen, was passiert ist.

Nachdem Michael alles an Felix weitergegeben hat, wirkt der sehr nachdenklich.

„Wie ist dieser Kerl bloß in den Gnadenhof gekommen? Durch die Kasse sicher nicht, die hat erst später aufgemacht. Vielleicht war er ja schon die ganze Nacht hier und hat sich irgendwo versteckt. Möglichkeiten dazu gibt es zuhauf. Und den Nachtwächtern konnte er vermutlich auch aus dem Weg gehen."

„Wie auch immer, wir sollten zuerst die Polizei verständigen. Vielleicht können die uns ja mehr sagen. Allerdings dürfte es schwierig werden ihnen zu erklären, wer den Kerl entdeckt hat. Ein Hund und ein Rabe. Die werden uns für verrückt halten."

Sie beraten sich noch eine ganze Weile und ich höre ihnen kaum zu. Die Spritze macht mich schläfrig, vielleicht ist es auch die Aufregung der vergangenen Stunden. Als Felix zum Telefon greift um die Polizei zu informieren fallen mir endgültig die Augen zu.

Als ich aufwache bin ich allein im Büro. Es wird bereits dunkel, also ist es schon spät. Habe ich etwa den ganzen Nachmittag verschlafen? Direkt neben meiner Matratze steht mein Wassernapf und ein Teller mit kleinen saftigen Häppchen, die ich besonders mag. Sie duften verführerisch, was mir sagt, dass ich tatsächlich sehr lange und tief geschlafen habe. Denn normalerweise weckt mich der leckere Geruch sofort auf.

Ich brauche nur den Hals etwas lang machen um die Häppchen mit der Schnauze zu erreichen und greife zu. Mmmh, sehr lecker. Sorgfältig lecke ich zuerst den Teller, dann meine Lefzen gründlich ab. Um einen Schluck Wasser nachzutrinken muss ich mich allerdings erheben, im Liegen läuft mir das Wasser wieder aus der Schnauze. Ich will keine Überschwemmung auf dem Boden machen, dabei könnte sonst meine Matratze nass werden. Da mag ich überhaupt nicht. Also erhebe ich mich sehr vorsichtig, schon in Erwartung des kommenden Schmerzes. Aber ein Hund muss tun, was ein Hund eben tun muss. Und das ist jetzt erst einmal: Trinken.

Das Aufstehen tut gar nicht so weh, dafür aber das Senken meiner Schnauze in die Wasserschüssel umso mehr. Fast vergeht mir der Durst, so schneidend ist der Schmerz in meiner Seite. Da ich den Kopf aber schon unten habe, trinke ich auch. Dann lasse ich mich erschöpft zurück auf die Matratze sinken und lasse langsam die Luft aus meinen Lungen entweichen. Zum Glück schwindet auch der Schmerz schnell wieder.

Normalerweise bin ich ganz gerne einmal eine Weile allein. Aber nur wenn ich weiß, dass trotzdem jemand in der Nähe ist, sollte mir der Sinn wieder nach Gesellschaft stehen. Wenn ich aber nicht weiß wo Felix oder eine andere Person meines

Vertrauens ist, steigen unerklärliche Ängste in mir auf. So wie jetzt, ich beginne zu zittern.

Zum Glück kommt Felix kurze Zeit später ins Büro zurück und tröstet mich. Er erzählt mir etwas von „Polizei war da und ich musste mit ihnen zum Gnadenhof. Aber jetzt fahren wir endlich nach Hause."

Das verstehe ich sofort, ich versuche etwas zaghaft aufzustehen. Es geht besser als ich befürchtet habe, deshalb tappe ich los in Richtung Tür. Felix folgt mir, wobei er mich nicht aus den Augen lässt. Nachdem wir mit dem Fahrstuhl nach unten gefahren sind meint er:

„Bleib du hier am Eingang stehen, ich hole das Auto, dann brauchst du nicht so weit zu laufen."

Ich schaue ihm einen Moment nach, dann mache ich ein paar Schritte zu einem Busch in der Nähe. Meine Blase drückt und der Busch wird hoffentlich nicht gleich eingehen, wenn ich einmal dran pinkele. Das Bein zu heben fällt mir schwer, deshalb setze ich mich hin wie es Hündinnen tun. Zuvor habe ich aber geschaut, dass mich niemand beobachtet. Wäre doch etwas peinlich. Als Felix neben mir hält stehe ich schon an der Straße.

Er grinst mich an und meint:

„Ich hoffe, du hast die Zeit genutzt um zu strullen. Nicht dass du gleich wieder raus musst, wenn wir daheim sind."

Ich antworte mit einem kurzen „Wuff", was heißt: „Alles erledigt."

Ganz vorsichtig werde ich ins Auto gehoben und angeschnallt. Hoffentlich muss Felix nicht stark bremsen, geht es mir durch den Kopf. Das Geschirr liegt eng um meinen Brustkorb, genau über den Rippen. Natürlich fährt Felix immer vorsichtig und ich mache mir sonst nie Gedanken darüber. Heute habe ich aber schon ein bisschen Angst. Die zeige ich ihm zwar nicht, trotzdem meint er beruhigend.

„Keine Sorge, Robin, ich bring dich gut heim."

Ich lecke ihm schnell über die Hand und er streicht mir über den Kopf, dann setzt er sich hinters Steuer und wir fahren los. Unser Haus ist ein ganzes Stück vom Tierschutzhof entfernt, was für mich kein Problem ist. Ich fahre gern Auto, heute bin ich aber froh als wir die Auffahrt zu unserem Haus endlich erreicht haben. Ächzend erhebe ich mich, damit Felix mich heraushebe kann. Er trägt mich bis zur Tür, dort setzt er mich vorsichtig ab um aufzuschließen.

Die Familie weiß bereits über meinen Unfall Bescheid und erwartet mich schon. Wir sind heute spät dran, deshalb sind Lotta und Max schon im Bett. Ausnahmsweise bin ich froh darüber, denn normalerweise freue ich mich immer auf die Begrüßung der Beiden.

Tanja beugt sich zu mir herunter und streichelt mich sanft.

„Das kriegen wir wieder hin, Robin", sagt sie optimistisch.

„Ich gebe dir später etwas gegen die Schmerzen, damit du gut schlafen kannst."

Während sie es sagt, beschnüffeln mich schon Lara und Basko intensiv. Da es hündische Sitte ist ein verletztes Rudelmitglied abzuschnüffeln, lasse ich es über mich ergehen ohne mich zu bewegen. Nachdem beide festgestellt haben, dass ich nicht allzu schwer verletzt bin, beginnt Lara:

„Was hast du bloß wieder angestellt, Robin?"

Ihr strenger Blick gleitet über mich, doch ich kenne sie gut genug um zu wissen, dass sie sich Sorgen um mich macht.

„Ich habe gar nichts gemacht", verteidige ich mich. „Ich bin hinter Jonas hergerannt, weil der mir diesen Kerl zeigen sollte. Ihr wisst schon, der mit dem Mord zu tun hat. Doch dann stand er plötzlich vor mir und hat sogleich nach mir getreten.

31

Ich wusste gar nicht wie mir geschieht, da flog ich schon durch die Luft. Er hat so fest zugetreten, dass er mir zwei Rippen gebrochen hat."

„Das ist ja schrecklich. Wenn ich mir vorstelle, dass dieser Kerl dich hätte töten können..."

Basko schaut mich aus kugelrunden Augen an und beginnt zu zittern.

„Du solltest endlich damit aufhören dich für alles und jeden verantwortlich zu fühlen."

Den Schmerz in seinen Augen kann ich fast körperlich spüren. Basko hängt wirklich sehr an mir. Er hat nicht vergessen, dass ich mich damals in Polen seiner angenommen hatte. Er war ausgesetzt worden, weil er seinem Herrn zu alt und schwach geworden war. Als ich ihm begegnete bestand er nur noch aus Fell und Knochen und er hätte vermutlich nicht mehr lange überlebt. Ich sorgte dafür, dass er nicht verhungerte und später durfte er mit anderen Hunden nach Deutschland ausreisen. Weil er gar so an mir hing, entschlossen sich Tanja und Felix, dass er bei uns einziehen durfte.

Seine Dankbarkeit mir gegenüber ist mir manchmal schon etwas peinlich, denn ich hätte das Gleiche auch für jeden anderen Hund gemacht. In seinen Augen bin ich aber sein großer Held und Lebensretter. Er sorgt sich ständig um mich, was ihn jedoch meist nicht davon abhält, mich mit kleinen Sticheleien zu ärgern. Heute fällt ihm aber scheinbar nichts ein.

Ich versuche, ihn zu beruhigen:

„Es war doch nur Zufall, dass ich diesem Kerl genau vor die Füße gelaufen bin, selbst Jonas war erstaunt, wo er plötzlich herkam..." Lara mischt sich mürrisch ein:

„Auf diese schwarze Nervensäge ist auch kein Verlass. Warum hat er dich nicht rechtzeitig gewarnt? Er muss den Mann doch von oben gesehen haben. Wenn nicht, muss er blind sein."

„Nein, Jonas ist nicht schuld, genauso wenig wie ich. Er ist wegen mir extra tief geflogen, damit ich ihm folgen kann. Aber ich kann leider schlecht rennen, wenn ich gleichzeitig nach oben sehe. Außerdem machte der Weg eine Biegung und dann waren da auch noch die Büsche..."

„Ja, ja, verteidige diesen Taugenichts auch noch", murmelt Lara säuerlich. Ich weiß sie mag Raben und ähnliche Vögel nicht, seit ihr eine Krähe einmal im Garten ihren Kauknochen aus dem Maul gerissen hat und damit weggeflogen ist. Seither sind alle Rabenvögel für sie unnützes Gesindel. Und wenn Lara sich eine Meinung gebildet hat, lässt sie sich kaum mehr umstimmen. Obwohl sie ein Boxer ist, kann sie manchmal sturer sein als eine Bulldogge. Deshalb lasse ich es lieber sein Jonas weiter zu verteidigen.

Wir reden noch ein bisschen über den seltsamen Mordfall im Gnadenhof, denn natürlich interessiert es die Beiden auch sehr. Auch wenn sie nur selten mal dort sind wollen sie immer alles wissen, was dort vorgeht. Basko würde ja gerne öfter mit mir und Felix hinfahren. Aber Lara bleibt am liebsten bei Tanja und den Kindern.

Ich werde müde und beginne zu gähnen, was Lara dazu bringt Basko aufzufordern, mit ihr ins Wohnzimmer zu gehen. Nach einem letzten sorgenvollen Blick auf mich erhebt er sich um ihr zu folgen.

Endlich allein, versuche ich die beste Position zu finden in der ich möglichst schmerzfrei liegen kann. Nachdem ich sie endlich gefunden habe schließe ich die Augen.

Vielleicht liegt es daran, dass ich ein zäher Kerl bin oder Tanjas Globuli und der stramme Verband wirken Wunder, jedenfalls werden die Schmerzen in meiner Seite schnell erträglich. Nach ein paar Tagen spüre ich kaum noch etwas und langweile mich zuhause. Tanja merkt an meinem Genörgel, dass ich etwas auf dem Herzen habe und spricht mit mir auf diese besondere Weise, die außer ihr nur Michael so perfekt beherrscht. Wie immer komme ich einfach nicht dahinter, wie es funktioniert aber sie weiß was in mir vorgeht und ich kann verstehen, was sie mir sagt: Da ich fast wieder ganz gesund bin, darf ich endlich wieder mit Felix ins Büro fahren. Hurra!

Allerdings unter der Bedingung das Basko auch mit kommt, er soll dafür sorgen, dass ich es nicht gleich wieder übertreibe.

Ich bin irritiert, wie kommt Tanja denn darauf? Als ob ich es schon jemals übertrieben hätte. Zumindest nicht, wenn ich krank oder verletzt bin. Aber gut, mit Baskos Gesellschaft kann ich mich gut abfinden. Hauptsache, ich darf wieder mit.

Basko ist noch mehr begeistert als ich, am Morgen weckt er mich schon in aller Frühe und hibbelt dann so lange herum, bis wir uns auf den Weg machen. Felix hebt ihn lächelnd in Auto und mich hinterher. Ich hätte auch selbst reinspringen können, aber wenn er schon dabei ist...

Als wir auf dem Büroparkplatz ankommen will Basko gleich zum Gnadenhof laufen. Ich habe nichts dagegen, ich fühle mich fit und laufen soll ich sowieso. Langsam natürlich, aber eigentlich bin ich ja sowieso meist etwas gemächlicher unterwegs. Bin schließlich eine Bulldogge und auch nicht mehr der Jüngste. Und da Basko auch nicht mehr viel an rennen liegt, machen wir uns ganz relaxt auf den Weg.

„Bleibt nicht zu lange, Jungs. Nicht, dass ich ein Suchkommando nach euch ausschicken muss. Und passt auf, dass ihr niemandem zu nahekommt" rät uns Felix ganz ernsthaft und fügt noch hinzu:

„Die Tierärztin hat heute OP-Tag und keine Zeit, euch auch noch zu verarzten."

Er wuschelt Basko schnell durch die lockigen Haare und ich

bekomme einen freundschaftlichen Klaps auf den Po, dann geht er durch die Tür und zum Aufzug.

Wir nehmen den Weg der durch das Wäldchen zum Gnadenhof führt. Basko liebt dieses kleine Waldstück obwohl es gar nicht so besonders ist. Am liebsten würde er abseits des geteerten Weges durchs Unterholz und Gestrüpp kriechen und sich im Sand und dem üppig wachsenden Heidekraut wälzen. Ich erinnere ihn jedoch daran wie es ausgegangen ist als er das vor einiger Zeit einmal gemacht hat. Damals hatten sich alle möglichen Pflanzenteile in seinem langen lockigen Fell verheddert und es war von Baumharz verklebt gewesen. Felix musste eine Tierpflegerin von der Auffangstation kommen lassen, die auch Hundefriseurin war. Sie hatte Baskos schönes Fell mit der Schneidemaschine abgeschoren, worüber er sehr unglücklich war.

Inzwischen ist es wieder in alter Pracht nachgewachsen und Basko will nicht riskieren, erneut geschoren zu werden. Er ist sehr stolz auf sein gepflegtes schwarzes Fell, nachdem er auf dem Bauernhof jahrelang so vernachlässigt wurde, dass er total verfilzt war. Als ich ihn gefunden hatte konnte ich unter dem Dreck und Filz nicht einmal erkennen, welche Farbe er hatte.

Also traben wir nebeneinander brav den Weg entlang, bleiben hin und wieder einmal stehen um an etwas zu schnüffeln und natürlich um unsere Duftmarke zu hinterlassen.

Habe ich eigentlich schon erwähnt, dass ich jetzt ein besonderes Halsband anhabe, wenn ich mich auf dem Gelände unseres Vereins aufhalte? Da ich ja öfter alleine unterwegs bin um überall nach dem Rechten zu sehen, muss ich dieses Halsband tragen. Es öffnet mir Türen und Tore, die für unbefugte verschlossen sind und schließt sie wieder, sobald ich sie passiert habe.

Außerdem ist es mit Felix' Handy und seinem Computer vernetzt, so dass er immer nachschauen kann, wo ich mich aufhalte. Nicht, weil er mich kontrollieren will, so hat er mir erklärt, sondern für den Fall, dass ich mich in einer Notlage befinde. Das habe ich natürlich eingesehen, denn leider ist es ja so, dass ich ab und zu auf schnelle Hilfe angewiesen bin. Deshalb trage ich das Halsband mit einem guten Gefühl, obwohl es ziemlich dick und etwas schwer ist.

Basko staunt natürlich, als sich das eiserne Tor ohne Zutun öffnet als ich herankomme. Ich sage ihm er muss sich dicht bei mir halten, da sich das Tor wieder schließt, sobald ich durch bin. Er drängt sich deshalb so dicht an mich, dass ich fast ins Straucheln komme.

Zwischen dem Wäldchen und dem Gnadenhof liegt ein unbebautes Geländestück. Es ist felsig und uneben, mit kargen dornigen Büschen bewachsen. Außerdem ist es von mehreren Tümpeln durchzogen, die je nach Wetter einmal mehr, einmal weniger mit Wasser gefüllt sind. Felix meint das Stück Wildnis solle so erhalten bleiben, da dort viele seltene Wildtiere ihr Zuhause haben. Einzig die Straße von der Auffangstation zum Gnadenhof ist ausgebaut. Auf ihr laufen wir nun entlang und sind schon fast am Tor angekommen, als mir ein Geruch in die Nase kommt, der nicht hierhergehört. Witternd halte ich die Nase in die Luft und Basko macht es mir nach.

„Es riecht nach Dieselöl", sagt er und schüttelt sich.

„Den Geruch kenne ich noch aus meiner Zeit auf dem Bauernhof. In der Nähe meiner Hütte stand eine große Tonne, aus der hat mein Herr dieses stinkende Zeug abgepumpt und dann in seinen alten Lieferwagen gefüllt. Von dem Gestank wurde mir oft schlecht und manchmal schmeckte sogar mein Wasser danach. Ekelhaft!"

Er schaut über meinen Rücken hinweg dorthin, wo der Geruch herkommt. Da er gut einen Kopf größer ist als ich bereitet ihm das kein Problem. Ich recke ebenfalls den Hals, sehe aber nur Sträucher.

„Und, siehst du etwas?" will ich wissen und füge etwas ungeduldig hinzu: „Oder sollen wir mal hinlaufen? Deine Augen sind ja nicht mehr so gut..."

„Ach was, meine Augen sind schon längst wieder in Ordnung. Sie waren nur stark entzündet, deshalb sahen sie so trüb aus. Dort in den Büschen steht ein Auto, man sieht zwar nicht viel davon, weil es fast die gleiche Farbe wie die Blätter hat. Aber die Sonne lässt eines der Fenster glänzen. Was meinst du, sollen wir näher rangehen? Oder ist das zu gefährlich?"

„Wir pirschen uns mal ran", entscheide ich spontan.

„Ein Auto hat dort nichts zu suchen. Aber bevor ich die Tierpfleger verrückt mache und dann gar kein Fahrzeug da ist, schauen wir es uns zuerst aus der Nähe an. Vielleicht gehört es ja dem Förster, der nach dem Rechten sieht. Sein Auto hat ebenfalls die Farbe von Blättern."

Also traben wir los, wobei wir immer schön in Deckung der dürren Büsche bleiben. Hin und wieder halten wir an um uns zu vergewissern, dass keine Menschen in der Nähe sind. Das scheint aber nicht der Fall zu sein, denn wir können weder welche sehen, noch hören oder riechen. Dafür kann ich jetzt aber das Auto sehen, es ist ein uralter Lkw.

„Wer fährt denn noch mit so einer alten Karre herum?"
Ich mustere das Fahrzeug misstrauisch.

„Da muss man ja Angst haben, dass sie einem unter dem Hintern zusammenfällt. Vielleicht hat den hier jemand heimlich abgestellt, weil er den Preis fürs Verschrotten nicht zahlen will. Hoffentlich läuft nichts vom Benzin aus und verunreinigt den Boden. So wie das stinkt..."

Je näher wir dem Auto kommen, desto seltsamer wird der Geruch und als wir es erreicht haben wird uns klar, dass es nicht nur nach Dieselöl, sondern auch intensiv nach Rindern riecht. Das erweckt erneut mein Misstrauen. Denn nur wenige Meter von dem alten Lkw entfernt befindet sich die obere Grenze für das Gelände, auf dem zurzeit die Stiere untergebracht sind. Es ist eigentlich nur eine ungenutzte Fläche zwischen den Gehegen und dem Begrenzungszaun des Gnadenhofs, und zudem von dicht wachsenden Büschen und Bäumen gesäumt. Dahinter befindet sich ein hoher Drahtzaun, der mit Stromkabeln gegen Eindringlinge gesichert ist.

Mir kommt das alles zunehmend spanisch vor und zwar im wahrsten Sinne des Wortes. Der tote Mann war ein Spanier und ebenso der Kerl, der mich getreten hat. Die Stiere stammen ebenfalls aus diesem Land und sollten dort eigentlich in der Arena sterben. Jetzt steht ganz in ihrer Nähe ein alter Viehtransporter, der durchaus aus diesem Land sein könnte. Das riecht doch wirklich alles nach einer Verschwörung finde ich. Die Spanier wollen unsere Stiere stehlen...

Vorsichtig gehe ich näher an den Viehwagen heran und laufe die kurze hölzerne Rampe hinauf, die gleichzeitig die Tür des Transporters ist. Ein schwarzer Vorhang versperrt mir den Blick ins Wageninnere. Ich schiebe ihn mit der Schnauze zur Seite und spähe in die Dunkelheit. Ich kann zwar kaum etwas sehen, doch ich rieche und spüre, dass Rinder darinstehen – aber keine gewöhnlichen Rinder, sondern unsere Stiere.

„Wir müssen schnellstens zurück ins Büro oder in den Gnadenhof", informiere ich Basko aufgeregt.

„Der Gnadenhof ist näher. Hoffentlich ist Michael da, damit ich ihm erklären kann, was hier vor sich geht. Er muss sofort Felix oder gleich die Polizei informieren. Los komm mit. Oder besser, lauf voraus, du bist schneller als ich mit diesem blöden Verband um die Rippen..."

Doch Basko reagiert gar nicht, sondern starrt in Richtung des Transporters. Als ich seinem Blick folge, sehe ich zwei Männer kommen, die jeweils einen Stier an einem Strick hinter sich herziehen. Die Stiere folgen ihnen nur zögerlich, denn man hat ihnen Säcke über die Köpfe gestülpt.

Was machen wir jetzt? Wenn wir jetzt weglaufen entdeckt man uns ganz sicher, da die Männer in unsere Richtung gehen. Wir müssen uns schnell verstecken, aber wo? Mein heller Verband verrät mich sicher sofort.

„Komm rauf", sage ich drängend zu Basko. „Wir verstecken uns im Viehwagen, dort ist es dunkel. Wenn die Kerle die Stiere hereinbringen springen wir schnell wieder raus und rennen davon. Los beeil dich..."

Mit einem gewagten Satz überwindet Basko die Rampe und wir schlüpfen unter dem Vorhang durch ins Innere, wo wir uns eng an die Wand drücken. Der Boden ist mit Stroh ausgelegt, von dem wir uns eilig ein paar Büschel mit den Pfoten heranziehen. Eine kümmerliche Deckung aber etwas anderes ist nicht da. Wenn wir Glück haben sehen uns die Männer nicht, weil sie genug mit den Stieren zu tun haben.

So ist es dann auch. Trotz der Säcke über den Köpfen wehren sich die Stiere so vehement über die Rampe zu gehen, dass die Diebe kein Auge für uns haben. Sie benutzen letztlich elektrische Viehtreiber, wodurch sie die Stiere letztendlich in den Wagen bekommen. Dann springen sie so schnell hinaus und knallen die Rampe hoch, dass mir und Basko gar keine Zeit bleibt wieder hinaus zu springen.

Wir sind eingesperrt. In einem Viehwagen mit aufgebrachten Stieren, von denen zwei sich wie tollwütig gebärden.

Kapitel 3:
Rettungsaktionen

„Was machen wir denn jetzt?"

Baskos Stimme klingt aufgeregt. Er drückt sich neben mir an die Wand und starrt in die Dunkelheit, dorthin wo einer der beiden Stiere sich noch immer nicht beruhigt hat. Er stampft mit den Hufen auf den Boden, als wolle er einen Feind vernichten. Da er mit den Sack über dem Kopf nicht sieht wohin er tritt haben wir alle Beide Angst von ihm getreten zu werden.

Die anderen Stiere beginnen zu brüllen, vielleicht fühlen sie sich auch bedroht. Es zeigt aber Wirkung, der wilde Stier wird ruhiger und bleibt schließlich stehen. Erst jetzt, da es plötzlich still ist, bemerke ich, dass wir fahren. Erst ruckelt es stark, dann scheint der Viehtransporter vom Feldweg auf eine Straße abzubiegen. Die Fahrt wird merklich ruhiger, die Stiere ebenso. Sie geben ab und zu ein tiefes Brummen von sich, bewegen sich aber kaum noch. Ich vermute, sie sind damit beschäftigt ihr Gleichgewicht zu halten um nicht umzufallen.

Meine Augen haben sich inzwischen an die herrschenden Lichtverhältnisse gewöhnt. Im Dach des Transporters befinden sich Lüftungsschlitze, durch die etwas Helligkeit hereindringt. Ich erkenne die gedrängt stehenden Stiere und kann auch Basko neben mir erkennen.

„Klar sehe ich etwas", brummelt er mürrisch als ich ihn frage. „Wie ich schon sagte: Meine Augen sind in Ordnung. Sie nützen mir allerdings wenig, wenn wir aus diesem Kasten nicht rauskommen."

„Solange wir fahren, können wir nicht raus", gebe ich Antwort.

„Aber irgendwann müssen die ja mal anhalten."

„Ja, aber vielleicht erst, wenn wir in Spanien sind. Und was machen wir dann? Ich will nicht nach Spanien, ich will wieder nach Hause."

„Spanien? Was sollen die in Spanien? Die Stiere sind doch erst von dort gekommen, da brauchen sie die doch nicht gleich wieder zurückzubringen."

Ich bin verwirrt.

„Na, um sie doch noch in der Arena kämpfen zu lassen. Das hast du mir doch selbst erzählt, dass diese Kerle vermutlich ihre Kampfstiere zurückholen wollen."

Jetzt klingt Basko auch verwirrt.

„Äh ja, stimmt. Das habe ich ganz vergessen. Dieser Tritt hat wohl nicht nur meinen Rippen einen Knacks verpasst."

Beschämt schaue ich zu Boden.

„Mach dir nichts draus, Robin, so viel Stress macht schon mal vergesslich."

„Eigentlich habe ich gar nicht darüber nachgedacht, was die mit den Stieren machen und wohin sie sie bringen wollen. In Gedanken war ich nur damit beschäftigt, wie wir den Diebstahl vereiteln können. Doch nun weiß niemand, wohin die Stiere gebracht werden. Und wo wir beide abgeblieben sind. Wenn ich schon wieder nicht mehr auffindbar bin und du auch nicht, werde ich mächtig Ärger kriegen."

Falls wir überhaupt wieder auftauchen, füge ich in Gedanken dazu. Wer weiß, was die Kerle mit uns anstellen, wenn sie uns entdecken. Mir wird übel bei dem Gedanken.

Basko schaut mich groß an, so als zweifle er langsam doch an meinem Verstand. Dann deutet er mit der Schnauze auf meinen Hals.

„Aber hast du nicht dieses protzige Halsband um, damit man dich finden kann, egal wo du bist? Sag jetzt bloß nicht, dass es nicht funktioniert."

Das Halsband, - natürlich. Das habe ich glatt vergessen. Sofort wird mir wieder wohler zumute. Damit kann Felix nicht nur mich finden, sondern auch Basko und die Stiere. Was aber heißt, wir müssen solange bei ihnen bleiben bis die Rettung kommt. Ich erkläre das Basko, was den jedoch gar nicht freut.

„Och, Menno", mault er. „Ich will aber nicht noch ewig lange in diesem dunklen Karren sitzen. Es stinkt und das Stroh ist so hart, es piekst mir in den Bauch. Wäre ich doch lieber zu Hause geblieben. Dann könnte ich jetzt auf meiner kuscheligen Decke liegen und auf mein Essen warten."

Ich antworte ihm nicht, sondern hechle nur ein bisschen verärgert. Er wollte doch unbedingt mitkommen, damit er mal was erlebt. Außerdem gefällt es mir auch nicht hier zu sitzen und nicht zu wissen, wie es weiter geht. Und das Stroh piekst mich genauso wie ihn. Oder sogar noch mehr, denn sein Fell ist lang und lockig, meines ist kurz und an meinem Bauch noch viel kürzer, da spüre ich jeden einzelnen Strohhalm. Grummelnd lege ich mich hin und lege den Kopf auf meine Pfoten. Aber so merke ich jede Unebenheit über die wir fahren in meinem Kiefer, deshalb setze ich mich wieder auf.

Basko merkt, dass ich verärgert bin und sagt erst mal nichts mehr. Das einzige Geräusch macht der Dieselmotor und hin und wieder brummt einer der Stiere. Ich frage mich, ob sie überhaupt wissen, dass wir ebenfalls hier im Viehtransporter sind.

„Ich habe euch sofort bemerkt, als ihr reingekommen seid", höre ich eine Stimme, die mir bekannt ist: Fernando! „Aber mir ist nicht klar, warum ihr auch hier seid."

„Basko und ich haben rein zufällig bemerkt, dass da etwas vorgeht und wollten nach dem Rechten schauen. Dann kamen diese Kerle auf uns zu, so dass wir uns hier herein geflüchtet haben, damit wir nicht gesehen werden," erkläre ich ihm knapp. „Dann fuhr der LKW plötzlich los und wir konnten nicht mehr heraus."

Fernando brummt, sagt aber nichts mehr. Deshalb frage ich ihn: „Wie haben es diese Kerle überhaupt fertiggebracht, euch auf eurer Weide einzufangen? Denn von alleine seid ihr bestimmt nicht zu ihnen hingegangen, oder? Haben sie euch irgendwie betäubt?"

Er schnaubt und scharrt mit dem Huf, bevor er zögernd antwortet:

„Betäubt haben sie uns nicht. Und wir sind auch nicht zu ihnen hingegangen. Aber wir sind auch nicht vor ihnen geflohen als sie auf die Weide kamen…"

Er scharrt erneut mit dem Huf, bevor er verlegen sagt:

„Äh, nun ja… sie hatten Rübenschnitze dabei, die wir gerne mögen, deshalb meinten wir, sie wollen uns nur begutachten. Das haben sie auf der Hazienda öfter gemacht, wir dachten uns nichts dabei. Ich nahm arglos das angebotene Rübenstück, da hat man mir unvermutete etwas über den Kopf gezogen so dass ich plötzlich nichts mehr sah. Nichts zu sehen macht mir Angst, deshalb ließ ich zu, dass der Mann mir einen Strick umlegte und mich in diesen Viehwagen brachte. Kurz darauf wurden auch die anderen hergebracht und die Fahrt ging los."

Er schweigt eine Weile, dann fragt er: „Hast du eine Ahnung, wieso man das mit uns gemacht hat? Wo werden wir hingebracht? Weil wir nicht wissen was man mit uns vor hat haben wir alle kein gutes Gefühl."

Fernando zu erzählen was ich vermute halte ich für keine gute Idee. Er und die anderen Stiere haben offensichtlich noch nie etwas von Stierkämpfen gehört. So soll es möglichst auch bleiben. Denn wenn sie erfahren was mit ihnen geplant ist, drehen sie vielleicht durch. Das kann in dem klapprigen Transporter lebensgefährlich für uns alle werden.

Deshalb gehe ich nicht auf seine Frage ein und mache ihm stattdessen den Vorschlag, zu versuchen ihnen die Säcke von den Köpfen zu ziehen. Da unsere Entführer darauf nicht vorbereitet sind, gibt uns das vielleicht eine Chance zu entfliehen, sobald die Rampe heruntergelassen wird.

Natürlich sind die Stiere sofort damit einverstanden und Basko und ich machen uns sogleich ans Werk. Dazu müssen wir allerdings zwischen ihren Hufen hin- und herlaufen, da es in dem Viehtransporter sehr eng ist. Ich bitte Fernando deshalb er soll den anderen sagen, dass sie ganz stillstehen und ihre Köpfe so weit als möglich nach unten senken sollen. Was alle brav machen. Trotzdem ist es für Basko und mich ziemlich gruselig, uns unter die Stierbäuche und zwischen die Hufe zu begeben. Dort ist es noch düsterer, da die Stiere ja schwarz sind und eng aneinander stehen. Doch da alle ihre Köpfe bis zum Boden neigen ist es einfach ihnen die Säcke herunterzuziehen.

Das dachte ich zumindest, doch ich habe nicht bedacht, dass die Säcke mit einer Schnur hinter den Stierhörnern verknotet wurden.

„Verdammter Mist", schimpfe ich und schaue ratlos zu Basko hin. Der alte Knabe scheint jedoch genau zu wissen wie man dieses Problem löst. Er steht breitbeinig vor dem Kopf eines Stiers und hat den Sack dort gepackt, wo die Schnur durchgezogen ist. Völlig furchtlos ruckt und zerrt er so lange an dem groben Sackstoff, bis die Schnur reißt. Der erste Stier kann wieder sehen, er hebt seinen Kopf und brummt tief vor Erleichterung.

Basko verliert keine Zeit und wendet sich sogleich dem nächsten Stier zu und das Zerrspiel beginnt von Neuem. Ich ertappe mich dabei, wie ich ihm fasziniert zuschaue, dann besinne ich mich und mache es dem alten Rüden nach. Zum Glück sind die Schnüre nicht sehr stabil, so gelingt es uns ziemlich schnell alle Stiere von den Säcken zu befreien. Gerade noch rechtzeitig genug, denn kurz darauf biegt der Transporter ab und wird merklich langsamer. Am Geräusch der Autoreifen merkt man, dass wir nicht mehr auf der Straße sind. Es knirscht und ruckelt ein bisschen, dann bleibt der Transporter stehen.

Draußen wird es plötzlich laut, während wir im Wageninneren erstarren. Was ist da los? Und was sollen wir tun, wenn die Kerle zu früh entdecken, dass die Stiere keine Säcke mehr über den Köpfen haben? Einfach hinausstürmen geht nicht, dazu müsste erst die Rampe heruntergelassen werden. Einfach darüber springen wäre für die Stiere vielleicht möglich, die Plane ist alt und stellenweise schon eingerissen. Es scheint mir aber zu gefährlich, sie könnten sich dabei die Beine brechen. Erneut bin ich ratlos, es bleibt uns nur abzuwarten was weiter geschieht. Nervös lausche ich nach draußen. Was geht da bloß vor sich?

Es dauert eine ganze Weile bis endlich die Plane zur Seite geschoben wird und ein Kopf erscheint, der neugierig zu uns hereinblickt. Da er die Helligkeit im Rücken hat, erkenne ich nicht wer da steht. Doch der Geruch ist unverkennbar. Es ist Felix, er hat mich gefunden. Das Halsband hat also so funktioniert wie es soll. Mir fällt ein Stein vom Herzen.

Auch Basko hat Felix sofort erkannt, er stellt sich an der Rampe auf die Hinterbeine, so kann er ihm übers Gesicht schlecken. Was er voller Freude tut bis Felix ihn lachend abwehrt. Ich sitze derweil am Boden und kann nur nach oben schauen und winseln. Selbst wenn ich den blöden Verband nicht um die Rippen hätte, meine Beine sind zu kurz um bis an den Rand der Rampe zu kommen. Doch Felix ist schon dabei sie ein Stück abzulassen, nur so weit, dass er Basko und mich herausheben kann. Dann verriegelt er alles wieder sorgfältig, er will nicht riskieren, dass die Stiere ausbrechen.

Basko rennt ein paarmal im Kreis um Felix herum, bevor er sich hechelnd hinsetzt. Das ist seine Art Stress abzubauen. Ich stehe noch immer da, wo Felix mich abgesetzt hat, und warte nervös auf das was kommt. Werde ich gelobt oder ist Felix sauer auf mich, weil ich mich wieder einmal in Gefahr gebracht habe? Und den alten Basko noch dazu. Natürlich ist Felix sehr froh, dass er mich und Basko schnell wiedergefunden hat, das sehe ich ihm an. Andererseits denkt er bestimmt ich hätte uns absichtlich in Gefahr gebracht. Ich muss ihm unbedingt sagen wie es dazu gekommen ist, dass wir in dem Transporter gefangen waren. Dazu brauche ich jedoch Tanja oder Michael, die es ihm übersetzen. Doch Tanja ist zu Hause und Michael irgendwo. Ich kann ihn jedenfalls nirgendwo sehen.

„Was ist los, Robin, geht es dir nicht gut, hast du Schmerzen?" Besorgt geht Felix in die Hocke um mich zu untersuchen. Kurz tastet er meine Rippen ab, doch da mir nichts weh tut rühre ich mich nicht.

„Na dann drückt dich wohl dein schlechtes Gewissen" mutmaßt er grinsend und nimmt meinen Kopf zwischen seine Hände, um mir tief in die Augen zu sehen.

„Du musst kein schlechtes Gewissen haben", sagt jemand. Ich erkenne Michael sofort an seiner Stimme. Er kommt auf uns zu und erklärt mir: „Als ich ins Büro kam sah ich, dass eine der Überwachungskameras etwas aufzeichnete. Sie zeigte dich und Basko, wie ihr euch schnell in dem Lkw versteckt habt, als die beiden Spanier unsere Stiere zu dem Viehtransporter brachten. Da sie gleich danach abfuhren, konntet ihr nicht mehr heraus. Doch das war sogar gut, denn dank deines Halsbandes konnten wir überwachen, wohin die Stiere gebracht wurden. Ich informierte sofort die Polizei und wir fuhren hinterher. Also keine Angst, Robin. Du hast nichts falsch gemacht."

Na, das ist doch ein Wort, denke ich erleichtert, vor Freude beginne ich zu trippeln. Das sticht ein wenig in meiner Seite, doch ich ignoriere es. Meine Freude überwiegt alles.

Einige Zeit später können wir endlich zurückfahren. Die Polizeibeamten haben die beiden Spanier in ein Polizeiauto gesetzt und bewachen sie, damit sie nicht ausbüxen können. Einer der Kerle schaut aus dem Autofenster zu mir her. Dabei verzerrt sich sein Gesicht vor Zorn und ich kann sehen, dass er etwas sagt. Verstehen kann ich ihn nicht, allerdings macht mir sein bösartiger Blick Angst. Aber Felix, der es ebenfalls gesehen hat, meint tröstend.

„Mach dir nichts draus, Robin. Der kann dir nichts tun. Er wandert sicher für viele Jahre ins Gefängnis."

Michael setzt sich hinter das Steuer des Viehwagens, um die Stiere zu unserem Gnadenhof zurückzubringen. Er hat zuvor telepathisch beruhigend auf sie eingewirkt. Basko und ich fahren mit Felix in unserem Auto. Basko ist noch immer ganz aufgedreht von unserem Abenteuer und quasselt ununterbrochen auf mich ein. Ich versuche ihn, so gut es geht auszublenden, was er gar nicht bemerkt. Felix hat ihm vor der Fahrt ein paar Globuli in die Backe gelegt. Die hat er immer für Notfälle dabei. Sie wirken sehr zuverlässig, Basko wird endlich ruhiger und gähnt herzhaft. Dann legt er sich hin, den Kopf auf die Vorderpfoten, und die Augen fallen ihm zu.

Ich bin ebenfalls müde, allerdings ohne Globuli, und döse vor mich hin bis wir auf dem Parkplatz unseres Tierschutzvereins anhalten. Mit dem Aufzug fahren wir hoch zu unserem Büro. Felix hat noch wichtige Schreibarbeiten zu erledigen, die mit dem Fall zu tun haben, sagt er. Bevor er anfängt gibt er Basko und mir ein paar Hundekekse und stellt uns frisches Wasser hin. Dann setzt er sich mit einem tiefen Seufzer hinter seinen Schreibtisch.

Weil das Wetter angenehm warm ist legen Basko und ich uns auf den Balkon. Dort liegen Matten bereit, auf denen wir es uns gemütlich machen. Ich zumindest, denn ich würde gern ein kleines Nickerchen machen. Basko sitzt zwar immerhin, doch ich merke ihm an, dass er noch etwas auf dem Herzen hat. Deshalb hole ich erst einmal tief Luft.

„Na, spuck's schon aus" ermuntere ich ihn, denn eher wird er mich nicht schlafen lassen. Was er sich nicht zweimal sagen lässt.

„Ich habe nachgedacht", beginnt er, wobei er sich endlich hinlegt, jedoch nur damit er mir besser ins Gesicht sehen kann. „Eigentlich wollte ich dir nur sagen, dass der Tag heute sehr aufregend für mich war. Und nachdem uns Felix endlich befreit hat dachte ich bei mir, das muss ich mir nicht noch einmal antun. Ich hatte mir schon überlegt wie ich es dir schonend beibringen soll, dass ich morgen nicht wieder mit dir hierher komme..."

„Ääh, das hättest du mir ruhig sagen können" antworte ich schnell. „Schließlich bin ich es gewohnt allein zu arbeiten. Wenn du also ab morgen wieder zu Hause bleiben willst, so ist das für mich ok."

Dann muss ich auf dich nicht auch noch aufpassen, denke ich und hole nochmals tief Luft. Diesmal vor Erleichterung. Doch dann merke ich an Baskos verdutztem Blick, dass er mir wohl etwas anderes mitteilen will. Ich unterdrücke einen Seufzer.

„Ja, äh, eigentlich wollte ich dir sagen, dass ich es mir anders überlegt habe. Wer weiß wie lange es dauert, bis ich mal wieder etwas so Spannendes erlebe. Da wäre es doch dumm von mir, wenn ich darauf freiwillig verzichten würde. Nur weil ich ein bisschen Angst hatte. Du kannst also morgen wieder mit mir rechnen." Dabei sieht er mich etwas verunsichert an, dass ich nicht anders kann als zu sagen.

„Na, das ist doch ein Wort, Kumpel. Nichts anderes habe ich von dir erwartet."

Er strahlt über sein schwarzes Gesicht, während sein Schwanz aufgeregt den Boden fegt. Ein bisschen Staub wirbelt hoch und dringt in meine Nase. Worauf ich heftig niesen muss.

„Jetzt schlafen wir aber erst `ne Runde", japse ich. „Damit wir auch wirklich ausgeschlafen sind, wenn es wieder was zu tun gibt."

Mit einem lauten Seufzer lasse ich den Kopf auf meine Pfoten sinken und mache die Augen zu. Ob Basko meinem Beispiel folgt entgeht mir, denn ich schlafe auf der Stelle ein.

An den folgenden Tagen tut sich allerdings nichts, was Baskos Abenteuerlust stillen könnte. Felix plagt sich mit immer neuen Schreibarbeiten herum und ist deshalb ziemlich genervt. Michael geht seiner Arbeit im Gnadenhof nach und kommt nur hin und wieder zu einer Besprechung ins Büro. Und dann kommt auch manchmal noch der Mann von der Polizei vorbei, um mit den Beiden zu sprechen. Ich lausche dann immer neugierig, doch leider verstehe ich kaum einmal etwas von dem, was besprochen wird. Und Michael hat auch zu wenig Zeit um es mir zu übersetzen. Er sagt nur immer mit entschuldigendem Schulterzucken, eigentlich gäbe es nichts Neues.

In der Auffangstation ist momentan ebenso wenig los. Es sind nur wenige Hunde dort die zu traumatisiert sind um vermittelt zu werden. Tanja, die mit ihnen arbeitet, kann uns dabei auch nicht gebrauchen. Kurz gesagt ist es Basko und mir momentan stinklangweilig hier. Wir entschließen uns deshalb zum Gnadenhof zu gehen, dort ist immer etwas los und die meisten Tiere freuen sich, wenn wir ihnen einen Besuch abstatten. Auch die Tierpfleger haben hier immer ein wenig Zeit für uns übrig. Und meist auch noch das eine oder andere Leckerchen für uns in ihren Hosentaschen. Zuerst besuchen wir die Ponys, die bei dem warmen Sommerwetter auch während der Nacht auf der Weide sein dürfen. Bei den Ponys verbringen wir meist eine längere Zeit, denn Zorro hat stets viel zu erzählen und will uns nur ungern gehen lassen.

Danach sind die Kamele an der Reihe. Vor denen hat Basko ein bisschen Angst, weil sie so groß sind. Aber die kleineren Lamas sind auch nicht sein Fall, seit er mal von einem angespuckt wurde. Dabei war das gar keine Absicht, das Tier ist bloß erschrocken, weil in der Nähe etwas geknallt hat. Vor Angst hat es seinen Mageninhalt von sich gegeben und Basko stand halt daneben und bekam das Zeug ab. Von seinem schönen schwarzen Fell, auf das er so stolz ist lief Spucke, mit Mageninhalt vermischt. Eine Pflegerin musste ihn sofort baden und trockenföhnen. Danach wollte er nur noch nach Hause. Doch am nächsten Tag kam er wieder mit, nur die Lamas möchte er nicht mehr besuchen.

Seit wir die Stiere aus dem Viehwagen befreit haben bestehen auch sie darauf, dass wir jeden Tag bei ihnen vorbeischauen. Da sie jetzt auf einer kleineren Weide inmitten des Parks stehen ist das kein Problem, denn wir kommen zwangsläufig daran vorbei. Da noch nicht geklärt ist ob man ihnen immer noch nachstellt, werden sie zusätzlich rund um die Uhr durch Kameras überwacht. Inzwischen ist zwar geklärt, dass der Mann nicht von ihnen getötet, sondern von seinen Kumpanen ermordet wurde, trotzdem gelten sie noch als latent gefährlich. Obwohl sie seit der Entführung viel zutraulicher geworden sind. Sie lassen sich gerne von ihren Pflegern durch Bürstenmassagen verwöhnen oder mit dem Wasserschlauch abspritzen.

Außerdem haben sie auch noch einen persönlichen Aufpasser. Jonas, der quasi neben ihnen wohnt, kann sie von seinem Apfelbaum aus ständig beobachten. Und leutselig wie er nun mal ist, kommt er öfter zu einem kleinen Plausch über den Zaun geflogen. Den Stieren scheint sein ständiges Geplapper zu gefallen. Er darf sich sogar auf ihren Rücken setzen oder auf den mächtigen Hörner thronen. Ganz stolz lässt er sich so über die Weide tragen. Natürlich gefällt das den Besuchern und Jonas auf den Stierhörnern ist ein sehr beliebtes Fotomotiv.

Meine Rippen schmerzen mich kaum noch, nur wenn ich mich schnell bewege zwickt es noch ein bisschen in meiner Seite. Was ich natürlich zum Anlass nehme alle schnellen Bewegungen zu meiden.

„Du wirst ganz schön rundlich, Robin," sagt dann auch eines Tages Felix zu mir, nachdem er mich dabei beobachtet wie ich mich gemächlich auf meiner Matte ausstrecke.

„Ich denke, du solltest dich wieder mehr bewegen. Deine Rippen sind geheilt, das hat die Tierärztin bestätigt. Sie meinte auch, du brauchst wieder regelmäßige Bewegung damit du nicht einrostest. Was hältst du von einem Fitnessprogramm, gemeinsam mit mir? Das viele Herumsitzen am Schreibtisch in der letzten Zeit tut mir ebenfalls nicht gut, ich bin ganz steif davon. Morgen früh fangen wir mit joggen an. Bist du dabei?"

Was soll ich dazu sagen? Begeistert bin ich nicht, doch als braver Hund begleitet man sein Herrchen natürlich auch beim Joggen. Obwohl mir beim Gedanken daran schon die Beine wehtun. Aber bis morgen früh ist ja noch Zeit. Die werde ich nutzen mich auf die Anstrengung vorzubereiten indem ich endlich meinen Schönheitsschlaf beginne. Ich gähne herzhaft bevor ich mich in die beste Schlafposition bringe und schließe die Augen.

Wir joggen schon seit einigen Tagen jeden Morgen bevor wir zur Arbeit fahren. Und ich muss sagen, nach meiner anfänglichen Unlust macht es mir langsam Spaß im Hundstrab zu laufen. Es strengt mich nicht besonders an, denn es ist die

Gangart, die uns Hunden am meisten liegt. Wir können so lange laufen ohne müde zu werden. Für Menschen ist es allerdings auf Dauer zu schnell, außer sie joggen eben, so wie Felix es tut.

Am Anfang waren wir beide schnell aus der Puste. Das Kilo, dass ich laut Behauptung der Tierärztin zugenommen hatte, hat sich wohl tatsächlich irgendwo auf meinen Hüften versteckt. Inzwischen bemerke ich es nicht mehr und Felix meinte grinsend, ich hätte es wohl schon abgespeckt.

Wie dem auch sei, ich fühle mich jedenfalls wieder fit und voller Tatendrang. Tatsächlich hätte ich Lust auf ein neues Abenteuer. Doch das ist weit und breit nicht in Sicht.

Basko kommt inzwischen nicht mehr mit ins Büro. Er begründete es mit Sehnsucht nach seinem alltäglichen Trott und vermisse es vor allem, mit Lotta und Max zu spielen. Doch Lara hat mir erzählt, dass er sich wohl etwas überschätzt hat. Die Fahrt ins Ungewisse mit halbwilden Stieren, eingesperrt in einem alten Viehwagen, hatte ihm mehr zugesetzt als er vor sich selbst zugeben wollte.

Ich bin dagegen froh, dass er es eingesehen hat, dass man in seinem Alter keine Abenteuer mehr braucht. Ich mag den alten Knaben wirklich sehr gern, weshalb ich ihn lieber in der Sicherheit der Familie weiß. Wenn eine Situation brenzlig wird ist mir wohler, ich muss mich nicht auch noch um die Gesundheit, oder gar das Leben, eines Freundes sorgen.

Während mir das alles durch den Kopf geht trabe ich unermüdlich neben Felix her. Wir joggen durch das idyllische Gelände, dass nahe unseres Hauses liegt und teils aus Heidelandschaft, teils aus lichtem Laubwald, besteht. Dazwischen liegt ein See, an dessen einer Seite sich ein kleiner Sandstrand befindet, die andere Seite aber dicht mit Schilf bewachsen ist.

Obwohl es mir vor ein paar Jahren fast zum Verhängnis geworden ist lieben Felix und ich es dieses Gelände zu durchstreifen.

Damals hatte ein Jäger auf mich geschossen, woraufhin ich blindlings tief in eine dornige Brombeerhecke gelaufen bin. Felix konnte mich erst am nächsten Morgen mittels einer Heckenschere daraus befreien.

Die Brombeerhecke hat sich inzwischen vollkommen von dem radikalen Schnitt erholt und trägt mehr Früchte denn je. Und ich habe die üble Prozedur des Herausziehens unzähliger Dornen aus meinen Pfoten ebenfalls ohne bleibende Schäden überstanden. Trotzdem mache ich immer einen großen Bogen darum, wenn wir daran vorbeikommen. Sicher ist sicher.

Wie jeden Tag beenden wir unseren Lauf an dem kleinen See gegenüber der Hecke. Felix macht noch ein paar Verrenkungen deren Sinn mir bisher entgangen ist, ich wate derweil ein bisschen im seichten Wasser umher. Der weiche Untergrund fließt durch meine Zehen und verteilt sich im Wasser. Ich liebe es diese aufgewirbelte Brühe zu trinken und schlabbere eifrig, bevor sich der Schlick wieder absetzt.

Aus dem Augenwinkel sehe ich eine Bewegung am Ufer gegenüber und hebe den Kopf. Sicher ein Reh, denke ich, dass ebenfalls Durst hat. Doch dann durchdringt ein schriller Laut die Stille, ein Laut, den ich schon allzu oft gehört habe und der mich sofort in Alarmbereitschaft versetzt. Der Schrei eines Hundes in größter Not. Der so abrupt abbricht wie er ertönt ist. Ohne zu zögern spurte ich los und renne zu der Stelle an der ich die Bewegung sah. Der See ist nicht sehr groß, deshalb bin ich schon kurz darauf auf der anderen Seite. Hinter mir höre ich rennende Schritte und weiß, dass Felix mir folgt, zweifellos hat er ebenfalls den Schrei gehört.

Auf der anderen Seite des Sees ist das Ufer stark mit Schilf bewachsen, so dass ich nur die sich sachte im Wind wiegenden Halme sehe. Einen Moment lasse ich meinen Blick darüber streifen, dann sehe ich, dass sich an einer Stelle im tieferen

Wasser etwas bewegt. Ich erkenne einen Mann, der sich bückt und etwas unter Wasser drückt.

Während ich so schnell ich kann durch die Schilfhalme renne, höre ich in der Nähe ein lautes Platschen. Felix ist kurzerhand in den See gesprungen und schwimmt auf den Mann zu, der sich jetzt erhebt und zu ihm hinschaut. Als er seine Hand aus dem Wasser hebt taucht dort langsam zuerst ein dunkler Hundekopf, dann der Körper auf. Doch der Körper bewegt sich nicht.

Die Angst greift mit eisigen Krallen nach mir. Kommen wir zu spät, hat dieser Kerl seinen Hund ertränkt? Ich bin jetzt ganz nahe an ihm und aus meiner Angst wird Zorn als ich sehe wie er dem Hundekörper einen Stoß versetzt, so dass er erneut unter Wasser taucht. Dann dreht sich der Mann um und will aus dem, bis an seine Hüfte reichenden Wasser, waten. Doch das werde ich verhindern, wenn ich schon den Hund nicht retten konnte, so wird mir sein Mörder nicht entkommen.

Ich habe keinen Boden mehr unter den Füßen und muss schwimmen. Der Zorn über den feigen Hundemord verleiht mir jedoch Kräfte, die mich alles andere vergessen lassen. Ich werde diesen Kerl nicht so einfach entfliehen lassen. Ein Grollen dringt aus meiner Kehle, ich packe zu und bekomme seinen Arm zu fassen. Meine Fangzähne bohren sich in sein Fleisch. Er schreit voller Schreck auf und versucht mich abzuschütteln. Ich habe noch nie zuvor einen Menschen gebissen, doch ich lasse nicht los, während der Kerl sich zum Ufer kämpft hänge ich wie ein Gewicht an seinem Arm.

„Robin, aus! Lass ihn los!"

Felix Stimme klingt befehlend, so dass ich sofort gehorche und meinen Biss lockere. Mit einem Ruck schüttelt der Mann mich ab, dann rennt er los als sei der Teufel hinter ihm her. Instinktiv will ich hinterher doch Felix schreit mich an:

„Nein! Bleib!"

Verwirrt bleibe ich stehen, schaue erst dem Mann hinterher und dann zu Felix. Er sagt jetzt in normalem Ton:

„Lass ihn laufen, Robin. Komm her zu mir, wir müssen versuchen den Hund wiederzubeleben. Er hat eine Chance verdient."

Er kniet sich neben den leblosen Hundekörper und drückt auf seine Rippen. Ich setze mich daneben und beobachte ihn und den Hund. Zuerst tut sich nichts, obwohl Felix so kräftig drückt, dass ich denke er bricht dem Hund die Rippen.

Schwer atmend hört er auf, dann bückt er sich und legt sein Ohr auf dessen Brustkorb.

„Sein Herz schlägt wieder," sagt er erleichtert und steht auf. „Jetzt muss nur noch das Wasser aus seinen Atemwegen."

Kurz entschlossen packt er den Hund an den Hinterbeinen und hebt ihn hoch, so dass sich dessen Nase ein Stück über dem Boden befindet. Dann macht er kurze ruckende Bewegungen. Ich sehe wie der Hund sein Maul öffnet und ein Schwall Wasser herausfließt, kurz darauf beginnt er mit den Vorderbeinen zu rudern. Felix scheint nur darauf gewartet zu haben, er legt ihn sachte auf dem Boden ab. Der Hund atmet japsend ein und aus, doch nach kurzer Zeit verbessert sich seine Atmung, so dass er sich aus der Seiten- in die Bauchlage begeben kann. Er ist jedoch noch zu schwach um den Kopf zu heben. Und er zittert.

„Puh, das war knapp! Wenn wir nur ein paar Minuten später hier vorbeigekommen wären hätte er es vermutlich nicht geschafft. Armer Kerl, er friert obwohl es nicht kalt ist. Entweder wegen der Nässe oder vor Erschöpfung. Wir brauchen möglichst schnell Hilfe..."

Felix schaut mich an, während er sein Handy aus der nassen Hosentasche zieht.

„Hoffen wir mal, dass es nach dem Bad im See noch funktioniert," murmelt er und tippt darauf herum. Er grinst erleichtert als quäkende Laute zu hören sind und spricht hinein. Dann legt er es auf einem Stein ab um mir zu erklären.

„Ich habe Michael angerufen, damit er uns hier abholt. Er bringt Handtücher und Decken mit. Bis er hier ist, müssen wir uns behelfen. Zuerst schaffen wir den Hund in die Sonne, damit er nicht mehr so friert. Was ist mit dir, bist du noch sehr nass?"

Nein, bin ich nicht, denn ich habe mich schon einige Male kräftig geschüttelt, um das Wasser aus meinem Fell zu befördern. Trotzdem ist mir auch etwas kühl.

Um sich zu schütteln ist der Hund noch zu schwach, zudem hat er längere Haare als ich. Felix geht zu ihm und hebt ihn hoch. Mit leisem Ächzen trägt er ihn zu einer sandigen Stelle, die von der Sonne beschienen wird und legt ihn ab. Dann streicht er ihm mehrmals mit der Hand über Brust und Rücken, so dass kleine Rinnsale Wasser in den Sand laufen.

Ich lege mich neben dem Hund in den Sand, der schön warm ist, und lasse mich von der Sonne bescheinen. Ausnahmsweise bin ich froh, dass wir so hohe Temperaturen haben, die ich eigentlich gar nicht schätze. Normalerweise meide ich die Sonne, doch jetzt tut sie mir ganz gut.

Ich merke, dass der Hund sich langsam entspannt, er zittert nur noch ab und zu ein wenig. Zudem hat er seine Augen auf mich gerichtet, eine gute Gelegenheit, ihn anzusprechen.

„Wie geht's dir, Kumpel?" will ich wissen. „Ich weiß nicht...", er zögert bevor er weiterspricht. Dann gibt er sich einen Ruck.

„Wie soll ich mich schon fühlen, wenn ich von dem Mann, dem ich jahrelang seinen Besitz bewachte, fast ertränkt wurde? Eigentlich hätte ich ahnen müssen, dass er nichts Gutes im Schilde führt, als er mich heute früh überraschend von der Kette abgemacht und in sein Auto gesetzt hat. Das hat er bisher noch nie gemacht und es hätten bei mir alle Alarmglocken erklingen sollen. Aber ich war so dumm und habe mich gefreut..."

Er stieß einen klagenden Laut aus, der mich bis ins Innerste traf. Wie oft habe ich solche oder ähnliche Sätze schon gehört? Trotzdem weiß ich auch diesmal nicht, was ich darauf antworten soll. Ich kann den Schmerz, das verletzt sein dieses Hundes über den Vertrauensbruch seines Herrn, bis ins Mark spüren. Gerne würde ich etwas Tröstendes sagen, doch ich weiß es gibt keine Worte dafür. Ich kann nur stumm abwarten, bis sein Schmerz etwas abebbt.

„Er fuhr mit mir hierher und legte mir diesen alten Strick um den Hals, bevor er mich daran aus dem Auto bis zum Wasser zerrte."

Ich schaue verwundert zu ihm hin. Tatsächlich liegt ein schmutziger Strick um seinem Hals, der unter seinen dunklen Haaren kaum sichtbar ist. Felix schien ihn ebenfalls nicht bemerkt zu haben, sonst hätte er ihn sicher sofort abgemacht.

„Er zerrte mich so grob ins Wasser, dass mir sofort bewußt wurde, er wollte mir Böses. Das entfachte Angst in mir und gleichzeitig stieg Zorn in mir auf. Zorn über mich selbst, weil ich nie bemerken wollte, dass er mich nur für einen unnützen Köter hielt. Obwohl er mich immer so genannt hat. Unnützer Köter, einen anderen Namen hatte er nicht für mich. So unnütz, dass er beschlossen hatte mich zu ersäufen."

Er hält einen Moment inne, so als müsse er überlegen, was weiter geschehen war.

Dann erzählt er in leisem Ton weiter:

„Durch die Todesangst war ich nicht mehr Herr meiner Sinne, denn ich drehte ohne darüber nachzudenken meinen Kopf soweit ich konnte nach hinten und biss meinem Herrn in den Arm. In mir war nur noch nackter Überlebenswille, ich würde mich nicht einfach so von ihm töten lassen, nicht nach alldem, was ich schon durch ihn erleiden musste. Plötzlich war mir klar, dass er nie geschätzt hat, was ich für ihn getan habe und dass ich ihm weniger wert war als sein altes Fahrrad, das in der Scheune verrostete."

Er hechelt jetzt stark, so sehr macht ihm das aufkeimende Schuldgefühl zu schaffen. Doch dann erzählt er schnell weiter, so als hätte er Angst vor meiner Antwort.

„Ich biss so fest zu, dass mein Herr aufschrie. Doch ich ließ nicht los. Dann schlug er mir mit der anderen Faust mehrmals auf den Kopf, was mich so benommen machte, dass ich meinen Biss lockerte. Er packte mich im Genick und drückte mich unter Wasser. Ich weiß nicht mehr genau was weiter geschah, ich habe wohl Wasser eingeatmet und plötzlich war da nichts mehr..."

Er schweigt und ich ebenso. Kurz darauf kommt endlich Michael angefahren, er fackelt nicht lange, wie es seine Art ist. Wir werden kräftig mit Handtüchern abgerubbelt, ins Auto gesetzt und in Decken gehüllt. Auch Felix zieht seine nassen Klamotten aus und schlüpft in einen Overall, den Michael ihm mitgebracht hat. Kurz darauf startet der Motor und der Wagen rollt an.

Mit einem aufatmenden Seufzer kuschele ich mich tiefer in meine Decke und schließe die Augen.

Kapitel 4:
Auf dem Weg zu einem neuen Abenteuer

Obwohl die Fahrt vom Zauberwäldchen ins Büro nicht allzu lange dauert, fühle ich mich wieder erholt als wir ankommen. Mein Fell ist auch getrocknet, wie ich fühlen kann. Bevor ich mich aus meiner Decke schäle, sende ich einen prüfenden Blick zu dem Hund hin. Er starrt zurück ohne etwas zu sagen, doch in seinen Augen erkenne ich Furcht.

„Du musst keine Angst mehr haben", sage ich beruhigend zu ihm. „Das hier ist ein Tierheim, du bist jetzt in absoluter Sicherheit. Gleich wirst du der Tierärztin vorgestellt, die untersucht dich kurz und wenn es nötig ist, bekommst du Medikamente. Danach darfst du dich in einer gemütlichen Box erholen und kannst dich erst einmal sattessen. Das Futter ist hier übrigens ausgezeichnet."

„Na, Robin, erklärst du deinem neuen Freund schon mal, was ihn bei uns erwartet? Er sieht noch sehr verstört aus. Hat er dir schon seinen Namen verraten?"

Michael geht in die Hocke und krault mir den Rücken, was mir immer sehr gut gefällt. Doch diesmal fällt es kürzer aus, schließlich bin ich noch im Dienst und muss ihm berichten, was es über den Hund zu sagen gibt. Das meiste hat er schon von Felix während der Fahrt erfahren.

„Er hat überhaupt keinen Namen", entgegne ich im vorwurfsvollem Ton. „Kannst du dir das vorstellen? Da bewacht er jahrelang treu und brav das Grundstück seiner Leute und die geben ihm nicht mal einen Namen. Er sagte, der Mann habe ihn immer nur als Köter bezeichnet, als unnützen Köter!"

Michael schaut mich ernst an, dann sagt er mitleidig:

„Na, das sagt ja viel über seinen Besitzer aus.

Dort musste er bestimmt ein sehr einsames Leben führen. Anstatt Liebe bekam er vermutlich Prügel, der arme Kerl. Gescheit ernährt worden ist er auch nicht, so dünn wie er aussieht. Aber das wird jetzt besser, ich bringe ihn erstmal zur Tierärztin, danach bekommt er fürs erste eine Einzelbox und kräftiges Futter."

Er hebt den Hund samt Decke aus dem Auto und verschwindet mit ihm im Gebäude. Die Autotür lässt er für mich offen. Ich hüpfe heraus und schüttle mich erst einmal kräftig, dann halte ich nach Felix Ausschau. Er steht in der Nähe und spricht mit einem Hundepfleger. Wahrscheinlich klärt er ab, wo der Hund nach seinem Tierarztbesuch unterkommen soll. Ich trabe zu ihnen hin, schließlich muss ich das auch wissen.

Nachdem alles geklärt ist fahren Felix und ich mit dem Lift ins obere Stockwerk, wo unser Büro ist. Felix setzt sich sofort hinter seinen Schreibtisch und beginnt zu telefonieren. Dabei tippt er eifrig auf dem Computer herum. Ich lege mich auf meine Decke, von wo aus ich ihn gut sehen und hören kann. Ich vermute er telefoniert um den Besitzer des Hundes ausfindig zu machen. Der interessiert mich ebenfalls, gespannt lausche ich. Zwar verstehe ich nicht alles was er sagt, doch kann ich einiges aus Felix' Tonfall und Mimik herauslesen.

„Ja, ich kann mich vage erinnern, dass wir schon einmal mit dem Mann zu tun hatten", sagt er gerade. „Damals ging es um vernachlässigte Pferde, wenn ich mich recht erinnere. Er führte sich auf wie ein Tobsüchtiger als wir sie da rausholten und drohte uns, er würde sich rächen. Zum Glück haben wir nichts mehr von ihm gehört. Sein Name ist Schröter oder Schrötter..., Schötter, ja, das kann auch sein, Paul Schötter, jetzt erinnere ich mich wieder. Dem werde ich heute noch einen Besuch abstatten."

Ich springe auf und sehe ihn auffordernd an. Da komme ich natürlich mit. Felix scheint jedoch unentschlossen, er schaut mich zweifelnd an. Dann seufzt er und meint mit einem Schulterzucken:

„Na gut, komm mit. Aber komm ihm nicht zu nahe, nicht dass er behauptet, du hättest ihn nochmal gebissen. Einmal ist schon genug, auch wenn du ihn nur abhalten wolltest seinen Hund zu ertränken. Aber du weißt ja ein Hund der beißt, egal aus welchem Grund, wird als gefährlich eingestuft. Es kann also durchaus sein, dass er deswegen eine Anzeige macht...“

Ich bin erschrocken, darüber hatte ich gar nicht nachgedacht. Ich will nicht als gefährlich gelten. Das bedeutet Maulkorb- und Leinenpflicht, außerdem komische Tests, die ich bestehen muss. Da musste ich schon einmal durch, das brauche ich nicht nochmal.

Als ich ziemlich kleinlaut neben Felix zum Fahrstuhl laufe kommt uns Michael entgegen. Er hat den Hund nach dem Tierarztbesuch in einem der kleinen Einzelgehegen untergebracht. Da Elmar, so hat die Tierärztin den Hund spontan getauft, bisher nur im Freien hausen musste, wäre es zu aufregend für ihn in einem geschlossenen Raum zu sein.

„Dort kannst du ihn ja mal besuchen.“

Michael schaut mich prüfend an und fragt mich:

„Was ist los, Robin? Geht es dir nicht gut?“

Bevor ich antworten kann erzählt ihm Felix in knappen Worten von dem Vorfall und dass wir jetzt zu dem Mann fahren würden. Er sagt ihm auch seine Befürchtung. Doch Michael scheint seine Besorgnis nicht zu erwidern.

„Ach, deshalb braucht ihr euch bestimmt keine Sorgen machen“, meint er überzeugt. „Der Kerl war damit beschäftigt seinen Hund zu ertränken, der hat das bestimmt gar nicht richtig registriert. Er denkt bestimmt es war sein Hund, der ihn gebissen hat. Also keine Angst, Robin, der wird schon keine Anzeige machen."

Er klopft mir beruhigend den Rücken bevor er sich wieder Felix zuwendet. Und mir wird sofort wohler nach Michaels Worten. Dann fällt mir ein, dass Elmar sogar gesagt hat, er habe in Panik zugebissen.

Im Auto denke ich darüber nach was an Michael anders ist als an anderen Menschen. Er hat eine sehr positive Ausstrahlung, die nicht nur mir bewusst ist. Außerdem kann er mühelos mit uns Tieren sprechen, egal ob er normal redet oder nur in Gedanken. Da kommen selbst Tanjas große Fähigkeiten in der Tierkommunikation nicht mit. Das hat sie selbst schon gesagt.

Ich komme nicht umhin Michael immer mehr zu bewundern und halte mich oft und gerne in seiner Nähe auf. Deshalb ist mir noch mehr an ihm aufgefallen. Zum Beispiel, dass er oft schon vorhersagt, was kurz darauf tatsächlich geschieht. Und dass er Menschen genau beurteilen kann, die er zuvor noch nie gesehen hat. Er versucht das zwar gerne zu vertuschen, doch wie gesagt, ich beobachte ihn oft und intensiv.

„So Robin, wir sind am Hof dieses Herrn Schötter angekommen, mal sehen, was er uns zu sagen hat", unterbricht Felix meine Gedanken. Er bringt das Auto ein Stück neben einem alten Holztor zum stehen und schaut mich durch den Rückspiegel an.

„Wir warten noch bis der Tierschutzbeauftragte eintrifft, dann werden wir diesem Mann mal auf den Zahn fühlen. Du weißt ja was zu tun ist, während wir uns mit ihm unterhalten."

Klar weiß ich das, und ich kann es kaum erwarten, das Anwesen zu durchstöbern. Da wir ja dienstlich unterwegs sind bekomme ich mein Einsatzgeschirr angezogen, in dem ich wirklich imposant aussehe. Das muss ich einmal betonen, auch wenn ich ansonsten ein bescheidener Hund bin, der nicht gerne angibt.

Wir warten im Auto und auch Felix ist froh, als der Tierschutzbeauftragte endlich eintrifft. Er hat noch einen Polizisten dabei. Das ist so üblich, denn man weiß ja nie was passieren kann, wenn man jemanden der Tierquälerei bezichtigt. Da werden die Beschuldigten schnell mal handgreiflich.

Auf unser Klingeln öffnet eine verhärmt aussehende Frau die kleinere Tür, die in das große Holztor eingelassen ist. Sie hört dem Tierschutzbeauftragten stumm zu, dann seufzt sie und lässt uns hinein.

„Moment, ich sage meinem Mann Bescheid. Er ist im Stall...", murmelt sie, doch der Tierschutzbeauftragte sagt schnell.

„Machen Sie sich keine Mühe, wir wollen uns den Stall sowieso ansehen. Es ist sicher das Gebäude da links, ja?"

Resigniert zuckt die Frau mit den Schultern.

„Ja, aber er ist heute nicht besonders gut drauf, also sind Sie vorsichtig. Da sitzt ihm die Hand locker."

Sie fasst sich unbewusst mit der Hand an den Kopf und als ich hochschaue sehe ich, dass sie einen dunklen Ring um eines ihrer Augen hat.

„Hat Ihr Mann Sie geschlagen?"

Der Polizist sieht sie prüfend an, dann sagt er eindringlich.

„Das sollten Sie auf keinen Fall so hinnehmen. Ich kann Ihnen gerne eine Telefonnummer geben, dort wird Ihnen geholfen..."

„Wir gehen schon mal zum Stall voraus, kommen Sie nach, wenn Sie hier fertig sind", sagt Felix zu dem Polizisten. Dann gehen wir auf den Stall zu, der schon von außen in keinem guten Zustand ist. Eher sieht er wie eine baufällige Hütte aus und überall liegt Gerümpel herum. Hoffentlich müssen darin keine Tiere hausen, denke ich, doch der Geruch sagt mir etwas anderes. Es riecht streng nach Rindern und ihren Ausscheidungen.

„Ich fürchte, hier geht es um mehr Verstöße als um den Versuch einen Hund zu ertränken", murmelt der Tierschutzbeauftragte und holt tief Luft, bevor er den Stall betritt. Felix brummt zustimmend. Im Stall ist es ziemlich dunkel, die beiden Männer brauchen einen Moment um sich an die Sichtverhältnisse zu gewöhnen. Es gibt nur wenige kleine Fenster, deren Scheiben blind vor Staub, Dreck und Spinnweben sind. Zudem sind sie verschlossen, frische Luft kommt da nicht durch. Dementsprechend stickig ist es. Hinter einer Bretterwand ertönen Geräusche, ein tiefes Muhen sagt uns, dass dort die Rinder stehen. Außerdem schimpft jemand und kratzt mit einer Forke auf dem Steinboden herum. Als wir näherkommen fliegt uns eine Ladung stinkiges nasses Stroh entgegen. Ich kann gerade noch zur Seite springen, doch Felix und der Tierschutzbeauftragte bekommen alles auf ihre Hosenbeine und Schuhe.

„Na toll!" schimpft der Mann vom Tierschutz. „Ich habe mir noch überlegt ob ich mich umziehen soll. Doch dann dachte ich, wenn es um einen Hund geht, wird es nicht allzu schmutzig werden."

Er schaut an Felix herunter, der sich wohlweislich einen Einsatzoverall und Gummistiefel angezogen hat.

„Du hast wohl schon vorher gewusst, was uns hier erwartet, hä?", fragt er gespielt vorwurfsvoll.

Felix grinst, kommt aber nicht zum Antworten, da der Bauer in dem Moment aus dem Stallgang kommt. Die Forke hält er in der Hand und fuchtelt sogleich damit herum. Vorsichtshalber bleibe ich hinter Felix Beinen stehen als ich die langen, spitzen Zinken sehe, an denen noch Mist klebt. Ich traue dem Kerl zu, dass er wütend wird und damit nach mir sticht, wenn er mich erkennt. Schließlich habe ich ihn kräftig in den Arm gebissen.

Er fängt sofort an rumzuschreien, dabei lallt er so stark, dass man ihn kaum versteht. Er steht auch recht wackelig auf den Beinen und schwankt bedenklich.

„Der ist ja stockbesoffen", höre ich den Polizisten sagen, der gerade in den Stall kommt. „Da ist es fraglich, ob er überhaupt kapiert, was wir von ihm wissen wollen. Allerdings ist er in letzter Zeit nur selten nüchtern, wie seine Frau mir erzählt hat."

„Versuchen wir es", meint der Tierschutzbeauftragte mit einem Seufzer. „Ansonsten müssen wir ihn vorladen und hoffen, dass er dann nüchtern ist."

Während der Mann befragt wird, will ich mich an ihm vorbeischleichen, weil ich mir die Rinder ansehen will. Er entdeckt mich jedoch und schreit:

„Was willst du denn da, du Missgeburt?" Taumelnd macht er einen Schritt auf mich zu.

„Soll das etwa ein Hund sein? Den hätte ich gleich nach der Geburt ersäuft, sowas zieht man doch nicht groß..."

Er gibt noch mehr abfällige Kommentare über mich ab, die ich mir nicht mehr anhöre. Ich laufe schnell an ihm vorbei, hin zu den Rindern. Es sind Mastbullen, erkenne ich sofort. Die meisten männlichen Kälber landen leider schon wenige Wochen nach ihrer Geburt in einem Maststall. Den sie erst wieder verlassen, wenn sie zum Schlachthof transportiert werden. Ihr ganzes kurzes Leben verbringen sie in einem Stall und bekommen Mastfutter, damit sie möglichst schnell ihr Schlachtgewicht erreichen. Sie sehen niemals die Sonne und spüren nie Gras unter ihren Füßen, oder schnuppern frische Luft.

Diese Bullen haben ihr Schlachtgewicht schon erreicht. Sie stehen so dicht nebeneinander, dass sie sich kaum mehr hinlegen können. Nachdem sich meine Augen an die Dunkelheit die hier herrscht gewöhnt haben, sehe ich, dass sie in keinem guten Zustand sind. Sie sind schmutzig, ihr Fell ist kotverklebt.

Was kein Wunder ist, denn sie stehen in ihren Ausscheidungen, die nicht gerade frisch riechen. Vermutlich ist hier seit Wochen kein frisches Stroh mehr eingestreut worden.

Ich frage mich wo der Bauer den Mist hergeholt hat, den er in den Gang geworfen hat. Jedenfalls nicht aus dem Bullenstall, zwischen den großen, kräftigen Tieren zu misten hat er sich vermutlich nicht mehr gewagt.

Die Bullen starren mich allesamt stupide an, deshalb gehe ich langsam rückwärts um den Stall wieder zu verlassen. Obwohl ich weiß, dass sie durch Eisenstangen gesichert sind, machen sie mich nervös. Deshalb erschrecke ich auch, als ich mit dem Hintern gegen etwas Festes stoße. Langsam drehe ich mich um und atme erleichtert aus. Es ist eine Tür, die nur angelehnt ist, ich stoße sie mit der Schnauze auf um hineinzuschauen.

Es ist ebenfalls ein Stall, aber nicht so groß wie der Bullenstall. Immerhin ist es hier heller, etwas Licht dringt durch die kleinen schmutzigen Fenster. Auch hier stehen Bullen, doch diese sind noch klein, ich schätze, sie sind erst ein paar Wochen alt. Der Bauer hat sie vermutlich erst gekauft, als Ersatz für die Bullen, die demnächst zum Schlachter sollen.

Neugierig kommen sie auf mich zu um mich zu beschnuppern. Dann beginnen sie an mir herum zu schlecken. Ein Kalb will sogar an meinem Ohr nuckeln. In kurzer Zeit bin ich umringt von Kälbern. Oh nein, denke ich, wie soll ich dieser Invasion von hungrigen Mäulern nur wieder entkommen? Angst habe ich vor den Kälbchen nicht, wenn sie nicht gerade in Scharen auftreten mag ich sie sogar ganz gerne. Aber diese sind mir eindeutig zu viele, außerdem sabbern alle stark, mein Fell ist schon ganz nass und schleimig. Im Geiste sehe ich mich schon wieder unter der Dusche stehen. Ich werfe einen verzweifelten Blick zur Tür, kann ich es bis dorthin schaffen? Doch dann sehe ich, dass die Tür zugefallen ist. Auch das noch, mir bleibt heute wirklich nichts erspart. Ich sehe nur noch eine Chance um bald hier herauszukommen - bellen. Wie hysterisch fange ich zu kläffen an.

Es wirkt, erschrocken lassen die Kälber von mir ab und rennen wild durcheinander. Dann fliegt die Tür auf und Felix kommt hereingestürmt. Er blickt sich wild um, von wo mir Gefahr drohen könnte. Dann erkennt er die Situation und fängt erleichtert zu lachen an. Auch die anderen beiden Männer kommen herein. Ein kurzer Blick auf mein verschleimtes Fell genügt ihnen, sie fangen ebenfalls zu lachen an.

Heute ist nicht mein Tag, erkenne ich frustriert und trotte mit gesenktem Kopf zur Tür. Von den Strapazen des Vormittags kaum erholt werde ich zuerst beleidigt und dann ausgelacht. Was kommt wohl heute noch auf mich zu?

Die nächste Heimsuchung wartet schon hinter der Tür auf mich, ich laufe dem betrunkenen Bauern genau vor die Füße und er stolpert über mich. Mit lautem Fluchen geht er zu Boden. Es gelingt mir gerade noch einen Satz zur Seite zu machen, damit er nicht auf mich fällt. Er liegt jedoch so nahe, dass ich direkt in seine glasigen Augen blicke. Eilig mache ich ein paar Schritte rückwärts, so dass ich aus der Reichweite seiner fuchtelnden Arme komme.

Er zetert lauthals herum, wobei er vergeblich versucht wieder auf die Beine zu kommen. Schließlich helfen ihm Felix und der Polizist auf. Doch anstatt dankbar für die Hilfe zu sein, schlägt der Bauer um sich und trifft den Polizisten am Kinn. Jetzt gibt es ein kurzes Gerangel zwischen den Männern, was schließlich dazu führt, dass der Polizist dem Bauern Handschellen anlegt, ihn zu seinem Auto bringt und mit ihm wegfährt.

Damit ist unsere Mission jedoch noch nicht beendet, obwohl mir das am liebsten wäre. Doch der Job hat Vorrang. Jetzt können wir ihm wenigstens in Ruhe nachgehen. Die Frau des

Bauern ist so nett ihn zu vertreten und zeigt uns den Tier-
bestand. Der Tierschutzbeauftragte und Felix begutachten alle
Tiere und machen Notizen. Es stellt sich schnell heraus, dass
die Bullen in keinem guten Gesundheitszustand sind, deshalb
dürfen sie vorerst nicht geschlachtet werden. Sie werden unter
Quarantäne gestellt, ebenso die Kälber. Die Frau bittet uns
sogar die Tiere zu übernehmen und auf unserem Gnadenhof
unterzubringen. Sie sagt, sie könne das Leid der Tiere nicht
mehr ertragen, traute sich aber bisher nicht, sich gegen ihren
Mann aufzulehnen. Doch jetzt sei der Zeitpunkt erreicht, sie
werde ihn verlassen.

Sie erzählt, dass ihr Mann in mehrere Verbrechen verwickelt sei
und sie wolle ihn anzeigen. Das ist jedoch Sache der Polizei,
nicht unsere. Bevor sie mit dem Polizisten auf die Wache fährt
unterzeichnet sie noch die Abtrittserklärung für die Tiere, dann
endlich können wir zurück ins Büro fahren, wo Felix sogleich
die Abholung der Bullen und Kälber veranlasst. Ich höre ihm
eine Weile beim Telefonieren zu, gemütlich auf meiner
Matratze liegend. Seine vertraute Stimme beruhigt mich, ich
gähne herzhaft und schließe zufrieden die Augen. Der Tag war
zwar stressig, doch auch erfolgreich. Wir konnten einem Hund
das Leben retten, einige Bullen dem Schlachter entreißen und
die Kälbchen vor einem tierunwürdigen Leben in einem
dunklen Maststall bewahren. Ach, ich liebe meinen Job.

Ein paar Tage höre ich nichts, wie es mit dem streitsüchtigen
Bauern weitergeht. Die Bullen und Kälber sind in der Arche
eingezogen, natürlich habe ich sie sofort dort besucht. Die
Bullen standen dicht gedrängt in einer Ecke ihrer Weide und
beäugten alles um sich herum misstrauisch. Kein Wunder, sie
kannten ja bisher nur ihren dunklen Stall, das Tageslicht tat
ihnen vermutlich in den Augen weh. Doch Michael versichert

mir, dass sie sich schnell daran gewöhnen werden, wie auch an alles andere, dass sie noch nicht kennen. Da ich nichts Besseres zu tun habe, lege ich mich in den Schatten und beobachte sie. Das Beobachten ist uns Bulldoggen angeboren, selbst wenn sich nur wenig tut finden wir es interessant.

Tatsächlich werden die Bullen langsam neugierig und nachdem ein Mutiger sich ein Maul voll von dem saftigem Gras rupft, um es mit kreisenden Kaubewegungen zu zermalmen, werden auch die anderen hungrig und tun es ihm nach. Bald laufen sie mit Grasen beschäftigt gemächlich über die Weide, so als hätten sie nie etwas anderes gemacht. Das elende Leben, das sie bis gestern geführt haben interessiert sie heute nicht mehr.

Gleich heute früh war die Tierärztin bei ihnen, hat sie gründlich untersucht, ihnen Blut abgezapft und sie dann geimpft. Bis es sicher ist, dass sie keine ansteckenden Krankheiten haben müssen sie von den anderen Rindern ferngehalten werden. Aber nach der Quarantäne werden sie in die große, buntgemischte Herde eingegliedert, die bereits ein eigenes Areal bekommen hat. Auch die Kälber werden in einiger Zeit dort hinkommen und die Herde vergrößern.

Für Felix scheint die immer größer werdende Rinderherde ein Problem zu sein. Eigentlich wolle er nicht so viele Kühe in der Arche haben, hörte ich ihn zu Michael sagen. Doch wenn er sie nicht aufnahm, würden sie letztendlich beim Schlachter landen und das sei nicht mit dem eigentlichen Zweck des Gnadenhofes vereinbar. Deshalb hat er sich entschlossen, noch ein Stück Land hinzuzukaufen, um den vielen Rindern genügend Platz zu schaffen.

Er hat überlegt dann besonders auf die Missstände in der Milchindustrie hinzuweisen. Denn, so sagte er, es ist in der Bevölkerung immer noch kaum bekannt, wie die Milchkühe gequält werden, indem man ihnen immer größere Euter anzüchtet.

Dadurch produzieren sie natürlich viel mehr Milch als normale Kühe, doch das geht zu Lasten ihrer Gesundheit und ihres Lebens. Denn eine Kuh könnte eigentlich um die dreißig Jahre alt werden, die Turbokühe werden jedoch meist nur fünf bis sechs Jahre alt.

Außerdem muss eine Kuh jedes Jahr ein Kalb bekommen, damit sie Milch gibt. Sie wird jedoch nicht durch den Bullen besamt, sondern durch einen Stallarbeiter, der sie unter Zuhilfenahme eines Röhrchens, in dem sich das Sperma befindet, künstlich besamt. Das Schlimmste und Traurigste ist jedoch, dass der Kuh ihr Kalb sofort nach der Geburt weggenommen wird. Oftmals sieht sie es nicht einmal, weil es sofort weggebracht und mutterseelenalleine in ein kleines Iglu aus Kunststoff gesteckt wird.

Die meisten Kälber der Turbokühe sind für den Landwirt buchstäblich nichts wert, ihr einziger Daseinsgrund ist es, dass durch ihre Geburt die Milch ihrer Mutter für ein weiteres Jahr fließt. Die Kälber selbst bekommen billigen Milchaustauscher anstatt Muttermilch und werden nach wenigen Wochen entweder zum Mästen verkauft oder sie landen gleich als Kalbsbraten auf dem Teller. Und die wertvolle erste Milch, auch Biestmilch genannt, landet meist auch nicht in den Kälbermägen. Sie wird an Labore verkauft, die daraus Spezialnahrung für alte und kranke Menschen oder auch für schwache Babys herstellen. Oder es werden Cremes gegen Falten daraus hergestellt. Ja es gibt sogar Hundefutter, in dem Biestmilch enthalten ist. Zum Glück ist mein Futter frei davon, denn ich benötige das nicht.

Auf jeden Fall müssen die Kühe, die bei uns aufgenommen werden, keine Milch mehr geben. Sie werden trockengestellt und müssen auch keine Kälber mehr bekommen. Wenn eine Kuh schon trächtig zu uns kommt, was sehr oft der Fall ist, darf sie ihr Kalb natürlich behalten, und selbst aufziehen.

Obwohl jedes Kalb im Kuhgnadenhof, der übrigens den sinni-
gen Namen Kuhdorf bekommen hat, willkommen ist, muss
jedoch unbedingt Vorsorge getroffen werden, dass keine
weiteren Kälber hier gezeugt werden. Außerdem gilt es,
Streitereien der männlichen Tiere wegen einer brünstigen Kuh
gar nicht erst aufkommen zu lassen. Das heißt jedoch für jeden
Bullen und jeden Stier, er muss kastriert werden. Nur den Bul-
lenkälbern bleibt es vorerst erspart, sie müssen erst wachsen
und gedeihen.
Kastration ist ein Thema, das mir nicht geheuer ist. Deshalb
habe ich es bisher immer vermieden bei den Eingriffen dabei zu
sein. Demnächst stehen wieder Kastrationen an, sowohl die
neuen Bullen als auch die spanischen Stiere müssen sich der
Prozedur unterziehen, erst danach dürfen sie im Kuhdorf einziehen. Ich habe mir jedenfalls vorgenommen diesen Tag lieber
im Büro zu verschlafen.

Es gibt erfreuliche Nachrichten von Elmar zu berichten. Die
Frau seines ehemaligen Besitzers hat tatsächlich gegen ihren
Mann ausgesagt und ihn schwer belastet. Um was es geht wollte
die Polizei nicht sagen, doch jedenfalls wird der aggressive
Bauer wegen einiger schweren Delikte angeklagt und wird wohl
für Jahre ins Gefängnis wandern. Seine Frau wird den Bauernhof verkaufen und sich eine Wohnung am Stadtrand mieten.
Und Elmar darf zu ihr ziehen. Anders als ihr Mann ist sie sehr
tierlieb und möchte unbedingt gutmachen, was er Elmar angetan hat. Sie war inzwischen schon mehrmals hier und hat ihn
besucht, wir konnten alle sehen, dass er sie mag und ihr vertraut.
Deshalb darf sie ihn bald abholen.
Zu meiner Erleichterung hat sich die Sache mit dem Biss
erledigt. Felix hat es zwar pflichtschuldig dem Tierschutzbeauftragten erzählt, doch als man den Bauer befragte stritt er es ab.

Nie und nimmer würde er sich von so einem hässlichen Köter beißen lassen, hat er getönt. Ich sei doch so fett, dass ich mich kaum bewegen könne und wäre gar nicht bis an seinen Arm gekommen. Die Bisse würden von seinem eigenen Hund stammen. Und zur Strafe dafür hätte er ihn ertränkt.

Felix meinte dazu, dass der Bauer vermutlich so betrunken war, dass er sich nicht mehr erinnern könne, dass ich ihn gebissen habe. Außerdem wäre er von Elmar mit großer Wahrscheinlichkeit ebenfalls gebissen worden, er hatte nämlich mehrere Bissverletzungen. Aber, so sagte Felix, würde er den Teufel tun und darauf bestehen, dass ich zugebissen habe.

Seine diesbezügliche Aussage wurde dann auch aus den Akten entfernt, für die Anklage gegen den Bauer war sie sowieso nicht relevant. Und sein Anwalt hatte genug damit zu tun, die ganzen Anklagepunkte gegen seinen Mandanten aufzulisten, er wusste sowieso nicht wo er anfangen sollte.

Zwar kränkte es mich ein bisschen, dass ich von dem Bauer als hässlicher, fetter Köter bezeichnet wurde, doch Felix versicherte mir, dass es nur das dumme Gerede eines verbrecherischen Mannes war. Er streichelte mir liebevoll über den Kopf bevor er sagte:

„Kein Hund kann so hässlich sein, wie der Charakter mancher Menschen. Und an dir ist alles perfekt, dein Körper ebenso wie dein Charakter."

Kapitel 5:
Ukraine - ja oder nein?

Ich trotte, wie fast jeden Morgen, durch meine „Arche" um mich zu vergewissern, dass alles in Ordnung ist. Es ist noch früh am Morgen, doch merke ich jetzt schon, dass es heute heiß werden wird. Ich mag Hitze nicht besonders, vor allem nicht, wenn es auch noch schwül ist. So wie heute. In der Nacht hat es gewittert und kräftig geregnet, der Boden ist noch nass und in der Wiese hängen Tropfen an den Gräsern. Eine große Schnecke gleitet gemächlich vor mir über den Weg in Richtung der Wiese. Sie sucht Schutz vor der nahenden Hitze, genau wie ich. Eine feuchte Wiese ist für mich jedoch keine Option.
„Oh, eine Schnecke, genau das richtige Frühstück für mich", höre ich Jonas krächzen. Er landet direkt neben mir, packt die Schnecke am Häuschen und will mit ihr wegfliegen.
„Hey, spinnst du? Lass die Schnecke los, die ist nicht für dich."
Empört schaue ich nach oben, wo Jonas gerade auf einem Ast landet. Er legt den Kopf schief und schaut mit einem Auge auf mich herab. Dann macht er den Schnabel auf und lässt die Schnecke fallen.
„Wenn du sie möchtest – bitteschön", krächzt er belustigt. „Ich wusste ja nicht, dass du auch Schnecken magst."
Natürlich weiß er genau dass ich keine Kriechtiere fresse, überhaupt nichts, was noch lebt. Er will mich bloß mal wieder ärgern. Ich laufe jetzt doch in die Wiese, bis hin zu dem Baum und schaue nach der Schnecke. Sie hat sowohl Jonas' scharfen Schnabel, wie auch den tiefen Sturz vom Baum, unbeschadet überstanden. Gerade ist sie dabei ihr Haus zurechtzurücken. Dann gleitet sie unbeeindruckt weiter in Richtung einer morschen Wurzel, hinter der sie dann verschwindet.

„Willst du auch zur Rinderweide?" fragt Jonas von oben. Dabei hat er genau im Blick, wohin die Schnecke sich verkrochen hat. Vermutlich wird er später zurückkommen um sie sich doch noch zu holen.

Ich seufze leise auf, unterlasse es jedoch ihn zu warnen. Ich weiß ja, dass Raben Schnecken und anderes Getier fressen. Das ist nur natürlich und ich sollte mich da nicht einmischen. In der Natur bedeutet der Tod eines Tieres das Leben eines anderen. Fressen und gefressen werden, ist die Devise. Auch ich als Hund bin darauf angewiesen, dass ein anderes Tier stirbt, damit ich etwas zu fressen habe. Und der Hohn daran ist, dass ich einerseits die Tiere rette, sie andererseits jedoch als Nahrung benötige. Das weckt manchmal Zweifel in mir.

Die Bullen, zum Beispiel, die wir vor dem Schlachter gerettet haben, sind genau mein Beuteschema. Wären wir nicht dort gewesen und wäre der Bauer nicht ins Gefängnis gekommen, wären sie bereits tot und in diversen Menschen- und Hunde-mägen verschwunden. Denn nur dafür wurden sie gezüchtet und gemästet. Geboren, damit ihre Mütter Milch geben. Gemästet um gegessen zu werden, das war ihre einzige Daseins-berechtigung.

Aber ich schweife wieder einmal vom Thema ab. Denn eigentlich fragte mich Jonas ob ich auch auf dem Weg zur Rinderweide wäre.

„Weiß nicht", brumme ich unschlüssig, dann frage ich doch nach: „Warum? Gibt es da heute was Besonderes?"

„Klar!"

Er krächzt es laut von seinem Ast zu mir herunter.

„Heute werden die Bullen kastriert. Auf der Weide. Die Tier-ärztin ist schon da und bereitet alles dafür vor."

Die Kastration, die habe ich ganz vergessen. Nein, da will ich nicht dabei sein. Aber mich interessiert natürlich warum Jonas das unbedingt sehen will. Für ihn ist das doch gar kein Thema, soweit ich weiß werden Vögel nicht kastriert, zumindest keine Wildvögel. Ich frage ihn.

„Naja, ich habe von den anderen Raben erfahren, dass dabei was abgeschnitten und dann entsorgt wird. Da dachte ich, das schau ich mir mal an, vielleicht fällt ja was für mich ab."

Äh, was? Habe ich ihn da richtig verstanden? Er will die abgeschnittenen... Ich muss mich erst einmal schütteln. Aber dann denke ich was erwarte ich von einem Raben, der schleimige Schnecken frisst? Oder ein überfahrenes Tier von der Straße holt um es zu verzehren. Um ihn von dem ekligen Thema abzulenken frage ich:

„Die anderen Raben? Ich dachte du willst nichts von ihnen wissen."

„Naja, so nervig wie ich dachte sind sie gar nicht. Sie bringen mir so manches bei, was ich nie gelernt habe. Und ich habe auch gemerkt, dass ich als Teil eines Schwarms sicherer bin. Als Einzelgänger tue ich mir auch schwerer bei der Futtersuche. Aber vor allem gibt es da ein paar hübsche Mädels, die nächstes Frühjahr nach einem Raben fürs Leben suchen. Ein Prachtexemplar, wie ich es bin, hat da sicher gute Chancen."

Dabei blinzelt er mich vergnügt an.

„Aber keine Angst, ich nehme mir trotzdem täglich ein bisschen Auszeit für meine Freunde."

„Ich habe es befürchtet", brummele ich vor mich hin.

„Hä?" Jonas macht den Hals lang um mich besser beäugen zu können. Ich räuspere mich etwas umständlich ehe ich antworte:

„Ich sagte, ich befürchte, dass du nicht mehr viel Zeit hast, wenn du erst mal eine Familie gegründet hast. Kleine Rabenküken verlangen viel Aufmerksamkeit. Und noch mehr Futter. Aber ich freue mich für dich, dass du Anschluss an deine Artgenossen gefunden hast. So sollte es ja auch laufen."

Er krächzt ein bisschen vor sich hin, dann reckt er erneut den Hals, diesmal in die andere Richtung.

„Ich glaube es geht los bei den Bullen, kommst du nun mit? Ich bin schon ganz neugierig."

Ohne meine Antwort abzuwarten hebt er von seinem Ast ab und fliegt davon.

Unschlüssig tripple ich von einem Bein aufs andere. Einerseits gruselt es mich bei dem Gedanken einer Kastration beizuwohnen, andererseits ist das eine Handlung, die auf einem Tierschutzhof, auf dem man seine Pflichten ernst nimmt, zum Alltag gehört. Und da ich nun mal der Chef dieses Gnadenhofs bin, sollte ich vielleicht doch einmal dabei sein. Also atme ich tief durch und mache mich auf den Weg zur Rinderweide.

Unterwegs frage ich mich, warum solch ein Eingriff nicht im Stall stattfindet. Das wäre doch hygienischer als auf der Weide. Dann denke ich mir die Tierärztin und ihre Helfer werden schon wissen was für die Bullen gut ist. Zumindest geht es ganz ruhig zu als ich eintreffe. Ein Bulle scheint es sogar schon überstanden zu haben, er liegt etwas abseits im Gras und döst. Der nächste wird von Michael gerade herangeführt.

„Na, Robin, willst du dir die Kastration doch einmal ansehen? Dann komm näher ran, damit du alles aus der Nähe siehst. Es fließt auch kein Blut, das verspreche ich dir."

Er führt den Bullen, der bereits sediert wurde und deshalb etwas schwankend läuft, am Halfter bis zur Tierärztin hin. Die untersucht ihn, hört sein Herz ab und schaut ihm in die Augen und ins Maul. Danach zieht sie eine sehr große Spritze auf, geht damit zum hinteren Ende des Bullen, bückt sich und sticht die Nadel zuerst in einen, dann in den anderen Hoden des Bullen. Der ist so schläfrig, dass er es gar nicht zu merken scheint.

Ich hingegen kneife die Augen zu. Als ich sie wieder öffne hält die Tierärztin ein gefährlich aussehendes Teil, das wie eine übergroße Zange aussieht, in beide Hände. Ich muss schlucken als sie das Teil oberhalb der Bullenhoden ansetzt und dann die Griffe fest zusammendrückt. Ich meine es knirschen zu hören und muss hecheln.

„Sie schneidet gar nichts ab", höre ich es neben mir enttäuscht krächzen. Jonas sitzt im Gras, reckt den Hals um besser zu sehen und plappert weiter:

„Vielleicht ist sie einfach nicht kräftig genug, die Teile abzuschneiden. Also wenn's hier nichts zu fressen gibt, dann kann ich auch wieder abhauen, die anderen Raben fliegen gleich gemeinsam zu einem Acker, der frisch umgepflügt wurde, da gibt es jede Menge zu fressen. Insekten, Käfer, Würmer, alles was einem Raben schmeckt und ihn satt macht. Es soll sogar Wühlmäuse dort geben. Mmh, ich liebe Wühlmäuse und flieg dann mal los. Wir sehen uns..."

Er schlägt mit den Flügeln und erhebt sich in die Lüfte.

Ich bin froh, dass er unverrichteter Dinge wegfliegt, es kommt mir eklig vor diese Körperteile zu fressen. Aber so wie es aussieht, bleiben sie ja an den Bullen dran. Ich bin wieder einmal irritiert über das was Menschen so tun, verstehen kann ich es nicht. Doch Michael, der gerade einen weiteren Bullen an mir vorbeiführt, scheint meine Gedanken aufzuschnappen. Er bleibt kurz stehen um mir zu erklären:

„Das, was die Tierärztin macht, ist eine unblutige Kastration, Robin. Dabei werden die Samenleiter so stark abgequetscht, dass sie absterben, dadurch wird der Bulle unfruchtbar gemacht ohne die Nachteile einer offenen Wunde zu riskieren. Damit er nichts spürt, bekommt er zuvor eine kurze Narkose und ein starkes Schmerzmittel gespritzt. Schon morgen werden alle wieder fit sein und bald können sie in die große Rinderherde eingegliedert werden, ohne den Drang, um die Kühe zu kämpfen."

„Und was geschieht mit den Stieren?" will ich wissen. „Wird es bei denen ebenso gemacht?"

Er schüttelt den Kopf.

„Nein, die sind bereits zu alt und müssen deshalb auf die herkömmliche Weise kastriert werden. Diese Jungbullen sind nicht besonders groß, da sie nicht ordentlich gefüttert wurden. Deshalb konnten sie noch mit der Zange kastriert werden. Die kommt eigentlich nur bei Kälbern bis zu einer gewissen Größe zum Einsatz. Es hat für diese Bullchen also auch etwas Gutes, dass sie noch relativ klein sind."

Er zieht den müden Jungbullen weiter, da die Tierärztin schon auf ihren nächsten Kandidaten wartet.

Mir reicht was ich gesehen und gehört habe und insgeheim bin ich froh, nur bei der unblutigen Variante einer Kastration dabei gewesen zu sein. Ich setze meinen Rundgang fort, bin aber nicht so bei der Sache wie sonst. Deshalb beschließe ich, es für heute dabei zu belassen und mache mich auf den Weg zurück zum Büro.

Felix telefoniert wieder einmal als ich oben eintreffe, doch in den Schüsseln neben meinem Platz liegen ein paar Kekse und Wasser steht bereit. Ich bediene mich von beidem, dann bin ich bereit für ein kleines Nickerchen. Sorgfältig bearbeite ich die weiche Decke mit Krallen und Nase, bis sie so liegt, wie ich es gerne mag, dann lasse ich mich mit einem zufriedenen Seufzer darauf nieder. Ich lausche noch eine Weile Felix' Stimme, an seinem Tonfall und einigen Lachern erkenne ich, dass er über etwas Angenehmes spricht. Genauso mag ich es, kein Stress, nur gute Laune, was will Hund mehr? Mit einem erneuten Seufzer schließe ich die Augen und gleite in den Schlaf. Wir fahren in die Ukraine? Ich reiße die Augen auf. Habe ich das geträumt oder wirklich gehört? Ich schaue mich schlaftrunken um. Michael sitzt bei Felix auf der Schreibtischkante, die beiden diskutieren angeregt miteinander. Ich rapple mich hoch und gähne erst einmal herzhaft, dann bin ich aufnahmefähig. Zumindest was die Akustik angeht, von dem was geredet wird verstehe ich leider nur hin und wieder ein Wort.

Das Wort Ukraine verstehe ich zum Beispiel. Das ist ein Land in dem Krieg ist, das weiß ich aus den Nachrichten, die Felix tagsüber im Radio hört. Und abends schaue ich manchmal mit ihm Fernsehen. Da sehe ich dann Filme vom Krieg und bekomme manchmal richtig Angst, wenn geschossen wird oder Raketen durch die Luft fliegen. Ich kann mir einfach nicht vorstellen, für was ein Krieg gut sein soll. Den Menschen, die dort wohnen scheint er auch nicht zu gefallen, viele weinen und zeigen auf Häuser, die kaputt sind. Einige Menschen sind voller Blut oder tragen dicke Verbände, andere liegen auf dem Boden und bewegen sich nicht. Oder sie werden auf Tragen gelegt und man trägt sie fort.

Das alles sagt mir, dass Krieg etwas ganz Schlimmes ist und ich bin froh, dass es bei uns keinen Krieg gibt. Zum Glück scheint die Ukraine auch sehr weit weg zu sein, so dass hoffentlich keine Gefahr besteht, der Krieg könnte von dort zu uns herkommen. Und bisher war auch nie die Rede davon, dass wir dorthin fahren. Doch wenn ich eben richtig gehört habe, dann werden wir schon bald in die Ukraine fahren.

Ich starre zu Michael hin, er könnte mir verraten ob ich richtig verstanden habe. Doch der sitzt immer noch auf einer Ecke des Schreibtischs und wendet mir den Rücken zu. Auch Felix hat keinen Blick für mich übrig, er schaut auf seinen Bildschirm und scheint Michael etwas vorzulesen.

Als sie endlich fertig sind springe ich auf und stelle mich Michael in den Weg. Er bückt sich um mir kurz den Rücken zu tätscheln, will aber dann gleich weitergehen. Eilig laufe ich neben ihm her.

„Habt ihr von der Ukraine geredet?" will ich wissen. „Fahren wir dorthin? Sag schon."

Aufgeregt beginne ich zu hecheln.

Er bleibt stehen und geht in die Hocke, so dass ich in sein Gesicht sehen kann. Er grinst mich an.

„Du bekommst aber auch alles mit. Dabei hast du doch so fest geschlafen als ich kam."

Einen Moment scheint er zu überlegen.

„Ja, Felix und ich werden in die Ukraine fahren, aber frühestens in einer Woche. Eine Tierschutzorganisation hat uns um Hilfe gebeten, es geht um Hunde, die in den Kriegsgebieten zurückgelassen wurden und möglichst schnell herausgeholt werden müssen."

„Was ist mit mir? Ich darf doch mit, oder?"

Das ist mir im Moment am Wichtigsten. Alles andere kann er mir später erzählen.

Doch Michael zuckt nur mit den Schultern und meint bedauernd:

„Soweit ich von Felix erfahren habe, sollst du zu Hause bleiben. Weil dort Krieg herrscht und es gefährlich ist. Wir wissen nicht was auf uns zukommt und werden improvisieren müssen. Da können wir nicht auch noch auf dich aufpassen."

„Was, ich darf nicht mit? Aber ich kann doch selbst auf mich aufpassen..." Mir fehlen die Worte vor Entrüstung.

„Das musst du mit deinen Leuten ausmachen. Ich kann da nix dazu sagen", meint Michael und zuckt die Schultern. „Felix meinte, dass dein Frauchen auf keinen Fall möchte, dass du nochmal mit uns kommst. Weil du dich immer in irgendwelche gefährlichen Abenteuer stürzen würdest. Du sollst ja diesbezüglich schon öfter für Aufregung gesorgt haben..."

Er klopft mir leicht auf den Hintern und geht dann. Ich schaue ihm nach, dann drehe ich um und laufe ins Büro zurück.

Muss ich mich halt mit Felix auseinandersetzen. Ich weiß ja, dass er im Grunde nichts dagegen hat, dass ich mitkomme. Aber Tanja hat immer so viel Angst um mich, dass sie mich nicht mehr mitfahren lassen will. Und wenn sie nein sagt, dann sagt auch Felix meist nein.

Er steht hinter seinem Schreibtisch und schaut mir entgegen. „Ich kann mir denken warum du Michael so eilig nachgelaufen bist. Er hat dir bestimmt schon gesagt, dass du nicht mitkommen kannst. Versteh doch, Robin. Tanja hat schon Recht, wenn sie meint Auslandsreisen sind nichts für dich. Die lange Fahrt in einem unserer Transporter ist schon anstrengend für uns, für dich noch viel mehr. Und die Ukraine ist momentan verdammt gefährlich, du würdest uns dort vermutlich auch nicht helfen können und müsstest den ganzen Tag alleine in unserer Unterkunft bleiben. Das würde dir doch nicht gefallen, oder?"

Ich weiß nicht, ob es mir gefallen würde aber es wird mir ebenso wenig gefallen, zuhause bleiben zu müssen. Und sooo gefährlich wird es bestimmt nicht werden, sonst würde Tanja Felix ebenfalls nicht dorthin fahren lassen. Außerdem bin ich doch kein ängstliches Schoßhündchen, sondern eine gestandene Bulldogge die nicht sofort kneift, wenn es einmal knallt. Und die Tierärztin hat mir auch erst bescheinigt, dass ich kerngesund und fit bin.

Doch leider kann ich das mit Felix nicht sofort ausdiskutieren, wie ich das gerne möchte. Ich muss warten bis mein Übersetzer wieder da ist. Deshalb beschließe ich mich erst einmal auf meinen Platz zu legen und zu schmollen. Felix soll ruhig merken, dass ich beleidigt bin.

Als ich mich hingelegt habe, demonstrativ mit dem Rücken zu Felix, höre ich, dass er sich seufzend wieder hinsetzt. Hat er eingesehen, dass ich mitfahren muss? Alles in mir drängt danach, erneut zu ihm zu laufen. Doch da nimmt er den

Telefonhörer ab und tippt eine Nummer ein. Na gut, dann bleibe ich eben liegen. Soweit es meine Rundungen zulassen rolle ich mich zusammen und versuche zu schlafen.

Es ist bereits dunkel als wir endlich heimfahren. Trotz meiner Enttäuschung habe ich lange und tief geschlafen, eigentlich gibt es keine Gemütsbewegung, die mich davon abhalten kann. Meiner Meinung nach ist Schlaf ja ein reines Wundermittel um unschöne Gedanken aus dem Gedächtnis zu löschen oder zumindest abzumildern. Bei mir ist es jedenfalls so, weshalb ich ernsthaft in Betracht ziehe, mich mit Felix wieder zu versöhnen. Eigentlich schreit alles in mir danach, denn nichts belastet mich mehr als ein Streit mit ihm. Aber, überlege ich mir, dann meint er sicher ich hätte eingesehen, dass ich nicht mit in die Ukraine fahren kann. Das ist aber ganz und gar nicht der Fall.
Also spiele ich weiter den tief gekränkten Hund und reagiere nicht, als Felix mich anspricht, sondern schlecke demonstrativ und geräuschvoll an einer Vorderpfote. Weil Felix auf den Verkehr achten muss, verzichtet er auf einen erneuten Versuch mit mir zu sprechen, ja er unterlässt es sogar mich wegen des Schleckens zu ermahnen. So fahren wir schweigend durch die Dunkelheit und irgendwie kommt mir der Heimweg heute endlos vor.

Auch zuhause bleibe ich bei meiner Rolle, denn ich muss ja vor allem Tanja davon überzeugen, dass ich mit in die Ukraine fahren muss. Tanja ist ja leider schon länger strikt dagegen, dass ich mit Felix ins Ausland fahre. Nicht ganz ohne Grund muss ich einräumen. Denn leider bin ich bei einigen Reisen schon das ein oder andere Mal verloren gegangen. Natürlich immer völlig unverschuldet. Was Felix dann jedoch stets dazu bewogen hat, eine große Suchaktion in Bewegung zu setzen.

Dass ich bei diesen Eskapaden auch immer Tiere gerettet habe, kann Tanja auch nicht umstimmen, sie bleibt beim Thema Auslandsreise kategorisch bei ihrem „Nein!"

Ich habe mir deshalb bereits auf dem Heimweg das Gehirn nach zwingenden Gründen zermartert, warum ich Felix unbedingt begleiten muss, doch es will mir einfach keiner einfallen.

Missmutig tappe ich in die Küche zu meinem Futternapf, wie immer duftet der Inhalt einfach köstlich und das Wasser läuft mir im Maul zusammen. Eigentlich würde ich mein Fressen gerne aus Protest verweigern, doch bei dem Duft gelingt es mir nicht. In Windeseile habe ich den Napf geleert und ausgeschleckt. Der nachfolgende Rülpser zeigt allen an wie sehr es mir gemundet hat.

Nun gut, wenn meine Idee mit dem Protestfasten nicht aufging, so werde ich halt wenigstens anstatt auf meinem weichen Kuschelkissen im Wohnzimmer, auf den blanken Fliesen im Flur schlafen, direkt vor der Küchentür, damit mich auch jeder sieht. Langsam tappe ich aus der Küche und lasse mich mit einem tiefen Seufzer zu Boden fallen. Mit geschlossenen Augen warte ich auf eine Reaktion meiner Menschen.

Doch es kommt nur Basko zu mir und schaut mich verwundert an. Dann stupst er mich zögerlich mit der Pfote an.

„Geht es dir nicht gut, Robin? Du verhältst dich so seltsam..."

Er scheint ernsthaft besorgt zu sein. Und da ich weiß, dass er sich immer schnell aufregt, wenn er meint es ginge mir nicht gut, setze ich mich schnell auf.

„Alles in Ordnung", brumme ich beruhigend. „Mach dir keine Gedanken."

Mit Basko kann ich auf keinen Fall über mein Problem reden. Er ist mindestens so strikt dagegen, dass ich verreise wie Tanja. Als ich das letzte Mal verschollen war, ist er vor Kummer krank geworden. Unbewusst seufze ich tief auf, es ist nicht einfach, in einer Familie zu leben, die einen über alles liebt. Und die man selbst so sehr ins Herz geschlossen hat, dass man sie einfach nicht traurig machen möchte.

Als Tanja wenig später die Kinder zu Bett gebracht hat und zu mir in die Diele kommt steht für mich fest: Ich werde nicht mit in die Ukraine fahren, sondern daheim bei meiner Familie bleiben. Ich bringe es einfach nicht übers Herz wegzufahren, in der Gewissheit, dass alle um mich bangen. Denn leider, so muss ich mir selbst eingestehen, ziehe ich manchmal tatsächlich gefährliche Situationen an wie ein Magnet das Eisen.

„Du musst nichts sagen", übermittele ich ihr deshalb sofort. „Ich habe es mir überlegt und möchte hier bei euch bleiben. Diese Ukraine soll ja sehr gefährlich sein und Krieg mag ich überhaupt nicht. Außerdem wird Felix kaum Zeit für mich haben, er hat auf Reisen ja immer sehr viel zu tun. Zudem habe ich mir überlegt, ist es bestimmt auch mal schön ein ganz normaler Familienhund zu sein. Ich nehme doch an, dass ich ein bisschen verwöhnt werde."

„Das wirst du ganz bestimmt, das verspreche ich dir."

Tanja, die neben mir in die Hocke gegangen ist, nimmt mich impulsiv in die Arme und drückt mich an sich.

„Ich werde ein Wellnessprogramm für dich erstellen, nach dem du dich drei Jahre jünger fühlen wirst. Wenn Felix zurückkommt wird er dich nicht wiedererkennen."

Sie lacht glücklich und drückt mir einen Kuss auf den Kopf.

„Ich werde es ihm sofort sagen, er macht sich nämlich sehr viele Gedanken, weil er weiß, wie gerne du mit ihm kommen willst."

Noch einmal werde ich durchgeknuddelt, dann geht sie ins Wohnzimmer um es Felix zu sagen.

Ich seufze erneut und lege den Kopf auf meine Pfoten um nachzudenken. Natürlich war es nicht gelogen, was ich zu Tanja gesagt habe, aber ganz die Wahrheit war es auch nicht. Doch nun habe ich gesagt, ich bleibe hier und werde es auch tun.

„Was war das den eben? Warum hat Tanja dich so abgeherzt?" Meine Gefährtin Lara setzt sich neben mich und schaut streng auf mich nieder. Obwohl sie nur ein Stück größer ist als ich, kann sie das doch ausgezeichnet zur Schau stellen. Außerdem meine ich einen winzigen Unterton von Eifersucht in ihrer Stimme zu erkennen. Tanja und Lara ist ein eingeschworenes Gespann, genau wie Felix und ich. Ich denke jedoch manchmal, Lara wäre insgeheim immer noch gerne die Prinzessin für ihr Frauchen, die sie war bevor Tanja und Felix sich kennengelernt haben. Jetzt muss sie Tanja mit uns allen teilen.

„Dummes Zeug", herrscht sie mich an, was mir klar macht, dass sie wieder einmal ungeniert meine Gedanken liest. Aber das bin ich ja von ihr gewohnt, ich liebe sie trotzdem sehr. Um sie gut zu stimmen berichte ich ihr sogleich, was ich mit Tanja ausgemacht habe.

Sie schaut mich streng an.

„Wird ja auch Zeit, dass du diesbezüglich zur Vernunft kommst."

Dann wird ihre Stimme weicher als sie sagt:

„Schließlich will ich mir auch nicht schon wieder um dich Sorgen machen müssen."

Sie senkt den Kopf und ihre kühle Nase berührt meine für einen kurzen Moment zärtlich. Die kurze Berührung lässt kleine Stromstöße durch meinen Körper fließen, gerne hätte ich ihre Nähe länger genossen. Doch schon ist sie wieder weg, auf dem Weg ins Kinderzimmer, von dort her ertönt Lottas helle Stimme, sie ruft nach Lara, weil sie vergessen hat ihr einen Gutenachtkuss zu geben.

Mit einem kleinen Seufzer lege ich den Kopf auf meine Pfoten. Familie, denke ich, und schließe die Augen.

Eigentlich bekomme ich viel zu wenig von dem mit, was hier täglich abläuft, weil ich ja die meiste Zeit in der Firma bin. Nun, das wird ja bald anders werden, wenn auch nur für ein paar Tage. Ich werde es genießen, nehme ich mir fest vor, bevor ich mich ins Land der Träume begebe.

Kapitel 6:
Eine unvorhergesehene Wende

Es steht also fest, ich fahre nicht mit in die Ukraine. Während Felix und Michael sich dort darum bemühen werden, zurückgelassene Hunde in die Sicherheit unserer Auffangstation zu bringen. Die Tiere wurden bereits von Tierschutzorganisationen vor Ort gesichert und warten nun in deren Obhut auf ihren Transport nach Deutschland. Ich habe Felix und Michael darüber reden gehört, dass auch Organisationen anderer europäischer Länder Tiere abholen, um sie dann ebenfalls zu vermitteln.

Ich frage mich wie viele Hunde und Katzen in den Kriegsgebieten allein gelassen wurden, wenn so viele Leute nötig sind, sie zu transportieren. Und ich versuche mir vorzustellen, wie viele Tiere auf ihre Fahrt in ein neues Leben warten. In welcher Verfassung werden sie sein? Da die meisten eine Bezugsperson oder eine Familie hatten, die sie vermutlich nie mehr sehen werden, sind sie bestimmt sehr traurig.

Da ich nicht mitkommen darf, will ich davon eigentlich gar nichts wissen, denn das belastet mich nur. Doch es will mir auch nicht mehr aus dem Kopf gehen. Um nicht noch mehr mitzubekommen versuche ich deshalb zu schlafen, während Felix und Michael den Einsatz besprechen. Schlafen geht bei mir immer, das bereitet mir keine Mühe.

Wann Felix und Michael fahren steht noch nicht fest, wie lange sie wegbleiben auch nicht. Es ist nur sicher, dass ich während ihrer Abwesenheit Urlaub zu Hause machen werde. Basko hat mir bereits Vorschläge gemacht, was wir zusammen unternehmen können, er freut sich schon wie ein Schneekönig darauf. Auch Lara hat sich bereits Gedanken gemacht, wie ich die Zeit zuhause herumbringe, sie meint, ich könne mich endlich mal mehr mit den Kindern beschäftigen, da ich sie ja kaum einmal zu Gesicht bekäme. Da muss ich ihr leider Recht geben, denn wenn ich morgens mit Felix zur Arbeit fahre, sind Lotta und Max meist noch nicht wach. Und wenn wir abends nach Hause kommen, müssen sie schon bald ins Bett. Meist beschäftigt sich dann Felix noch einige Zeit mit ihnen bevor sie schlafen, da er sie ja auch den ganzen Tag nicht gesehen hat. Ich habe nur an den Wochenenden Gelegenheit mit ihnen zu spielen.

Mein Urlaub ist also schon verplant, bevor ich mir selbst überlegen kann, was ich gerne unternehmen würde. Na, wenigstens wird mir nicht langweilig werden, denke ich. Obwohl ich mich ganz gerne mal langweilen würde. Faulenzen bis zum Abwinken, nur unterbrochen von üppigen Mahlzeiten war eigentlich mein Plan gewesen. Ich seufze schwer.

„Kannst du nicht schlafen, Robin?"

Es ist Michael der mich das fragt. Er geht neben meinem Lager in die Hocke, so dass wir fast auf Augenhöhe sind.

„Bist du noch immer verärgert, weil du nicht mitkommen kannst?"

Ich setze mich auf um das Leckerchen besser kauen zu können, dass er mir hinhält. Danach schlecke ich mir demonstrativ über die Lefzen. Es wirkt, ich bekomme noch ein weiteres.

„Darf ich?" fragt er und setzt sich auf den Rand meiner Matratze, ein Zeichen, dass er länger mit mir sprechen will. Obwohl er schon sitzt grunze ich zustimmend.

Dann sage ich schnell:

„Erzähl mir bitte nichts über den Einsatz. Ich will gar nichts darüber wissen, wenn ich nicht dabei sein kann."

„Es würde dir dort garantiert überhaupt nicht gefallen" geht Michael sofort auf meine Gedanken ein. „Das Land befindet sich im Krieg und in dem Gebiet, in das wir müssen, sind fast alle Häuser zerstört. Die meisten Menschen sind weg, nur ein paar, meistens Ältere, sind geblieben. Aber die haben kaum noch etwas zu essen und leben in den Kellern der kaputten Häuser. Einige sind auch nur wegen ihrer Haustiere dortgeblieben, weil sie die nicht allein lassen wollen. Nach und nach kamen dann auch die zurückgelassenen Hunde oder Katzen zu ihnen, weil sie hofften, etwas zu fressen zu bekommen. Nach diesen Streunern müssen wir suchen, denn sie sollen ebenfalls mit nach Deutschland kommen. Auf einige warten dort sogar ihre Leute. Es ist jedoch nicht ungefährlich in den Trümmern nach Hunden zu suchen, man gerät leicht in Gefahr, beschossen zu werden, von jemand, dem das gerade nicht passt."

„Nein, darauf kann ich gerne verzichten", brumme ich.

„Was mich so ärgert ist, dass es von vorneherein feststand, dass ich nicht mitdarf. Ihr habt einfach beschlossen, ohne mich zu fahren. Weil ich sonst wieder verloren gehen könnte... Pfff, als ob ich jemals absichtlich weggelaufen wäre. Das hatte immer einen triftigen Grund, schließlich ging es mir stets darum, Tiere zu retten. Ich bin doch ein ausgebildeter Rettungshund und habe immer nur meinen Job gemacht. Dass ich in Gefahr geraten könnte, darüber habe ich nicht nachgedacht."

Ich merke, wie wieder Groll in mir aufsteigt, deshalb sage ich nichts mehr.

Auch Michael scheint nichts mehr sagen zu wollen, er steht mit einem Seufzer auf und schaut mit einem weiteren Seufzer auf mich herunter.

„Ach Robin, das ist es ja gerade. Du willst jedem helfen, was sehr ehrenhaft ist. Aber du denkst dabei nicht an dich selbst und auch nicht daran, dass Felix alles andere stehen und liegen lässt um dich zu suchen. Und er leidet jedes Mal Höllenqualen. Genau wie deine Familie daheim. Nur weil dich alle so sehr lieben, wollen sie nicht mehr um dich bangen müssen. Und nur deshalb kannst du nicht mit uns kommen. Verstehst du das nicht?"

„Doch, das verstehe ich", sage ich zerknirscht. „Deshalb bleibe ich ja zuhause, das habe ich doch schon gesagt."

Am Abend erwartet uns Tanja mit einer unschönen Überraschung. Sie hatte einen Anruf von der Polizei bekommen, dass ihre Eltern bei einem Verkehrsunfall verletzt und beide ins Krankenhaus gekommen seien. Sie hatte sofort dort angerufen und konnte mit ihrem Vater sprechen. Er beruhigte sie erst einmal, dass ihre Mutter und er nicht schlimm verletzt waren und ihn auch keine Schuld an dem Unfall traf. Ein anderer Autofahrer hatte die Vorfahrt missachtet und war ihnen in die rechte Seite gefahren.

Allerdings hatte sich etwas später herausgestellt, dass bei Tanjas Mutter der Knöchel gebrochen war und sie operiert werden musste. Was bedeutete, dass sie eine Zeitlang nicht laufen konnte und somit auch ihren Haushalt nicht versorgen konnte.

„Ich werde wohl für einige Zeit hinfahren um dafür zu sorgen, dass alles seine Ordnung hat. Leider ist Papa ja nicht so geschickt, was den Haushalt betrifft", meint sie lächelnd. „Mama würde nicht in Ruhe ihren Knöchelbruch ausheilen können, wenn er alles auf den Kopf stellt."

„Du wolltest doch schon lange einmal wieder mit den Kindern zu Oma und Opa fahren", antwortet Felix zustimmend. „Da ist es doch naheliegend, das Angenehme mit dem Nützlichen zu verbinden. Vorausgesetzt, du traust dir das zu, denn wie Urlaub wird es nicht werden mit den Kindern und den Hunden. Danny ist ja auch noch zu versorgen. Meinst du, das schaffst du alleine?"

Er schaut sie besorgt an.

„Ach, das wird schon klappen", meint sie optimistisch. Dann wird sie nachdenklich. „Das einzige Problem ist, dass ich keine drei Hunde ins Auto bekomme. Ich muss ja einiges an Kleidung mitnehmen. Und die Reisebetten der Kinder…"

Ich liege auf meinem Kissen und höre interessiert zu. Oma und Opa habe ich schon lange nicht mehr gesehen, Danny ebenfalls nicht. Mein Urlaub könnte doch etwas interessanter werden, als ich mir vorgestellt hatte. Aber, überlege ich, wenn Tanja nur zwei Hunde mitnehmen kann, wer muss dann hierbleiben?

„Ich nicht", sagt Lara im Brustton der Überzeugung. „Ich bleibe immer bei Tanja und außerdem muss ich mich um die Kinder kümmern."

„Ich will nicht alleine hierbleiben, ich brauche meine gewohnte Familie um mich. Darum musst du bitte hierbleiben, Robin. Du bist es ja gewohnt, nicht ständig jemand um dich zu haben."

Basko sieht mich flehentlich an und hechelt nervös. Ich weiß ja, dass er noch immer traumatisiert ist von seinem Leben in Polen, schließlich habe ich ihn ja damals gerettet nachdem er von seinem Besitzer ausgesetzt wurde. Ich will ihn beruhigen, dass er natürlich nicht hierbleiben muss, da beugt sich Tanja zu ihm herunter und nimmt ihn in den Arm.

„Keine Angst, Basko, keiner von euch wird zurückbleiben. Irgendwas wird uns schon einfallen."

„Wir machen das ganz anders", mischt sich Felix an Tanja gewandt ein.

„Du nimmst Lara und Basko mit zu Oma und Opa und Robin bleibt erst mal bei mir. Wir fahren ja erst in einer Woche und sind in acht bis zehn Tage wieder hier. Während dieser Zeit kann Robin bei Zlatko und seiner Familie wohnen, die nehmen ihn sicher gerne auf."

Er wendet sich fragend an mich:

„Da hast du doch sicher nichts dagegen, oder? Mal ein paar

Tage mit deinen alten Hundekumpels verbringen. Und das Essen, das Zlatkos Frau kocht, magst du doch so gerne."

Mit einem „Wuff" gebe ich meine Einwilligung. Bei Zlatko und seiner Familie wohnen, bis Felix wieder da ist. Ja, das kann ich mir sehr gut vorstellen. Es ist schon länger her, dass ich zuletzt bei Zlatkos Familie zu Besuch war. Und seit ich für den Gnadenhof zuständig bin, sehe ich ihn leider nur noch selten. Er ist Felix Stellvertreter und für alles zuständig, was mit der Auffangstation und den Hunden zu tun hat. Früher waren er und Felix meist gemeinsam zu Tierrettungen unterwegs, sie waren ein eingespieltes Team.

Seit Felix jedoch der Chef und Zlatko sein Stellvertreter ist, ist er für den reibungslosen Ablauf des Hundetransfers aus den verschiedenen Ländern verantwortlich. Da er mehrere Sprachen spricht ist Zlatko, laut Felix, dafür geeignet wie kein zweiter.

Im Gegensatz zu mir treffen sich die Beiden regelmäßig bei den vielen Meetings, da bin ich meist nicht dabei, weil mir das zu langweilig ist. Während die endlos palavern drehe ich lieber meine Runden durch den Gnadenhof und sehe nach dem Rechten.

Ja, es hat sich einiges verändert, seit Felix von Frau Meurer zum Chef der Auffangstation für Straßenhunde aus Süd- und Osteuropa – so ist der neue offizielle Name unseres Vereins – ernannt wurde. Bald darauf wurde dann noch mein Gnadenhof „Robins Arche" gegründet, der von Michael verwaltet wird, weil ich das als Hund nicht darf. Aber ich bin der Schirmherr der Arche und somit für das Wohl aller Tiere verantwortlich. So hat jeder von uns einen wichtigen Job zu erledigen, was wir alle sehr ernst nehmen.

Ich merke, ich schweife wieder mal ab, denn es geht ja um die Fahrt in die Ukraine. Zumindest scheint jetzt alles geklärt, während Tanja mit der Familie zu ihren Eltern, und Felix in die

Ukraine fährt, mache ich mir bei den Zlatkos eine schöne Zeit. Also alles bestens.

Ich stehe auf meinem Balkon und schaue den Männern beim Beladen der Fahrzeuge zu. Morgen früh ist es soweit, Felix und Michael fahren abwechselnd den großen Transporter um die verlassenen Hunde aus der Ukraine zu holen. Der riesige LKW steht schon seit gestern bereit und wird mit allen möglichen Dingen beladen, die gebraucht werden. Das sind vor allem Hundeboxen in verschiedenen Größen, ein riesiger Stapel Decken und einige Paletten mit Hunde- und Katzenfutter für die Tierheime. Dann noch sehr viele große und kleine Kartons, die mit irgendwelchen Dingen gefüllt sind, die wohl ebenfalls gebraucht werden. Menschen scheinen immer ein riesiges Equipment zu benötigen, wenn sie wohin reisen. Selbst wenn sie eigentlich nur etwas abholen wollen, wie in unserem Fall die Hunde, packen sie alles ein, was in den Transporter passt.

Jetzt werden sogar ziemlich große Gitter eingeladen, die irgendwie zusammengelegt aussehen. Für was die wohl gut sind? Ich brumme ratlos.

„Das sind extra große Fangkäfige, Robin," höre ich Michael sagen. Ich wende den Kopf, denn er steht hinter mir und erklärt weiter: „Wir werden noch einige Hunde einfangen müssen, die wild leben und deshalb sehr scheu sind. In die üblichen Fangkäfige werden die nicht hineingehen. Deshalb nehmen wir diese großen Fallen, über die dann noch Tarnnetze gehängt werden. So merken die Hunde nicht sofort, dass sie in eine Falle laufen und können schneller gesichert werden."

Ah, jetzt verstehe ich. Es ist eigentlich ganz einfach, wenn man es erklärt bekommt.

„Gehst du mit runter?" fordert Michael mich auf. „Zlatko hat deine Sachen schon ins Auto geräumt, musste aber nochmal in sein Büro gehen, weil er noch einen wichtigen Anruf erwartet. Willst du später mit ihm fahren oder lieber die Nacht mit Felix und mir hier schlafen? Du weißt ja, dass wir ziemlich früh losfahren, du wärst dann also ein paar Stunden allein im Büro."

Was für eine Frage, natürlich bleibe ich heute Nacht bei den Beiden, ein paar Stunden allein sein macht mir nichts aus. Das sage ich Michael.

„Na gut" meint er. „Dann rufe ich Zlatko an und sage ihm, er soll dich morgen früh hier im Büro abholen."

Als es Abend wird sitzen wir gemütlich im Büro. Felix hat Pizza bestellt von der ich auch ein Stück bekomme. Ja, ich weiß, Pizza ist für Hunde nicht gut, sie schmeckt uns aber gut. Und außerdem esst ihr Menschen auch nicht nur gesunde Sachen.

Die Pizza war sehr lecker, allerdings etwas scharf gewürzt, weshalb ich noch einen tüchtigen Schluck Wasser nachtrinke. Dann legen wir uns alle zur Ruhe. Felix und Michael haben sich aus dem Lager zwei Feldbetten geholt, auf denen sie die Nacht verbringen wollen. Da sie schon in aller Frühe aufbrechen wollen, fanden sie das als praktischste Lösung.

Ich lege mich auf den Balkon, weil es mir drin zu warm ist. Hier draußen ist es nachts richtig schön. Die Geräusche des Alltags sind verstummt, dafür sind die der Natur erwacht. Grillen zirpen um die Wette, ein Uhu stößt unheimlich klingende Töne aus. Und aus dem Zimmer dringen dezente Schnarchgeräusche in meine Ohren. Mit einem zufriedenen Seufzer schließe ich die Augen und begebe mich ebenfalls ins Traumland.

Es wird schon langsam hell, als ich erwache. In meinem Bauch fühle ich ein unheilvolles Zwicken und aus meinem Magen dringen leise, grummelnde Töne. Das zweite Stück Pizza hätte ich vielleicht doch lieber nicht essen sollen. Aber lecker war es. Eine Weile versuche ich, das zunehmende Grummeln in meinem Bauch zu ignorieren indem ich meine Lage verändere.

Es nützt aber leider nichts, im Gegenteil, das Bauchkneifen wird immer mehr. Schließlich erhebe ich mich und eile durchs Zimmer zur Tür.

Felix ist schon wach, er rasiert sich im Bad. Durch den Spiegel sieht er mich eilig vorbeilaufen. Er macht den Rasierer aus und ruft mir nach.

„Dachte ich's mir doch, dass dir die Pizza nicht bekommt. Hoffentlich schaffst du es noch bis nach unten..."

Ich ignoriere ihn ebenso wie Michael, der gerade ins Zimmer kommt und mir geistesgegenwärtig die Tür offenhält. Während ich eilig den Gang durchquere überlege ich, ob ich den Aufzug oder die Treppe nehme und entscheide mich für den Aufzug. Seine Tür steht einladend offen, so dass ich nur den unteren Knopf mit der Nase drücken muss.

Während die Tür sich schließt und der Aufzug sich in Bewegung setzt, tripple ich nervös mit den Vorderbeinen. Endlich unten angekommen, zwänge mich durch die sich langsam öffnende Aufzugtür und renne zur Eingangstür. Der Sensor erfasst mich und die Tür öffnet sich wie von Geisterhand, ich renne ins Freie und hinter den nächstbesten Busch, da geht die Bescherung schon los. Puh, gerade noch geschafft.

Danach scharre ich mit den Hinterbeinen sorgfältig Erde über das Malheur, damit es nicht mehr sichtbar ist. Denn eigentlich ist es uns Hunden nicht erlaubt sich in der Anlage, und besonders nicht im Blumenbeet genau vor der Eingangstür zu erleichtern. Aber weiter wäre ich beim besten Willen nicht gekommen.

Mein abschätzender Blick überfliegt noch mal den Ort, zumindest auf den ersten Blick sieht das Blumenbeet wie immer aus. Allerdings sind meine Pfoten jetzt voller nasser Erde, anscheinend hat der Gärtner das Beet gestern Nachmittag gut gewässert. So kann ich nicht nach oben fahren, ich will schließlich keinen Ärger mit der Putzfrau bekommen.

Unschlüssig blicke ich mich um, wo kann ich am besten meine Pfoten abwaschen? Hier in der Auffangstation gibt es keinen Bach, so wie drüben im Gnadenhof. Dorthin zu laufen ist aber keine gute Idee, es ist viel zu weit, bis ich wieder zurück bin sind Felix und Michael schon weggefahren. Ich will sie aber unbedingt verabschieden.

Dann entdecke ich einen der Lagerarbeiter, der neben dem Transporter steht und eine Plane mit dem Wasserschlauch abspritzt. Ich spute los, den Mann schickt mir der Himmel. Als ich vor ihm stehe hebe ich demonstrativ meine Pfoten, damit er den Dreck sieht. Er kapiert sofort und hält den Schlauch nahe an meine Füße, in Nullkommanix sind sie wieder sauber. Ich bedanke mich bei dem Mann mit einem freundlichen „Wuff, wuff!", dann drehe ich mich um, ich will schnell zum Büro zurück, damit Felix sich keine Sorgen macht.

Ein Stück hinter dem Transporter steht eines unserer neuen Einsatzfahrzeuge. Das will ich mir noch schnell ansehen. Ich habe gehört, dass außer Felix und Michael noch zwei weitere Leute unseres Vereins mit diesem nagelneuen Kleinbus ebenfalls in die Ukraine mitfahren. Der riesige Transporter bleibt dort bei den jeweiligen Tierheimen stehen und unsere Leute fahren mit dem Bus zu den Orten, aus denen noch Tiere in Sicherheit gebracht werden müssen.

Wie ihr ja wisst bin ich kein neugieriger Hund, aber ich will das neue Fahrzeug nur mal kurz inspizieren. Wenn ich mal wieder bei einem Einsatz dabei bin, muss ich doch wissen, wie das Ding ausgestattet ist. Also laufe ich erst mal daran entlang und rieche hier und da daran. Hinten angekommen bemerke ich, dass eine der beiden Türen einen Spalt aufsteht. Ich kann der

96

Gelegenheit nicht widerstehen, einmal schnell hinein zu hüpfen um es mir von innen anzusehen.

Leider ist auch dieses Fahrzeug mit allen möglichen Dingen so vollgeladen, so dass ich kaum hineinkomme. Gerade will ich mich umdrehen, um wieder rauszuspringen, da fliegt die Tür mit einem lauten Rumms hinter mir zu und trifft mich unsanft am Hintern. Und zwar mit solcher Wucht, dass ich mit der Nase gegen etwas hartes stoße.

Aua, tut das weh, ich versuche aufzujaulen doch meine Schnauze wird an dieses harte Etwas gepresst. Aus ihr dringt nur ein unterdrücktes Schniefen als ich versuche Luft zu holen. Aber, oh Schreck, das geht nicht. Mir ist, als würde mir jemand fest die Nase zuhalten. Erst nach einer endlosen Weile gelingt es mir meinen Kopf etwas zur Seite zu drehen, so dass ich wieder Luft bekomme. Mein ganzer Körper, so kommt es mir vor, scheint wie eine Ziehharmonika zusammengefaltet zu sein. Damit nicht genug bemerke ich, dass wir bereits fahren, was mir einen eisigen Schreck einjagt. Was mache ich denn jetzt? Wie komme ich bloß aus dieser vertrackten Situation wieder heraus? Ich kann mich noch nicht einmal durch Bellen bemerkbar machen, erstens, weil ich die Schnauze nicht aufbringe und man mich zweitens sowieso nicht hören kann. Der Bus ist bis oben vollgepackt und er hat sicher eine Trennwand zur Fahrerkabine. Das heißt, da dringt kein Laut nach vorne.

Ganz ruhig, Robin, versuche ich mich selbst zu beruhigen. Jetzt bloß nicht in Panik ausbrechen, das macht deine Lage nur noch schlimmer. Streng deinen Grips an, das hat dich bis jetzt noch aus jeder üblen Situation herausgebracht.

Die Selbstsuggestion scheint zu wirken, ich merke, wie ich mich etwas entspanne. Sofort wird mir leichter zumute und die Ziehharmonika in meinem Körper zieht sich zusammen. Ich merke, wie ich ganz langsam zu Boden rutsche.

Schließlich liege ich, zwar zusammengepresst wie eine Wurst in der Hülle, außerdem zeigt meine Nase nach oben, doch es ist einigermaßen auszuhalten. Ich will gar nicht daran denken, wie lange ich hier als lebendes Gepäckstück ausharren muss, bis wir anhalten und jemand die Tür öffnet. Wenn jemand die Tür öffnet, denn eigentlich gibt es für die Männer vorne keinen Grund dazu.

Über mein Grübeln bin ich wohl eingeschlafen, wie lange weiß ich nicht aber es scheint etwas länger her zu sein. Ich verspüre nämlich Hunger und Durst.

Plötzlich höre ich eine bekannte Stimme in meinem Kopf: „Robin!" sagt sie streng. „Melde dich endlich. Was ist denn los mit dir, weil du nicht antwortest? Geht es dir gut?"

Zum Schluss klingt Michaels Stimme nicht mehr streng, sondern besorgt. Sehr besorgt.

„Hier, hier bin ich", beeile ich mich zu antworten.

„Ich bin hinten im Bus eingeklemmt und kann mich nicht bewegen."

Michael schweigt erst einmal, ich kann seine Verblüffung richtig spüren. Dann sagt er, sobald sie einen Parkplatz gefunden hätten, würden sie mich befreien.

Mir fällt ein Stein vom Herzen, auch wenn ich mich auf ein Donnerwetter gefasst mache, bin ich froh, dass man mich gefunden hat. Und frage mich irritiert, warum ich nicht selbst daran gedacht habe, mit Michael Kontakt aufzunehmen. Dann hätte ich mir diese unglückselige Fahrt doch ersparen können.

Zum Glück halten wir schon bald an und dann reißt jemand die Tür auf. Tageslicht dringt ins Innere und Sauerstoff. Erst jetzt merke ich, wie verbraucht die Luft hier drin ist. Vor der offenen Tür stehen Felix und Michael und starren mich an. An ihren Mienen erkenne ich, dass sie nicht wissen ob sie froh oder verärgert schauen sollen. Ich schaue vorsichtshalber erst einmal reuevoll zu Boden, dann erhebe ich mich um aus dem Auto zu springen. Meine Beine fühlen sich jedoch ganz taub an, so dass sie mir ihren Dienst versagen und ich wieder zu Boden falle. Zumindest ändert das die Gesichtszüge von Felix und Michael von verärgert zu besorgt. Anstatt der Standpauke gibt es zuerst Hilfestellung für mich. Ich werde aus dem Auto gehoben und vorsichtig abgestellt, zwei stützende Hände sorgen dafür, dass ich nicht erneut umfalle. Irgendwie ist es mir schwummerig im Kopf, vielleicht, weil ich jetzt wieder richtig durchatmen kann. Dabei soll frische Luft doch gesund sein. Komisch, mir wird eher schlecht davon. Mit einem Würgen bringe ich einen Schwall schleimige Flüssigkeit hervor.

Michael zieht gerade noch rechtzeitig seinen Fuß zurück, so dass ich seinen Schuh verfehle. Er sagt nichts dazu, geht stattdessen neben mir in die Hocke und streicht mir über den Rücken.

„Geht es dir jetzt besser?"

Er fragt es besorgt, doch ich kann nicht antworten.

Nach einer Weile merke ich, dass mir besser wird, ich sage es Michael, der es an Felix weitergibt. Der fragt ihn:

„Meinst du wir können weiterfahren? Wir sind spät dran und ich möchte nicht gerne bei Dunkelheit nach unserem Nachtquartier suchen müssen."

„Ich denke schon, wir bringen Robin erst einmal in der Schlafkabine des LKWs unter, da kann er sich am besten erholen."

Er will mich auf den Arm nehmen, doch ich mache einen Schritt zur Seite und laufe auf meinen eigenen Pfoten in Richtung des Führerhauses. Es geht mir mit jedem Schritt besser, stelle ich erleichtert fest.

An einem Busch entleere ich noch schnell meine Blase, dann lasse ich mich von Felix in den LKW heben. Er ist so hoch, dass ich da alleine nicht raufkomme. Ich werde in die kleine Kabine hinter den Sitzen verfrachtet, aufs Bett gesetzt und angeschnallt. Dann geht die Fahrt weiter.

Im Lauf der nächsten Stunden erzähle ich Michael, wie es dazu kam, dass ich im Transporter gelandet bin. Er gibt es an Felix, der den LKW fährt, weiter. Die beiden wechseln sich alle paar Stunden mit Fahren ab. So wird es nicht zu anstrengend, meinen sie.

„Ach Robin, du kostest mich noch meine letzten Nerven" ist alles, was Felix sagt, nachdem ich gebeichtet habe. Dann fügt er noch hinzu: „Ich hoffe nur, du überraschst uns nicht weiterhin mit irgendwelchen Ideen, denen du nachgehen musst."

„Habe ich nicht vor", erwidere ich ein wenig eingeschnappt. „Ich werde euch nicht von der Seite weichen."

Was Michael mit einem betonten Räuspern beantwortet. Dann sagt er:

„Nun, dann werde ich jetzt Zlatko anrufen und Entwarnung geben, der hat nicht nur die Auffangstation, sondern auch noch den Gnadenhof auf den Kopf gestellt auf der Suche nach dir."

Auch das noch, denke ich, und senke beschämt den Kopf. An Zlatko habe ich überhaupt nicht mehr gedacht. Sicher denkt er jetzt, ich hätte nicht zu seiner Familie gewollt, dabei habe ich mich wirklich richtig darauf gefreut. Eilig sage ich zu Michael, er soll Zlatko unbedingt erzählen, dass ich nur durch einen dummen Zufall in dem neuen Transporter gelandet bin und als blinder Passagier mit in die Ukraine fahren musste.

„Ich wollte wirklich gerne bei seiner Familie den Urlaub verbringen, das musst du ihm sagen" beschwöre ich ihn. „Und sag ihm auch, dass ich endlose Stunden im Laderaum zwischen lauter Hundefuttersäcken und Paketen eingeklemmt war, fast nicht mehr atmen konnte und deshalb ohnmächtig wurde."

Vor Aufregung beginne ich zu hecheln, so dass sich Michael zu mir umdreht um mich beruhigend zu streicheln.

„Keine Sorge, Robin, ich werde Zlatko sagen, dass du nicht schuld warst. Er wird es verstehen und ist dir sicher nicht böse. Am besten, du denkst nicht mehr an das unglückselige Geschehen, stattdessen solltest du dich auf das vorbereiten, was in der Ukraine auf uns zukommt. Das wird nämlich kein normaler Job sein, so wie du es von deinen Einsätzen kennst. Die Hunde, die wir dort rausbringen, sind zum Teil stark traumatisiert. Etliche sind verletzt und sie wurden einfach zurückgelassen als ihre Familien flohen. Du wirst viel Elend sehen und es kann gut sein, dass wir bei der Durchsuchung der Ruinen und des Geländes auf tote Hunde treffen. Oder auch auf solche, die so schwer verletzt sind, dass sie an Ort und Stelle erlöst werden müssen um ihr Leiden zu beenden. Meinst du, dass du das verkraftest? Darüber musst du unbedingt nachdenken."

Ich schaue ihn betroffen und auch verunsichert an. Ich habe in meinen Einsätzen schon viel Elend, Leid und Tod gesehen, manchmal auch Tiere angetroffen, die sofort eingeschläfert werden mussten. Es ging mir immer sehr nahe, doch der Gedanke, dass wir den Tieren letztendlich helfen konnten, selbst wenn diese Hilfe ein schmerzfreier Tod war, half mir dabei es zu überwinden. Aber vermutlich war es nochmal etwas anders, wenn die Tiere durch Kriegserlebnisse traumatisiert waren. Bisher kenne ich Krieg nur durch die Bilder in den Fernsehnachrichten. Sie hatten mich nie wirklich interessiert, doch nun würde ich Krieg hautnah miterleben.

„Wenn es dir zu heftig ist, dann kannst du auch in einem der Tierheime bleiben, die wir ab morgen anfahren um Futter abzuliefern und wir holen dich wieder ab, wenn wir die Hunde verladen, die mit nach Deutschland kommen. Überleg es dir, bis morgen hast du Zeit dazu."

Michael klopft mir nochmal den Rücken, dann dreht er sich

wieder nach vorne um Zlatko anzurufen. Ich schaue verunsichert auf seinen Rücken.

Als es Abend wird kommen wir an dem Gasthof an, in dem Felix Zimmer gebucht hat. Es steht bereits das Abendessen für die vier Männer bereit, das sehr lecker riecht. Für mich bestellt Felix eine große Schüssel mit gekochtem Fleisch und Kartoffeln. Es schmeckt mir wunderbar und versöhnt mich etwas mit dem Mist, den ich heute gebaut habe. Der kreist nämlich immer noch hartnäckig durch meine Gedanken.

Nach dem Essen drehe ich noch eine kleine Runde mit Felix, dann gehen wir in unser Zimmer. Felix telefoniert und aus der Art wie er spricht erkenne ich, dass er mit Tanja spricht. Er bemüht sich um einen neutralen Tonfall, denn er will Tanja nicht noch mehr beunruhigen, als sie es eh schon ist. Denn natürlich weiß sie, dass er auf einer gefährlichen Mission ist. Er fragt sie, wie es mit der Pflege ihrer Eltern klappt und ob die Kinder und Hunde sich an die neue Situation gewöhnt haben. Sie versichert ihm alles im Griff zu haben.

Von mir erzählt Felix ihr nichts, er weiß, das würde sie noch mehr beunruhigen. Das macht mir erneut ein schlechtes Gewissen, was habe ich nur angerichtet, indem ich so unbedacht in den Transporter gestiegen bin?

Am nächsten Morgen stehen wir mit den Hühnern auf, denn wir werden von einem laut krähenden Hahn geweckt. Ich dehne und strecke mich ausgiebig, während Felix im Bad ist. Trotz meines schlechten Gewissens habe ich sehr gut geschlafen. Im Gegensatz zu Menschen, die sich oft nächtelang schlaflos im Bett wälzen um über irgendwas nachzugrübeln, ist für uns Hunde Schlaf das beste Mittel um schlimme Gedanken zu verbannen. Deshalb sind wir auch nicht nachtragend, wenn uns einmal ein

Unrecht geschehen ist. Wir verzeihen großzügig, auch uns selbst. Deshalb habe ich das Dilemma von gestern heute so gut wie vergessen. Ich bin wohlgemut und freue mich auf das, was der Tag mir bringt.

Kapitel 7:
Unschuldige Kriegsopfer

Nach nicht allzu langer Fahrt kommen wir am ersten Tierheim an. Es befindet sich nicht in der Ukraine, sondern in Polen, wird aber von einem deutschen Tierschutzverein verwaltet. Das läuft so ähnlich ab wie in Rumänien, Bulgarien oder Spanien, erklärt mir Michael.

Ich erinnere mich an unsere Reisen in diese Länder. In denen wird der Tierschutz noch sehr klein geschrieben, die Leidtragenden sind Straßenhunde und -katzen sowie sämtliche Nutztiere. Viele Menschen in diesen Ländern sind völlig empathielos den Tieren gegenüber. Hunde leben an Ketten, oft tagelang ohne Futter und Wasser. Sie werden fort gejagt wenn sie nichts mehr taugen, oder einfach nicht mehr gewollt sind. Sehr viele sterben an Hunger und Krankheiten, die Überlebenden werden als unerwünschte Streuner verfolgt, erschossen, vergiftet, erschlagen oder überfahren und einfach liegengelassen. Ich habe keine Ahnung ob das in der Ukraine ebenso ist, dennoch wird mir mulmig zumute, wenn ich darüber nachdenke, welche Schicksale die Tiere wohl ertragen müssen. Nun ja, ich werde es ja bald erfahren. Lange dauert es nicht mehr, da kommt das Tierheim in Sicht. Eigentlich sehe ich nur eingezäuntes Gelände, auf dem Hunde aller Größen herumlaufen oder -liegen. Einige Bäume bieten Schatten, doch Hundehütten sehe ich keine. Was für ein Tierheim ist das denn, frage ich mich, dass seinen Tieren keinerlei Rückzugsorte bietet.

„Das ist ein Notgehege, Robin", dringt Michaels Stimme in meinen Kopf, anscheinend hat er mir beim Denken zugehört. Auch gut, da brauche ich nicht zu fragen.

Er erklärt auch weiter:

„Das und zwei weitere Gehege wurden auf die Schnelle er-
richtet, da die Flut von Hunden aus dem Kriegsgebiet immer
größer wurde. In diesen Gehegen sind nur die gesunden und
kräftigen Hunde untergebracht. Die alten, kranken oder verletzten befinden sich im ursprünglichen Tierheim. Und dort gibt
es auch Hundehütten und normale Gehege. Außerdem haben
wir jede Menge Hütten mitgebracht. Es wird den Hunden also
bald gemütlicher gemacht."
Da wir inzwischen vor dem Tor des Tierheims angekommen
sind, spare ich mir eine Antwort. Das Tor wird geöffnet und wir
fahren durch bis zu einem älteren Steinhaus. Daneben befindet
sich eine recht große Lagerhalle, die Felix jetzt anfährt. Darin,
so kann ich sehen, ist jede Menge Platz. Besonders die Regale
mit den Futtersäcken sind fast leer.
„Lange hätten sie die vielen Hunde nicht mehr füttern können" brummt Felix. Er rangiert den LKW so, dass der Hänger
genau neben den leeren Regalen steht. Die Futtersäcke können
also gleich eingeräumt werden. Ich muss ihn einfach bewundern, meinen Felix, er kann einfach alles. Obwohl er nicht sehr
oft einen LKW fährt, schon gar nicht so einen großen, und noch
dazu mit Anhänger, schafft er das mit Links. Der Meinung
scheint auch Michael zu sein, er klopft ihm anerkennend auf die
Schulter und meint lachend:
„Das hätte ich auch nicht besser hinbekommen."
Sie albern ein bisschen während sie aussteigen und dehnen sich
beide erst einmal nach der langen Fahrt. Ich hüpfe schnell von
meinem Platz und stelle mich in die offene Tür. Dann mache
ich mich mit einem „Wuff" bemerkbar.
„Hey, ich will auch raus!"
Felix ist bereits mit der Durchschau von irgendwelchen Unterlagen beschäftigt, deshalb hilft mir Michael beim Aussteigen,
wobei er mahnend sagt:

„Du kannst hier ein bisschen das Gelände erkunden und dich mit den Hunden bekanntmachen. Aber setze bitte keine Pfote außerhalb der Einzäunung. Egal, was da draußen vorgeht. Wir sind knapp in der Zeit, deshalb regeln wir nur kurz, welche Hunde wir auf der Rückreise mitnehmen werden. In spätestens einer Stunde fahren wir weiter."

„Ich will mir bloß ein bisschen die Pfoten vertreten, dann komme ich sofort wieder zu euch", verspreche ich sehr ernsthaft. Dann steure ich den nächstbesten Busch an um mich zu erleichtern, denn meine Blase drückt schon eine ganze Weile. Michael murmelt etwas, dann folgt er Felix zum Eingang des Hauses.

Puh, was für eine Wohltat, endlich pinkeln zu können. Danach schleudere ich mit den Hinterpfoten kräftig die Erde weg, um den Hunden, die mich eventuell beobachten könnten anzuzeigen, dass ich ein gestandener Rüde bin. Ja, ich weiß, dass ist pure Angeberei, aber wir Rüden sind nun mal so.

Zufrieden trabe ich dann den steinigen Weg entlang, der zwischen den Gehegen verläuft. Einige Hunde kommen nahe an den Zaun um mich zu beobachten, die meisten bleiben jedoch einfach liegen, sie drehen höchstens mal den Kopf in meine Richtung.

Ein kleiner schwarzweißer Terrier-Mischling traut sich bis an den Zaun vor und streckt seine schwarze Nase durch das Drahtgeflecht. Er ist noch jung, erkenne ich. Sicher ist ihm langweilig zwischen den meist älteren Hunden. Ich gehe näher heran, damit wir uns beriechen können. Es ist ein Mädchen, stelle ich dabei fest, und beginne freundlich mit meinem Stummelschwanz zu wedeln. Sie tut es mir nach, doch ihr Schwanz dreht sich wie ein Propeller. Es fehlt ein ganzes Stück, deshalb vermute ich es wurde ihr abgeschnitten.

Eine völlig unnötige Prozedur, die aber leider in vielen Ländern noch praktiziert wird.

Die junge Terrier-Dame scheint das fehlende Schwanzstück aber nicht zu stören, sie will lieber wissen, wo ich herkomme und warum ich vor dem Zaun stehe.

„Bist du ausgebüxt?" fragt sie neugierig und gibt mir sogleich den Rat: „Dann lass dich nicht erwischen, sonst kommst du in eines der kleinen Gehege, die sind ausbruchsicher."

Ich erkläre ihr, dass ich nicht von hier und auch schon bald wieder weg bin.

„Wir haben Futtersäcke gebracht, damit ihr genug zu fressen habt. Aber in ein paar Tagen kommen wir zurück und nehmen dann einige von euch mit nach Deutschland" will ich unser Gespräch beenden. Doch das ignoriert sie, indem sie mich mit weiteren Fragen überhäuft. Ob ich in dem riesigen Auto gekommen wäre, ob ich darin keine Angst hätte, welche Hunde wir mitnehmen würden und ob sie auch mitkommen dürfe.

„Kiki, nerv ihn doch nicht so, er sagte doch er hat nicht viel Zeit."

Es ist eine tiefe Stimme, die das sagt, und sie gehört zu einem älteren Hund, der in einigem Abstand zum Zaun steht. Er hat uns die ganze Zeit argwöhnisch beobachtet. Vielleicht gehört er ja zu Kiki, überlege ich.

Da rennt sie auch schon zu ihm hin, vermutlich um ihm zu erzählen, was sie von mir gehört hat. Er hört ihr geduldig zu, legt sich ins Gras und sie kuschelt sich dicht an ihn.

Ganz sicher gehören die Beiden zusammen, bin ich mir sicher. Ich hoffe, dass die Tierschützer das berücksichtigen und die zwei nicht trennen. Ich muss das im Auge zu behalten, nehme ich mir vor. Dann wandere ich noch ein Stück weiter am Zaun entlang um mir auch die anderen Hunde anzuschauen. Ob es wohl schon Zeit wird umzudrehen?

Ich darf mich auf keinen Fall verbummeln, schließlich will ich Felix und Michael beweisen, dass sie sich auf mich verlassen können.

Da kommen sie mir schon in Begleitung zweier Frauen entgegen, die ihnen scheinbar die Hunde zeigen, die demnächst mit uns kommen werden. Na, das passt doch bestens, also schließe ich mich ihnen gleich an.

Sie bleiben vor dem Gehege stehen, von dem ich gerade weggegangen bin. Das ist eine gute Gelegenheit für mich gleich auf Kiki und ihren alten Gefährten hinzuweisen. Ich stelle mich neben Michael und berühre ihn kurz mit der Pfote am Bein. Er schaut mich fragend an.

„Da sind zwei Hunde, die gehören zusammen und sollen auch unbedingt zusammenbleiben", beginne ich ihm zu erklären.

„Das ist Kiki", ich deute mit dem Kopf in Richtung der kleinen Hündin, die bereits wieder am Zaun steht. Der große, weiße Hund mit den braunen Flecken dort hinten gehört zu ihr. Er ist aber ziemlich ängstlich und versteckt sich, wenn die Tierschutzleute auftauchen. Deshalb fürchtet Kiki, dass noch keiner bemerkt hat, dass sie zusammengehören. Sie wollen aber unbedingt zusammenbleiben, deshalb bat Kiki mich, es euch zu sagen…"

„Hast du es schon gesagt?"

Kiki hüpft aufgeregt hinter dem Zaun hin und her.

„Dass Boris und ich gemeinsam auf die Reise gehen müssen, weil wir zusammengehören. Er hat Angst vor Menschen, deshalb getraut er sich nicht herzukommen. Er hat auch Angst vor der Reise und sagt, alleine würde er die nicht überleben. Er hat schon viel durchgemacht in seinem Leben und sich eigentlich schon aufgegeben. Dann hat er zufällig mich gefunden, ich war noch ganz klein und fast verhungert. Er hat mich beschützt und das wenige Essen mit mir geteilt, dass er im Müll gefunden hat.

Wenn wir getrennt werden, dann will er nicht mehr leben, hat er gesagt. Aber ich will nicht ohne ihn in ein fremdes Land fahren." Sie sieht mich aus haselnussbraunen Augen flehend an. Ich hingegen schaue Michael an, er hat Kiki gehört und auch verstanden was sie sagte. Ich hoffe deshalb er wird etwas für die zwei Hunde tun.

„Spielst du schon wieder Schicksal, Robin?" fragt er mich mit einem Grinsen. „Aber das verstehe ich sehr gut. Diese Beiden haben nur noch sich, es wäre grausam sie zu trennen. Sag der kleinen Kiki ich werde mich darum kümmern, dass sie gemeinsam reisen dürfen. Sie kann also ganz beruhigt sein."

Er geht den anderen nach, die bereits am nächsten Gehege stehen. Ich bleibe noch hier, ich will Kiki gleich die freudige Nachricht überbringen.

„Äh, hat dieser Mann eben mit dir gesprochen, ich meine so richtig in Hundesprache?"

Sie sieht mich aus großen Augen durch den Zaun an, plappert aber aufgeregt weiter:

„Er hat dich nur angeschaut, aber trotzdem konnte ich hören, dass er mit dir gesprochen hat. Und du mit ihm…"

„Er heißt Michael und ja, er kann mit uns Hunden sprechen, auch mit anderen Tieren."

Ich sage es voller Stolz, denn schließlich hat nicht jeder Hund einen menschlichen Freund, mit dem er reden kann. Kiki ist sichtlich beeindruckt, es verschlägt ihr buchstäblich die Sprache. Allerdings nicht sehr lange, schon beginnt sie wieder zu reden:

„Das muss ich gleich Boris erzählen, er wird es mir zwar nicht glauben aber ich werde es trotzdem tun. Aufgeregt hüpft sie hin und her, dann hält sie es nicht mehr aus.

„Ich muss Boris gleich suchen und ihn informieren, dass wir gemeinsam fahren werden…"

Sie hält inne und schaut mich ängstlich an.

„Dieser Michael, er wird doch Wort halten, oder? Ich will Boris auf keinen Fall falsche Hoffnung machen. Mich zu verlieren wäre sein Tod, das hat er mir schon oft gesagt. Er ist schon recht alt, weißt du. Und er hat schon einmal eine Trennung erlebt. Damals wurde er von seiner Familie einfach vor die Tür gesetzt. Sie ließen ihn nicht mehr ins Haus. Als er bellte und jaulte wurde er mit Steinen beworfen und fortgejagt. Das hat ihn sehr erschüttert, seither ist er äußerst misstrauisch was Menschen betrifft. Der Treuebruch seiner Familie war für ihn so schlimm, dass er jedem Menschen aus dem Weg geht.

Ich war ausgesetzt worden, als ich noch ein Welpe war. Als Boris mich fand, konnte ich vor Hunger nicht mehr laufen. Er teilte, das wenige mit mir, was er fand und rettete so mein Leben. Aber irgendwann gab es in den Ruinen immer mehr hungernde Hunde aber nichts mehr zu fressen.

Boris warnte mich ständig davor nicht allein auf die Suche zu gehen. Er hatte Angst die anderen Hunde fressen mich auf, wenn er nicht aufpasst. Ein paar kleine Hunde wären bereits gefressen worden. Aber ich war so hungrig und als Boris schlief habe ich mich aus unserem Versteck geschlichen. Zum Glück traf ich auf keine Hunde, aber zu fressen fand ich auch nichts. Ich bin dann vor Schwäche eingeschlafen und ein Mensch hat mich gefunden und hierhergebracht. Ich bekam endlich etwas zu fressen auch wenn ich in eine kleine Box gesperrt war. Doch als es mir besser ging, durfte ich in das große Gehege hier. Und zu meiner übergroßen Freude war auch Boris da. Er hatte tagelang nach mir gesucht, schließlich musste er einsehen, dass er mich nicht mehr finden würde. Er dachte ich wäre tot, deshalb wollte er ebenfalls sterben und legte sich einfach inmitten der Trümmer hin um nicht mehr aufzustehen. Doch da haben ihn die Menschen gefunden und mitgenommen. Als wir uns hier im

Gehege wiedergefunden haben, beschlossen wir niemals mehr getrennt zu sein."

Unsere Fahrt geht weiter, ich liege in der Koje und denke immer noch über das Schicksal von Kiki und Boris nach. Michael hat mir schon einige Male versichert er habe dafür gesorgt, dass die Beiden zusammenbleiben dürfen und dass sie sogar gemeinsam in einer Box mit uns nach Deutschland fahren werden. Natürlich glaube ich ihm, Michael lügt nie. Aber was ist, wenn irgendein Tierschutzmensch nichts davon weiß und Kiki und Boris in separate Boxen steckt? Die am Ende noch in verschiedenen Tierheimen abgegeben werden. Vor Sorge fange ich zu hecheln an.

„Beruhige dich doch, Robin, das wird nicht passieren."
Michaels Stimme erklingt eindringlich in meinen Kopf. Scheinbar habe ich wieder einmal laut gedacht.
„Du weißt doch dass wir Menschen alles Wichtige schriftlich machen. Deshalb bekommt jeder Hund einen Zettel an seine Box geklebt, auf der alles draufsteht. Und bevor ein Hund in seine Box kommt, wird nochmal sein Chip ausgelesen und mit der Nummer auf dem Zettel verglichen. Das muss alles genau eingehalten werden, sonst kämen wir gar nicht über die Grenze. Also vergiss jetzt deine unnötigen Sorgen und schlafe. Felix kommt nach hinten zu dir, er will auch ein paar Stunden schlafen. Ich wecke euch, wenn wir an unserem heutigen Ziel angekommen sind."

Kurz darauf kommt Felix nach hinten gekrabbelt und legt sich zu mir auf die Koje. Er schließt die Sicherheitstür und es wird dunkel um uns herum. Ich rücke eng an ihn heran, denn plötzlich spüre ich ein Gefühl von Heimweh in mir aufsteigen. Doch an Felix Rippen gedrückt und mit seinem Arm über meinem

Körper vergeht es schnell wieder und macht dem Gefühl von Geborgenheit Platz. In Sekundenschnelle bin ich eingeschlafen.

Am nächsten Tag fahren wir ein weiteres Tierheim an. Es sieht sehr provisorisch aus, so als wäre ein großer Garten auf die Schnelle zu einem Asyl für Hunde umgewandelt worden. Ein kleines Haus, mit einer Terrasse davor, steht inmitten von mehreren Zwingern, die provisorisch aus Stangen und Bauzäunen zusammengebastelt sind.

Wir gehen auf das Haus zu und je näher wir kommen, desto intensiver wird der Geruch von Medizin. Riecht fast wie im OP einer Tierarztpraxis, kommt es mir in den Sinn. Und tatsächlich entpuppt sich das Innere des Hauses als eine Praxis. Sie besteht aus nur einen Raum, in dem einige Untersuchungstische stehen. An der Decke hängt eine OP-Lampe an der Wand ein beleuchteter Glasrahmen, auf dem man Röntgenbilder betrachten kann und in den Schränken befinden sich jede Menge Medikamente und Verbandmaterial. Es handelt sich tatsächlich um eine provisorische Tierarztpraxis, wird mir bewusst.

Tiere sind allerdings nirgends zu sehen, nur ein Mann und eine Frau stehen da, die uns freundlich begrüßen. Es sind die Tierärzte und gleichzeitig die Betreiber dieses Tierheimes. Oder ist es eine Tierklinik? Mir kommt alles etwas seltsam vor, doch Felix beginnt sofort mit ihnen zu sprechen und kurz darauf kommt auch wieder eine Liste ins Spiel. Was mich vermuten lässt, dass wir von hier ebenfalls Hunde übernehmen.

Leider kann ich im Moment Michael nicht fragen, er spricht gerade mit der Ärztin. Als sie ihn zu einem Raum führt, der scheinbar erst an das Haus angebaut wurde, schließe ich mich einfach an. Da mich niemand wegschickt, scheint das okay zu sein.

Der Raum ist kahl und nicht sehr groß. Die Wände wurden erst vor kurzem mit weißer Farbe gestrichen, das rieche ich.

Aber ein richtiger Maler war hier nicht am Werk, das erkenne sogar ich. Die Farbe ist mal dicker und mal dünner aufgetragen, an einigen Stellen schimmert der Putz noch durch. Und Farbe, die auf den Holzboden getropft ist, wurde nicht weggewischt.

An einer Wand stehen nebeneinander Gitterboxen, in einigen befinden sich Hunde. Ich sehe Verbände an ihnen und sie tragen diese fürchterlichen Kragen aus Plastik um den Hals. Das sagt mir, dass diese Hunde erst vor kurzem operiert wurden. Ich fühle Mitleid, aber auch Neugier in mir aufsteigen. Deshalb nähere ich mich langsam den Boxen und bleibe in gebührendem Abstand stehen.

In der ersten Box liegt ein schwarzer langhaariger Hund, dessen gesamter Oberkörper mit Binden umwickelt ist. Er muss keinen Kragen tragen, weil er mit der Schnauze sowieso nicht an die Verbände kommt. Dazu ist er zu schwach, er hebt nicht einmal den Kopf als er mich sieht. Sein Maul ist leicht geöffnet und bei jedem Atemzug hört man ein Keuchen. Er schließt seine Augen wieder, so als könne er sie nicht aufhalten.

„Er wurde angeschossen und seine Lunge wurde verletzt. Die Tierretter haben einen ganzen Tag gebraucht, ihn hierher zu bringen. Er wurde heute Nacht noch operiert, doch ist es nicht sicher, ob er durchkommt."

Michael steht neben mir und blickt traurig zu dem Hund hin.

Ich bin betroffen. Angeschossen? Wer macht denn sowas? Habt ihr mir nicht erzählt wir fahren dorthin, wo kein Krieg mehr ist, weil alles kaputt ist und niemand mehr dort wohnt?"

Er holt tief Luft und meint dann:

„Ja, so ähnlich ist es auch. In dem Stadtteil steht sozusagen kein Stein mehr auf dem anderen. Die meisten Menschen sind geflohen, ihre Häuser und Wohnungen zerbombt. Aber ein paar sind dortgeblieben, Alte und Kranke zum Beispiel, oder auch deren Verwandte, welche diese Leute nicht allein lassen wollen.

Die ihnen Essen bringen oder sie pflegen. Nicht zu vergessen die Leute, die ihre Hunde und Katzen nicht aufgeben wollen. Aber es treibt sich auch zwielichtiges Gesindel in den Häusern herum, die keinesfalls humane Absichten haben, sondern auf Verwertbares aus sind, das in den Wohnungen zurückgelassen wurde. Es sollen sich außerdem Soldaten, die nicht mehr kämpfen wollen, hier versteckt halten. Das können russische, aber auch ukrainische sein, die in den Ruinen hausen. Ich hoffe denen begegnen wir nicht. Sie haben Gewehre und manche ballern aus Wut oder Langeweile auf die Tiere, die zwischen den Ruinen herumirren und versuchen am Leben zu bleiben."

„Aber das ist doch schrecklich" werfe ich entsetzt ein.

„Manchmal zweifele ich wirklich, was ich von euch Menschen halten soll. Deshalb wundert es mich nicht, dass so viele Tiere nichts mit euch zu tun haben wollen."

Ich räuspere mich und beschwichtige eilig:

„Damit meine ich nicht dich, meine Familie oder die Tier-schützer…" Aufgeregt verstumme ich.

Doch Michael lächelt nur schwach.

„Keine Angst, Robin, ich weiß genau, was du meinst. Manch-mal kommt es mir auch in den Sinn, dass ich mich schäme zur Menschheit zu gehören. Dann sage ich mir, dass es aber immer noch viel mehr gute als schlechte Menschen auf der Welt gibt. Leider haben wir Tierretter jedoch überwiegend mit bösen Menschen zu tun. Dadurch hat sich unser Bild von der Mensch-lichkeit wahrscheinlich etwas verzerrt."

Diesmal beschäftigt mich der schwarze Hund auf der Weiter-fahrt, der zwischen Leben und Tod schwebt. Er ist noch jung, gerademal erwachsen geworden. Und vermutlich hat er bisher nichts anderes kennengelernt außer den Krieg. Es ist einfach nicht fair, dass er vielleicht sterben muss ohne jemals erfahren zu haben, wie schön das Hundeleben sein kann.

Was mich wieder einmal ins Grübeln bringt. Denn ich habe leider schon sehr viele Hunde gesehen, die bereits im Elend geboren wurden und die es bis zu ihrem Tod nicht geschafft haben, hundewürdig zu leben. Die sich auf der Straße mehr schlecht als recht durchschlagen, von den Menschen verachtet, misshandelt und oft grausam getötet werden. Die aber trotz Krankheiten, Hunger und Schmerzen nie mit ihrem Dasein hadern. Sie leben von einem Tag auf den anderen, was gestern war ist vorbei und was morgen kommt.

Nun ist es so, dass wir Hunde im Allgemeinen nicht groß über unser Leben nachdenken. Wir leben in der Gegenwart, können uns höchstens vorstellen, dass es bald Zeit zum Abendessen ist und freuen uns darauf. Darüber, dass es vielleicht eine bessere Art zu leben gibt als die unsere, kommt uns nicht in den Sinn. Es ist Schicksal, was mit uns geschieht. Das Schicksal kann es gut oder böse mit uns meinen. Es kennt weder Liebe noch Hass und ihm ist es egal ob ein Lebewesen glücklich ist oder schrecklich leiden muss. Wir denken nicht darüber nach, ob und warum unser Leben schön oder schrecklich verläuft, wir nehmen es hin wie es kommt.

Nun ja, dann gibt es aber auch noch Hunde wie mich. Ich denke sehr viel über das Leben und auch über das Schicksal nach. Je älter ich werde, desto mehr fällt mir auf, dass ich irgendwie anders bin als die meisten Hunde, mit denen ich zu tun habe. Allein bin ich aber nicht, denn ich lerne immer mal wieder Hunde kennen, die zumindest ähnlich ticken wie ich. Worüber ich mir natürlich ebenfalls Gedanken gemacht habe.

Ich vermute es liegt hauptsächlich an den Menschen, mit denen ein Hund sein Leben teilt. Bei mir sind es vor allem Tanja und Michael, die mir zeigten, dass Menschen und Tiere durchaus miteinander kommunizieren können. Und natürlich Felix, der in mir viel mehr als einen Hund sieht, der Befehlen zu gehorchen hat. Für ihn bin ich ein echter Freund, der durchaus seinen eigenen Willen und Bedürfnisse haben darf. Tanja und Felix lehren auch ihren Kindern, uns Hunde als vollwertige Familienmitglieder zu respektieren, auf die ebenso Rücksicht zu nehmen ist wie auf sie selbst.

Natürlich ist es, was mich betrifft, einfach Glück, dass meine Leute über so viel Hundeverstand verfügen. Doch es gibt immer mehr Menschen die sich intensiv auf ihren Hund einlassen und ihn ganz selbstverständlich in die Familie mit einbeziehen, mit ihm reden und versuchen ihn zu verstehen. Das spornt auch den Hund an sich verständlich zu machen, er denkt mehr nach und befolgt nicht nur stupide Anweisungen.

Ja, ich weiß, ich bin wieder einmal vom eigentlichen Thema abgekommen. Aber ich wollte das einfach einmal gesagt haben.

Ich grunze zufrieden und mache es mir im Kojenbett bequem, schließlich ist da mehr als genug Platz. Von meiner Liegeposition aus kann ich durch die Frontscheibe in den Himmel blicken. Nachdem sich meine Augen an die Helligkeit gewöhnt haben, sehe ich viele weiße Wolken, die gemächlich dahinziehen. Je länger ich sie betrachte, desto mehr erinnern sie mich an Tiere. Tiere, die auf dem Weg über die Regenbogenbrücke sind. Fasziniert schaue ich zu wie sich die Wolken zu Hunden, Katzen, Vögeln und sonstigen Tieren verwandeln. Und allmählich verzerrt sich alles um mich, ich weiß plötzlich nicht mehr ob ich wach bin oder träume. Mir ist als ob meine Seele meinen Körper verlässt, um sich den Wolken anzuschließen. Ich schwebe dahin, inmitten all den Tierseelen, die nach oben streben. Es herrscht eine freudige Erregung unter ihnen, die mir zeigt, dass sie froh sind endlich ihr irdisches Dasein abzustreifen, es fällt wie leuchtende Sternschnuppen von ihnen ab, die zur Erde sinken und erlöschen.

Neben mir erkenne ich eine fast durchsichtige Gestalt mit Flügeln. Ist das ein Engel? Sie legt mir ihre Hand auf den Rücken, so federleicht, dass ich es mehr erahne als spüre.

„Wo willst du denn hin, Robin?"

Die Stimme ist nur ein Flüstern in meinem Kopf.

„Äh, ich will mit den Seelen fliegen," gebe ich Antwort. Und schaue den Engel verwirrt an. „Darf ich das nicht?"

„Du darfst das natürlich tun, wenn du es wirklich möchtest. Doch eigentlich ist deine Zeit dafür noch nicht gekommen. Die Aufgaben, die du noch zu erfüllen hast, sind noch längst nicht getan. Deshalb werde ich dich jetzt wieder zurückbringen. Komm, noch ist genug Zeit."

Er dreht sich um und lässt sich in die Tiefe fallen. Gleichzeitig spüre ich einen Sog, der mich mit ihm zieht. In rasendem Tempo stürzen wir zur Erde. Ich will schreien, doch aus meiner Kehle kommt nur ein Wimmern. Unter mir sehe ich die Straße. Darauf fährt unser LKW, ich stürze direkt darauf zu. Ich werde auf dem Auto zerschmettern, kommt es mir in den Sinn. Doch nichts geschieht. Schließlich öffne ich ganz vorsichtig die Augen und sehe Michael über mich gebeugt. Er fragt:

„Was ist los, Robin? Geht es dir nicht gut? Oder hast du nur schlecht geträumt?"

Besorgt legt er seine Hand auf meinen Brustkorb. Ich merke, dass ich noch immer auf dem Rücken liege und wälze mich etwas schwerfällig herum.

„Ich habe geträumt, aber schlecht war der Traum nicht. Ich bin mit den Seelen gestorbener Tiere in den Himmel geflogen. Doch ein Engel meinte, das sei noch zu früh für mich und hat mich wieder heruntergebracht."

„Das war bestimmt dein Schutzengel"

Michael blickt mich ernst an. „Er wollte dir sicher sagen, dass deine Aufgaben auf der Erde noch lange nicht beendet sind."

Verwundert sage ich: „Genau das hat der Engel mir gesagt. Woher weißt du das?"

„Habe ich geraten," sagt er nur und zuckt mit den Schultern.

Etwas später fällt mir der schwer verletzte Hund wieder ein. Die beiden Ärzte haben ihm den Namen Bruno gegeben. Sie sagten ein Hund, der einen Namen hat, gibt sich nicht so schnell auf. Ich kann nur hoffen, dass das stimmt. Erfahren werde ich es erst, wenn wir auf der Rückfahrt sind. Dann nehmen wir alle reisetauglichen Hunde mit, die in der Tierklinik behandelt wurden.

Da ich sonst nichts für Bruno tun kann bitte ich die Hunde, die schon über die Regenbogenbrücke gegangen sind, ein gutes Wort für Bruno, bei wem auch immer da oben einzulegen, damit er es schafft.

Am nächsten Tag überqueren wir die Grenze und sind endlich in der Ukraine. Aber so einfach wie es sich anhört, war es natürlich nicht, denn es dauerte gefühlt mehrere Stunden. Mir wurde die endlose Warterei bald zu langweilig, außerdem war ich müde. Deshalb habe ich die Zeit einfach mit schlafen überbrückt. Nur einmal wurde ich geweckt um meinen Chip auszulesen und mit meinen Papieren zu vergleichen. Zum Glück führt Felix die immer bei seinen eigenen Reiseunterlagen mit, sonst wäre ich womöglich in Quarantäne gelandet.

„Robins Pass habe ich immer bei meinen Unterlagen," höre ich ihn später Michael lachend erzählen. „Ich weiß ja nie, aus welchem Land ich ihn abholen muss, wenn er sich wieder mal verlaufen hat."

Sie lachen beide über diesen Witz, den ich allerdings gar nicht witzig finde, weil es gar nicht stimmt. Nur weil ich zwei- oder dreimal versehentlich verschollen war, bekomme ich das immer wieder vorgehalten. Es ist wirklich nicht einfach den Menschen verständlich zu machen, dass man halt ein pflichtbewusster

Hund ist. Deshalb grunze ich nur beleidigt und drehe mich so in der Koje um, dass ich den beiden Witzbolden meine Rückenansicht zeige. Worüber sie nur noch mehr lachen.

Das Lachen vergeht ihnen allerdings schnell als wir in dem zerstörten Stadtteil ankommen. Zuvor haben wir unseren riesigen LKW auf dem Gelände des Tierheims geparkt, von dem aus wir unsere Rettungsaktionen vornehmen werden. Es liegt in einer sicheren Zone, ein beträchtliches Stück weg vom zerbombten Teil der Stadt. Jetzt sind wir mit dem Transporter unterwegs. Die beiden jungen Männer, die ihn gefahren haben, sind auch dabei. Sie stammen beide von hier, leben aber schon lange in Deutschland und gehören fast ebenso lange zu unserem Verein. Da sie die hiesige Landessprache beherrschen und die Örtlichkeit kennen, sind sie ideal für diesen Job. Ihre Namen sind lang und unaussprechlich, deshalb nennt sie jeder Sergej und Yul.

Nicht nur die Namen der Menschen von hier klingen für mich unverständlich, auch den Namen der Stadt kann ich einfach nicht im Kopf behalten. Nun sind Städtenamen für uns Hunde allgemein uninteressant, ich kenne auch nicht den Namen der Stadt in der ich wohne. Wozu auch? Sicher käme nie ein Mensch auf die Idee einen Hund danach zu fragen. Naja, Michael vielleicht, aber der weiß ihn ja selbst.

Das geht mir durch den Kopf, während ich aus dem Fenster schaue. Was ich sehe verwirrt mich sehr. Die Sonne scheint auf kaputte, rußgeschwärzte Häuserblocks. Dunkle Fenster ohne Scheiben scheinen uns anzustarren. Aus einem winkt ein heller Vorhang heraus, als wolle er auf sich aufmerksam machen und um Hilfe bitten.

Vor den Häusern liegen Berge von Schutt unter denen so manches Auto begraben liegt. Hin und wieder kann man noch ein Fleckchen bunten Lack unter dem Rost sehen. Menschen sind nirgends zu entdecken, auch keine Hunde oder Katzen.

Die einzigen Lebewesen sind ein paar Krähen, die auf dem Müll nach fressbarem suchen. Ein Schwarm Tauben hat sich eines der kaputten Fenster als Schlag ausgesucht. Ein Täuberich umtanzt auf dem Fenstersims gurrend seine Angebetete, während andere geschäftig ein und ausfliegen.

Wir halten inmitten der zerstörten Häuserblocks an. Schon vor der Fahrt haben alle ihre Schutzkleidung angezogen, schussfeste Westen und Helme sind bei so gefährlichen Einsätzen ein Muss. Da ich nicht eingeplant war, gibt es keine passende Schutzweste für mich, deshalb muss ich eine für Menschen tragen. Sie ist etwas unbequem, da sie zu lang ist und mir vom Kopf bis über den Hintern reicht, doch Felix meinte, darin sei ich rundum geschützt. Trotzdem hoffe ich, dass niemand auf uns schießt.

Angeblich soll irgendwo in diesen Ruinen ein älteres Ehepaar leben, das sich der Evakuierung widersetzt hat, weil sie ihre Hunde und Katzen nicht im Stich lassen wollten. Mit der Zeit haben sich immer mehr Streunerhunde bei ihnen eingefunden, weil sie hier gefüttert wurden. Das nötige Futter liefert das Tierheim jede Woche an. Wir wollen unsere Fallen an dem gewohnten Futterplatz der Tiere aufstellen und hoffen, dass wir möglichst viele Hunde einfangen können.

Kapitel 8:
Ein Kind in Not

Durch die Ortskenntnisse von Sergej und Yul finden wir den Block ziemlich bald, in dem das ältere Ehepaar wohnt, das die Hunde und Katzen verpflegt. Naja, von wohnen kann man dabei allerdings nicht wirklich sprechen. Sie hausen eher im Kellerbereich einer Ruine, die einmal ein stattlicher Wohnblock war. Jetzt steht nur noch eine Seitenwand an der noch einige Zimmer hängen, was irgendwie grotesk aussieht. Der Rest des Wohnblocks ist eingestürzt und liegt als riesiger Haufen aus Steinen und Holz auf dem Kellergeschoss.

„Alle Achtung, die Kellerdecke wurde stabil gebaut."

Michael sagt es mit einem verzerrten Lächeln, das gleich wieder erlischt. Nach scherzen ist momentan niemandem zumute. Ob noch Menschen in dem Haus waren als die Bombe es traf weiß keiner von uns. Wenn ja, liegen sie vielleicht noch immer in den Trümmern. Ein Gedanke, der uns erschauern lässt. Zum Glück kommt jetzt ein alter Mann aus einer Kellertür, die nur noch aus Holzresten besteht. Wir gehen auf ihn zu und unsere beiden ukrainischen Dolmetscher sprechen ihn sogleich an. Der Alte guckt erst etwas skeptisch, doch dann taut er schnell auf.

Das Gespräch gestaltet sich etwas mühselig, Felix spricht mit Sergej oder Yul und die übersetzen es dem alten Mann. Was der zu sagen hat, bekommt dann Felix übersetzt. Mir wird schnell langweilig dabei und Michael schein es ähnlich zu ergehen.

„Was meinst du Robin, schauen wir uns ein bisschen hier um bis die Besprechung zu Ende ist?"

Das braucht er mich nicht zweimal zu fragen, ich bin natürlich dabei. Nachdem er Felix kurz davon unterrichtet hat, traben wir beide los. Ein Ziel haben wir nicht und weit wollen wir uns von den anderen nicht entfernen, deshalb umrunden wir erst einmal den zerbombten Wohnblock. Er ist nicht der einzige, in kurzen Abständen stehen noch weitere, die genauso zerstört sind. Dazwischen erkennt man die Reste von Wiesen, auf einigen sind Kinderspielplätze angelegt. Jetzt stehen die bunten Schaukeln und Rutschen verlassen da, was einen trostlosen Eindruck macht. Aus einem Sandkasten streckt eine Rakete ihr Hinterteil in die Luft.

„Makaber", höre ich Michael murmeln.

Es ist seltsam still, nicht einmal Vögel singen. Vermutlich wurden sie genauso von den Bomben verjagt wie die Menschen. Einzig Ratten haben sich nicht vertreiben lassen, sie huschen an den zerstörten Häusern entlang und verschwinden zwischen Steinen und Dreck. Die kleinen Biester fühlen sich selbst im Kriegsgebiet wohl. Sehr zum Missfallen der Menschen, die schon im Mittelalter Ratten für die Pest und andere todbringende Seuchen verantwortlich machten. Dabei wurde längst widerlegt, dass nicht Ratten die Übeltäter waren, sondern die Menschen selbst durch den sorglosen Umgang mit ihren Hinterlassenschaften und ihrer mangelnden Hygiene.

So ganz unnütz sind sie also nicht, da muss ich mal eine Lanze für die gefräßigen Nager brechen. Denn gerade in Katastrophengebieten beseitigen sie so manches, was den Menschen gefährlich werden kann. Wie etwa schimmelnde Lebensmittel oder die toten Körper von Tieren, die unter den Trümmern verwesen. Ratten sorgen dafür, dass nicht so schnell gefährliche Seuchen ausbrechen können, die durch verdorbene Lebensmittel oder verunreinigtes Wasser verursacht werden.

Herrje, ich schweife schon wieder vom Thema ab wird mir bewusst, als ein seltsamer Ton in meine Ohren dringt. Er ist nicht laut und Michael hat ihn überhaupt nicht wahrgenommen, was ich daran merke, dass er unbeirrt weiterläuft.

Ich bleibe jedoch stehen um zu lauschen. Nach nur kurzer Zeit höre ich den Ton erneut und drehe den Kopf um ihn besser zu orten. Da ist er wieder, ein kurzes Schniefen, wie unterdrücktes Weinen.

Ein halblautes „Wuff" genügt um Michael zu sagen, dass ich etwas wahrgenommen habe, er kommt sogleich zu mir zurück. „Was ist? Hast du etwas gehört?"

Er fragt es ohne Worte, ich gebe ihm ebenso Antwort: „Ja, ich meine ein leises Weinen gehört zu haben, es kommt aus dem verwüsteten Gartenhaus dort vorne."

Mit der Schnauze deute ich in die Richtung und laufe sogleich los. Michael folgt mir eilig. Bis wir dort sind höre ich noch mehrmals das Schniefen, es bestätigt mir, dass ich richtig liege. Dann bekomme ich die Witterung eines Menschen in die Nase, sie führt mich direkt zu dem Gartenhaus. Oder besser gesagt, zu dem, was davon übrig ist. Denn jetzt, da wir davorstehen, sind es nur noch ein paar Bretter, die wundersamer weiße noch nicht zusammengefallen sind. Teile vom Dach hängen bis zum Boden, gemeinsam mit den Brettern bilden sie eine kleine, düstere Nische aus der das Schniefen nun deutlich zu hören ist. Michael greift nach der kompakten Taschenlampe, die in einer Schlaufe seiner Weste steckt. Ihr Licht ist sehr hell und beleuchtet gut das Szenario, das sich uns bietet. Auf einem schmutzigen Sofa sitzt ein Mädchen. Ihre dünnen Arme schlingt sie um den Hals eines großen, dürren Hundes und sie weint in sein schäbiges Fell. Sie bemerkt uns erst, als der Hund uns mit drohendem Knurren begrüßt. Er bleibt jedoch bei dem Mädchen stehen und zeigt uns durch seine Körpersprache, dass er es mit seinem Leben verteidigen wird.

Plötzlich taucht ein zweiter Hund auf, er erhebt sich ruckartig vom Sofa, wo er neben dem Kind gesessen hat, den Kopf in ihren Schoß gelegt. Er ist sehr klein, was ihn jedoch nicht davon abhält uns mit gefletschten Zähnen anzugeifern. Auf seinem Rücken erscheint ein Kamm aus gesträubten Haaren, der vom Kopf bis zu seinem dünnen Schwanz reicht. Das Mädchen sieht uns aus vor Schreck geweiteten Augen an, bleibt aber stumm.

Ich beginne sofort damit die beiden Hunde zu beruhigen, während Michael sich an das Kind wendet. Da er ihre Sprache nicht sprechen kann versucht er es zuerst mit einer beruhigenden Geste. Doch weder die Hunde noch das Mädchen reagieren auf uns, deshalb unternehmen wir erst einmal gar nichts. Nach einer Weile werden die Hunde ruhiger, schauen mich aber misstrauisch an. Ich nutze die Gelegenheit um intensive Beschwichtigungssignale auszusenden, sie wirken zum Glück ziemlich schnell auf die Beiden, so dass ich mit Erklärungen beginnen kann. Die Hundesprache ist ja überall gleich, so dass ich keine Schwierigkeiten habe mit den beiden zu sprechen.

Michael versucht wohl auf ähnliche Weise das Mädchen zu beruhigen, indem er ihr telepathisch suggeriert, dass sie keine Angst zu haben braucht. Trotzdem dauert es noch eine Weile, bis wir uns sowohl das Vertrauen der Hunde, als auch des Kindes erwerben können. Das Bellen des kleinen Hundes hat zudem bewirkt, dass Felix und die beiden Ukrainer aufmerksam wurden und gekommen sind. Yul sagt etwas zu dem Mädchen, die ihr vertraute Sprache trägt weiter zu ihrer Beruhigung bei. Trotzdem scheint sie nicht in der Lage zu erklären, wieso sie sich in der Hütte versteckt. Immerhin sagt sie ihren Namen, sie heißt Chilja.

„Sie ist schwer traumatisiert", meint Michael besorgt.

„Ich spüre ihre Verwirrtheit, zudem hat sie vermutlich seit Tagen nichts gegessen und wohl auch Fieber. Wir sollten sie so schnell als möglich in ein Krankenhaus bringen. Wenn es ihr wieder besser geht, ist sie hoffentlich in der Lage zu erzählen, was geschehen ist."

Wir blasen also unsere Rettungsmission für die Hunde erst einmal ab um Chilja schnell in ein Krankenhaus zu bringen. Zum Glück kennen Sergej und Yul eine Klinik in einer Gegend, die bislang vom Krieg verschont blieb. Der Transporter wird kurzerhand zum Krankenwagen umfunktioniert, und für Chilja ein gemütliches Lager bereitet. Felix bietet ihr etwas zu essen und Wasser an. Sie trinkt jedoch nur wenige Schlucke, essen möchte sie nichts.

Die beiden Hunde werden ebenfalls in den Transporter verfrachtet, was etwas Überzeugungsarbeit kostet, da sie Angst haben in die Gitterbox zu gehen. Es liegt an mir ihnen zu erklären, dass sie im Tierheim unterkommen, bis ihr junges Frauchen wieder aus dem Krankenhaus kommt. Wovon sie natürlich nicht begeistert sind. Erst als ich ihnen erkläre, dass dies die einzige Lösung ist, ergeben sie sich in ihr Schicksal. Doch ich kann sehen wie unglücklich sie darüber sind.

Vorrangig ist jedoch, dass die kleine Chilja bald in ein Krankenhaus kommt, ihr Zustand ist besorgniserregend. Doch wir müssen eine ganze Weile fahren, bis wir eine Klinik erreichen, die weit genug vom Kriegsgeschehen entfernt ist.

Die zwei Hunde werden immer unruhiger, weil sie es nicht gewohnt sind eingesperrt zu sein. Immerhin wurden sie vor der Fahrt ordentlich gefüttert, so dass sie wohl zum ersten Mal seit langer Zeit richtig satt sind. Beide sind sehr abgemagert, was mir sagt, dass sie schon längere Zeit nichts gefressen haben.

Um sie abzulenken lege ich mich neben ihre Box und bitte sie, mir zu erzählen, was sie erlebt haben. Zuerst sind sie etwas einsilbig, doch als sie merken, dass ich mich wirklich für ihre Geschichte interessiere, werden sie schnell gesprächiger.

Das erste, was sie mir erzählen, ist dass sie Guscha und Mascha heißen. Guscha ist der große Rüde und Mascha seine kleine Gefährtin. Sie lebten mit Chilja und ihrer Familie in einem der

Wohnblocks. Tagsüber bildeten sie mit anderen Hunden des Viertels ein kleines Rudel, liefen umher oder lagen dösend in der Nähe ihres Zuhauses. Wenn am Nachmittag ihre Familien von der Arbeit oder aus der Schule kamen, gingen die meisten Hunde mit ihnen heim.

So war es auch an dem Tag, als ihre Welt plötzlich auf den Kopf gestellt wurde. Plötzlich war dieser entsetzliche, schrille Lärm zu hören - ich vermute, es waren Sirenen die heulten - und die Menschen liefen panisch schreiend aus den Häusern. Das machte den Hunden, die sich auf der Straße aufhielten, schnell klar, dass etwas schreckliches im Gange war. Die meisten von ihnen gerieten ebenfalls in Panik und liefen davon, um sich in den nahen Wäldern zu versteckten. Von dort aus hörten sie dann die schrecklich lauten Geräusche, die sie nicht zuordnen konnten und sahen immer wieder grelle Lichter aufleuchten, begleitet von lauten Schlägen. Aus der Siedlung, aus der sie geflohen waren, stiegen Feuer- und Rauchsäulen in den Himmel. Als die Nacht hereinbrach schien die ganze Umgebung aus loderndem Feuer zu bestehen.

Das Inferno dauerte so lange an, dass sie jegliches Zeitgefühl verloren. Irgendwann verwandelte sich der Lärm in Stille. Doch sie trauten sich nicht ihre Verstecke zu verlassen. Erst als ihr Hunger und Durst übermächtig wurden, wagten sich einige mutige Hunde heraus und liefen zu der Siedlung, die ihre Heimat war. Auch Guscha und Mascha waren unter ihnen. Doch in ihrem Viertel angekommen stellten sie fest, dass nichts mehr so war wie zuvor. Die Häuser waren alle kaputt, die Luft roch nach Rauch und Fäulnis. Wenige Menschen waren zu sehen, die in den Ruinen nach irgendwas zu suchen schienen. Die Stimmung war gedrückt und Trauer schien fast greifbar zu sein.

Kein Mensch achtete auf die Hunde die verunsichert herum-
liefen und die Blocks suchten, in denen sie mit ihren Familien
gewohnt hatten.

Als Mascha und Guscha vor ihrem Häuserblock standen, war
dort nichts mehr, wie sie es kannten. Das einstmals große Mehr-
familienhaus war nur noch ein riesiger Haufen aus verkohltem
Holz und geschwärzten Steinen, dem ein seltsamer Geruch
entströmte.

Nachdem sie eine Weile unschlüssig davorsaßen, verließen sie
den Ort des Grauens wieder. Eine Weile irrten sie umher, dann
meinte Mascha, sie sollten zum Garten gehen. Das war der
einzige Platz außer ihrer Wohnung, den sie mit ihrer Familie
assoziierten konnten. Voller Hoffnung liefen sie in Richtung
des etwas abseits liegenden Gartens. Als sie ankamen sahen sie
sogleich, dass das Gartenhaus verwüstet war, die Tür war
eingetreten und hing nur noch an einer Angel. Das Dach hatte
ein großes Loch und zerbrochene Möbelstücke lagen herum.

Aber im Inneren befand sich jemand, das rochen sie sofort.
Auch wer es war, Chilja, die jüngste Tochter der Familie.
Warum sie allein hier war, darüber dachten die beiden Hunde
nicht nach, für sie war es nur wichtig, dass sie ein Familien-
mitglied gefunden hatten.

Soweit die Geschichte, die mir Guscha und Mascha erzählen.
Wie lange sie gemeinsam mit Chilja in der schwer beschädigten
Hütte gehaust haben, können sie nicht sagen. Anfangs hatten sie
noch Essen gehabt, denn im darunter liegenden Erdkeller hatte
Chiljas Oma in Gläsern eingemachtes Obst, Gemüse und sogar
Fleisch aufbewahrt. Doch irgendwann war alles aufgegessen
und sie mussten hungern. Chilja traute sich nicht, ihr Versteck
zu verlassen. Immer wieder hörten sie Schüsse und Männer-
stimmen in der Nähe, dann weinte ihr kleines Frauchen vor
Angst.

„Die Angst hat sie krank gemacht", vermutet Guscha traurig. Dann meint er überzeugt: „Wenn ihr nicht gekommen wärt, dann hätte sie nicht mehr lange überlebt."

Dazu kann ich nichts sagen, doch ich weiß, dass Michael das auch annimmt. Deshalb sind wir ja sofort losgefahren. Ich werfe einen kurzen Blick auf die kleine, dünne Gestalt, die warm eingepackt auf dem Rücksitz liegt. Chilja schläft, doch immer wieder zuckt sie zusammen und wimmert leise. Es wird höchste Zeit, dass wir das Krankenhaus erreichen.

Endlich erreichen wir eine Stadt und bald darauf hält der Transporter vor einem großen Gebäude an. Sergej übernimmt es wieder zu dolmetschen und nach kurzer Zeit wird Chilja von zwei Männern aus dem Auto gehoben, auf eine Trage gelegt und ins Innere des Krankenhauses gebracht.

Mascha beginnt hysterisch zu bellen, sie lässt sich nur schwer beruhigen, dann lehnt sie sich zitternd an Guschas Brust. Er leckt ihr beruhigend über den kleinen Kopf und brummt:

„Hab keine Angst, hier ist sie in guten Händen und wird bald wieder gesund sein."

„Und dann?" fragt sie leise. „Was geschieht dann mit uns? Wo sollen wir hin?"

Doch darauf weiß Guscha auch keine Antwort. Er sieht mich hilfesuchend durchs Gitter an.

Obwohl ich auch keine Antwort auf Maschas Frage weiß, sage ich so überzeugt wie ich nur kann:

„Wir fahren zurück zu dem Tierheim, in dem ihr unterkommen werdet. Dort wird man euch medizinisch versorgen und gesund pflegen. Ihr seid beide unterernährt, es wird also eine Weile dauern, bis ihr wieder fit seid. Wenn dann auch Chilja wieder gesund ist werdet ihr wieder zusammen sein."

„Was ist mit unserer Familie? Werden wir mit ihr auch wieder zusammenkommen?" will Guscha wissen. „Sie müssen doch irgendwo sein. Bestimmt suchen sie uns schon. Wenn sie uns finden brauchen wir doch erst gar nicht ins Tierheim. Oder?"

Ich habe diese Fragen befürchtet. Doch weiß ich leider auch nicht, was mit den anderen Mitgliedern seiner Familie geschehen ist. Es hatte einige Tote gegeben, als die Bomben auf die Häuser fielen. Ob Chiljas Eltern und Geschwister darunter waren kann noch keiner sagen.

„Das ist alles noch ungewiss, weil die Menschen in Panik waren. Einige haben sich versteckt, andere sind weggegangen und niemand weiß wohin. Aber es wird alles was möglich ist getan, dass die Familien wieder zusammenfindet", sage ich deshalb vage. Und versuche dabei Guschas bohrendem Blick auszuweichen.

Er scheint jedoch zu ahnen, was ich befürchte und meint resigniert:

„Nun gut, dann bringt uns halt ins Tierheim, eine andere Lösung gibt es momentan wohl nicht. Immerhin sind wir dann erst mal in Sicherheit und jemand sorgt für uns."

„Ja, dort seid ihr in guten Händen und könnt euch von den schlimmen Erlebnissen erholen. Wenn es Chilja wieder besser geht und sie nach euch fragt, dann erfährt sie, dass ihr in Sicherheit und gut versorgt seid. Das wird sie beruhigen und dazu beitragen, dass sie schneller gesund wird. Was weiter geschieht, kann leider niemand sagen. Aber ich bin mir sicher, es wird alles wieder gut werden."

Guscha und seine kleine Freundin scheinen erst einmal zu akzeptieren, was ich ihnen gesagt habe. Obwohl Mascha sich immer noch an ihn drängt, verhält sie sich wieder normal. Doch scheint sie jetzt sehr müde zu sein, was kein Wunder ist nach dem Stress, dem die Beiden ausgesetzt waren. Auch Guscha gähnt mehrmals und legt sich hin, was die kleine Hündin sofort dazu animiert, sich zwischen seine Vorderbeine zu legen.

Er legt sacht seinen großen Kopf über sie und beide schließen die Augen.

Ich entferne mich leise von ihnen, damit sie in Ruhe schlafen können. In meinen Knochen spüre ich ebenfalls bleierne Schwere, deshalb suche ich nach einem Platz, der mir einen einigermaßen gemütlichen Eindruck macht. Leider ist der Transporter bezüglich Gemütlichkeit nicht ideal aber dann entdecke ich auf einem der Sitze Jacken, die Felix und Michael dort abgelegt haben. Die sind ideal um ein Schläfchen darauf zu machen und riechen zudem nach den Beiden. Was will Hund mehr? Mit einem Satz wuchte ich mich auf den Sitz um mich dann mit wohligem Grunzen auf den Jacken breit zu machen. Schon kurz darauf schlafe ich ein.

Am nächsten Morgen fahren wir zurück zu dem von Bomben zerstörten Stadtteil. Je näher wir kommen, desto mulmiger wird mir zumute. Ich kann nicht verstehen, wieso ein Teil der Stadt fast dem Erdboden gleich gemacht wurde, ein paar Kilometer davon entfernt aber das Leben seinen normalen Gang geht. Dort merkte man überhaupt nichts vom Krieg.

Doch jetzt, da wir zurückfahren, sind seine Auswirkungen nicht mehr zu übersehen. Die Trostlosigkeit, die von den zerbombten Häusern ausgeht macht uns allen zu schaffen. Dennoch müssen wir hierbleiben, denn unsere eigentliche Aufgabe haben wir noch gar nicht in Angriff genommen. Wir müssen endlich die Fallen aufstellen, um die Straßenhunde zu sichern. Doch wie Felix und Michael von den wenigen Bewohnern, die noch hier sind erfahren haben, gibt auch noch etliche Hunde, die Besitzer hatten und zurückgelassen wurden als diese flohen.

Wie ich ja bereits von Guscha erfahren habe verbrachten auch etliche Haushunde den Tag auf der Straße, wo sie in Rudeln zusammentrafen um die Zeit, die ihre Besitzer auf Arbeit waren, gemeinsam zu überbrücken. Diese Haushunderudel verbrachten den Tag meist in der Nähe ihrer Blocks und wurden von den Bewohnern zumindest geduldet.

Anders verhält es sich mit den Streunern, die niemandem gehören und die deshalb ständig auf der Suche nach Nahrung oder nach einem Unterschlupf sind, in dem die Hündinnen ihre Welpen großziehen konnten. Die Streuner sind bei den meisten Leuten verhasst, sie werden verjagt, mit Steinen beworfen, absichtlich überfahren und manchmal sogar erschossen. Die Welpen werden aus den Verstecken gezerrt und erschlagen oder ertränkt. Was mir zeigt, dass es auch hier im Grunde leider nicht anders zugeht, wie ich es aus Ländern wie Rumänien oder Spanien kenne.

Diese Erkenntnis ist für mich eine große Enttäuschung, denn ich hatte gedacht, in der Ukraine wären die Menschen den Tieren gegenüber ähnlich eingestellt, wie in Deutschland. Ja, ich weiß, da gibt es zwar auch noch zu viele Missstände, besonders in der Nutztierhaltung. Was ich ja bei unseren Einsätzen auch leider immer wieder feststellen muss. Doch ich weiß auch, dass die deutschen Tierschutzvereine unermüdlich für bessere Tierschutzgesetze kämpfen. Doch in noch viel zu vielen europäischen Ländern gibt es entweder gar kein Gesetz zum Schutz der Tiere, oder aber es kümmert sich niemand darum. Was davon hier zutrifft, weiß ich jedoch nicht.

Auf jeden Fall haben mir aber Felix und Michael versichert, dass wir auch so viele Straßenhunde wie möglich einfangen werden, um sie außer Landes zu bringen. Obwohl gerade diese Streuner, die keinen Menschenkontakt kennen, für jeden Verein ein großes Problem sind, da sie leider kaum vermittelbar sind.

Zwar habe ich gehört es stehe im Raum eine eigene Auffangstation, speziell für unvermittelbare Hunde, zu errichten.

Was sowohl von unserem, als auch von anderen Tierschutz-
organisationen unterstützt wird. Ich hätte ja gerne mehr darüber
erfahren, doch Michael meinte, dass es da noch einige Hürden
gibt. Doch jetzt, so meint er abschließend, gilt es erst einmal so
viele Hunde wie möglich einzufangen und aus dem Kriegsgebiet zu schaffen.

Beim Aufstellen der Fallen kann ich nicht helfen, deshalb lege
ich mich in der Nähe ins Gras um das Geschehen zu beobachten.
Leute beobachten ist uns Bulldoggen ja sozusagen in die Wiege
gelegt. Deshalb wird mir nie langweilig dabei.
Die Fallen sind sehr groß, viel größer als die Lebendfallen, die
wir sonst verwenden, die aber in der Regel auch nur für einen
Hund gedacht sind. Hier wollen wir nach Möglichkeit ein
ganzes Rudel auf einmal einfangen. Und das muss auf Anhieb
klappen, denn Hunde, die entwischen können, gehen meist kein
zweites Mal in eine Falle. Die Fallen bestehen deshalb aus fast
unsichtbaren Tarnnetzen die am unteren Rand mit langen
Widerhaken in der Erde befestigt werden. Dann werden die
Netze kreisförmig mit dünnen Seilen an Stangen befestigt, die
ebenfalls im Boden verankert sind. Die Stangen sind so hoch,
dass kein Hund über das Netz springen kann. Und es gibt
natürlich einen Eingang, durch den die Hunde gehen müssen.
Soweit so gut, denke ich bei mir. Ich frage mich allerdings was
geschieht, wenn die Hunde in der Falle sind. Gut, den Eingang
kann man vermutlich irgendwie hinter ihnen schließen, so dass
sie nicht mehr ausbüxen können. Aber wie holt man sie dann
wieder heraus? Streuner sind keine Hunde, die man packt und
in eine Box steckt. Für sie sind Menschen Feinde und wenn sie
bedrängt werden, dass wehren sie sich mit Klauen und Zähnen.
Weil ich das jetzt sofort wissen muss, stehe ich auf und trotte
zu Michael. Er hält eine Wasserflasche in einer Hand, mit der

anderen wischt er sich den Schweiß vom Gesicht. Es ist kein Wunder dass er schwitzt, denke ich. Er hat ja über seinen normalen Klamotten auch noch die schusssichere Weste an. Aber Sicherheit geht vor Schwitzen.

„Und warum hast du deine nicht an?" fragt er mich streng.

Mist, er hat meine Gedanken gelesen. Naja, wenn er schon dabei ist, kann ich ihn ja sofort fragen. Die Sache mit der Weste überhöre ich großzügig.

„Die wilden Hunde bekommen rohes Fleisch hingelegt, dass mit einem Betäubungsmittel versetzt ist. Sie werden müde und schlafen ein, dann können wir sie einzeln in Boxen legen und raustragen."

„Ist es nicht gefährlich sie zu betäuben? Das Zeug ist sicher nicht harmlos."

Ich schau ihn besorgt an. Er seufzt leise auf und erwidert:

„Nein, das ist es nicht. Deshalb verteilen wir das Fleisch weitläufig, damit möglichst kein Hund die doppelte Dosis frisst. Außerdem ist eine Tierärztin da, die jedem Hund ein Gegenmittel spritzt, sobald er in der Box ist. Es ist nun mal die einfachste Möglichkeit, in kurzer Zeit möglichst viele Hunde zu sichern, verstehst du?"

Ja klar versteh ich. Also trotte ich wieder in Richtung meines schattigen Platzes. Doch Michael hat mir noch etwas zu sagen: „Ach, Robin," ruft er mir nach. „Vergiss nicht dir deine schusssichere Weste anziehen zu lassen."

Ich brumme genervt, tappe aber brav zum Transporter, wo mir Yul grinsend in die Weste hilft.

Zwei der Tarnnetzfallen sind bereits an verschiedenen Stellen aufgebaut, doch die Streuner-Rudel kommen erst wenn es dunkel ist. Das dauert noch ein paar Stunden. Deshalb beginnt die Mannschaft damit, einige der Haushunde anzulocken, die ständig in der Nähe herumlaufen und das Geschehen aufmerksam beobachten. Da sie alle hungrig sind, lassen sich die meisten mit Trockenfutter anlocken. Der Mann, der die Hunde die ganze Zeit gefüttert hat, ist auch da. Ihm vertrauen sie und kommen sofort heran, wenn er sie lockt. Während er sie füttert legen ihnen unsere Leute quasi nebenbei Halsbänder an und führen sie dann an der Leine zu den bereitstehenden Boxen. Die meisten Hunde lassen es gutwillig geschehen, froh darüber, wieder von den Menschen beachtet zu werden. Sobald genügend Boxen in den Transporter geladen sind fährt Sergej sie zum Tierheim, wo sie von den Pflegern erst einmal in großen Gehegen untergebracht werden. Sergej fährt mit den leeren Boxen wieder hierher, lädt sie aus und die mit Hunden besetzten wieder ein. Das geht ja fast wie am Fließband, kommt es mir in den Sinn.

Am Ende haben wir viel mehr Hunde gesichert als wir uns vorgenommen haben. Felix und Michael bedanken sich mit Sergejs Hilfe bei dem alten Mann für seine Hilfe und überreichen ihm ein großes Paket mit Lebensmitteln. Der Alte ist darüber sichtlich gerührt. Dann fällt ihm noch etwas ein, das er Sergej mitteilt. Als er gegangen ist übersetzt der, was der Mann gesagt hat.

„Er vermisst zwei Hunde, die zu dem Rudel gehören, dass wir gesichert haben. Und gestern, spät abends, hatte er Schüsse gehört, die aus Richtung der Schule kamen. Die Schule hat nur wenig von den Bomben abbekommen und es ging das Gerücht um, dass sich geflohene Soldaten darin eingenistet hätten, die in der Nacht durch die Ruinen streunen auf der Suche nach Lebensmitteln und Alkohol."

Selbstverständlich machen wir uns sofort auf den Weg zu der Schule, die nicht allzu weit entfernt ist. Jetzt bin ich doch froh, über die unbequeme Weste, die mir zu groß ist. Denn da ich die bessere Spürnase habe, liegt es an mir, die Hunde möglichst schnell aufzustöbern.

Wir haben einen zusammenklappbaren Bollerwagen dabei, in dem wir die Hunde transportieren können, falls sie verletzt sind. Und natürlich einen sehr gut ausgestatteten Erste Hilfe Kasten für den Fall der Fälle. Der aber hoffentlich nicht eintrifft.

Als wir in die Nähe der Schule kommen, werden wir vorsichtig, denn wir wollen natürlich nicht beschossen werden. Das Gelände ist sehr unübersichtlich, ein paar Bäume liegen Kreuz und Quer am Boden, dazwischen sehe ich Büsche und hohes Unkraut. Da komme ich nur langsam voran. Andererseits ist es aber gut für mich, denn so kann ich das Gelände möglichst ungesehen durchsuchen. Dank meiner kurzen Beine kann ich ungesehen zwischen den Büschen laufen und in Verbindung mit der Schutzweste in Braun- und Grüntönen, bin ich praktisch unsichtbar.

„Pass auf dich auf, Robin", murmelt Felix, als ich mich auf den Weg mache. Ich weiß, dass er sich Sorgen um mich macht, aber ich bin nun mal besser für den Job geeignet als die beiden großen Männer. Sobald ich die Hunde entdecke, müssen sie allerdings ebenfalls ran. Doch jetzt muss ich mich erst einmal konzentrieren, damit mir auch nicht die geringste Geruchsspur entgeht.

Ich hebe meine Nase etwas an, denn wenn die Hunde hier irgendwo liegen sollten, dann kann ich sie oben besser orten als auf dem Boden. Lange dauert es nicht, bis mir der untrügliche Geruch von Blut in die Nase steigt, von Hundeblut... Dann entdecke ich auch schon einen langgestreckten Hundekörper, der zwischen ein paar abgebrochenen Ästen liegt.

Vorsichtig nähere ich mich ihm in geduckter Haltung. Er rührt sich nicht, was mir zunehmend Sorge bereitet. Dann bin ich ihm so nahe, dass ich die schlimme Verletzung sehe. Er liegt auf der Seite und hat alle vier Beine von sich gestreckt. Das Fell an seinem Oberkörper ist von Blut durchnässt. Mein Herz macht einen schmerzhaften Sprung - ist er tot?

Dann sehe ich zu meiner Erleichterung, dass sich sein Brustkorb leicht hebt und senkt. Er lebt noch, allerdings scheint er sehr schwer verletzt zu sein. Wo sich die Verletzung genau befindet kann ich aber vor lauter Blut nicht erkennen. Doch ich weiß, dass keine Zeit ist, darüber nachzudenken, deshalb drehe ich mich um und gebe ein halblautes „Wuff" von mir. Felix und Michael haben mich nicht aus den Augen gelassen und kommen so schnell sie können in geduckter Haltung heran. Michael, der etwas mehr Ahnung von Verletzungen als Felix hat, kniet sich neben den Hund, um ihn vorsichtig zu untersuchen. Dann dreht er sich zu Felix um.

„Der Knochen seines linken Vorderbeins ist zerschmettert und er hat sehr viel Blut verloren. Er scheint bewusstlos zu sein, denn er reagiert nicht. Hoffentlich wird er nicht wach, wenn wir ihn hochheben. Sicher hat er große Schmerzen."

Während sie sich daran machen den Hund so vorsichtig wie möglich in den Wagen zu legen, lausche ich einem leisen Ton, der hinter einem liegenden Baumstamm herzukommen scheint. Alarmiert laufe ich die paar Schritte und recke den Kopf um über den Stamm sehen zu können. Große, vor Schreck geweitete Augen sehen mich aus einem Wust zerzauster heller Haare an. Der Hund quickt vor Angst auf, zum Glück nicht allzu laut. Ich brumme beruhigend und sage schnell:

„Hab keine Angst, wir wollen dir nichts tun. Wir sind hergekommen um dich und deinen Kumpel zu retten."

Er starrt mich an, noch immer vor Angst starr, da fällt mir ein, dass ich ihm wegen meiner Schutzweste wie ein Monsterhund vorkommen muss. Sicher hat er sowas noch nicht gesehen.

Da ich aber weder Zeit für eine lange Erklärung habe, noch das Ding ausziehen kann, versuche ich es mit einer kurzen Info. „Ich bin ein Hund, auch wenn ich jetzt nicht danach aussehe. Und es ist wichtig, dass du auf mich hörst und mit mir kommst. Hier sind wir alle nicht sicher und dein Kumpel muss dringend behandelt werden, weil er sonst stirbt…"

„Das ist meine Mama, die dort liegt. Ich weiß nicht, was mit ihr los ist. In der Nacht gab es plötzlich einen lauten Knall, Mama schrie auf und versuchte wegzulaufen, doch dann fiel sie hin und konnte nicht mehr laufen. Sie sagte, ich solle schnell weglaufen und mich irgendwo verstecken, ich wollte sie aber nicht verlassen und blieb bei ihr sitzen. Bis ich dich kommen sah, da bekam ich Angst und versteckte mich hinter dem Baum."

„Wir haben nach euch gesucht, diese beiden Männer und ich sind Hunderetter. Ich erklär dir das später, denn wir müssen deine Mama ganz schnell von hier wegbringen, damit ihr noch geholfen werden kann. Wir dürfen keine Zeit verlieren. Also vertraue uns einfach und komm mit mir."

Ich versuche ruhig zu bleiben, was mir aber schwerfällt. Der Hund ist mindestens ein Jahr alt und muss doch zumindest ahnen, dass seine Mutter in höchster Lebensgefahr ist.

Ich starre ihn beschwörend an und schließlich gibt er sich einen Ruck und kommt, wenn auch zitternd, hinter dem Baum vor. Mit einem erleichterten Seufzer drehe ich mich um und laufe hinter Felix und Michael her. Sie kommen nur langsam mit dem Bollerwagen in dem unebenen Gelände voran. Schließlich heben sie ihn hoch um ihn zu tragen. Jetzt kommen sie schneller voran.

Ich kann an seinem Hecheln hören, dass der Hund uns nach-läuft. Ansonsten ist kein Laut zu hören und wir kommen unge-hindert am Transporter an. Felix und Michael versuchen die verletzte Hündin so schonend wie möglich vom Bollerwagen in eine Box zu legen. Sie jault kurz auf, was uns zumindest sagt, dass sie noch lebt.

Felix geht nach vorne, er wird fahren, während Michael bei der Hündin bleibt. Als er sieht, dass ich vor der offenen Tür stehe, weil ich mit der dicken Schutzweste nicht ins Auto komme, steht er nochmal auf um mir zu helfen. Kurzerhand packt er mich und hebt mich hinein. Der junge Hund folgt mir schnell und drängt sich dann in eine Ecke neben der Box mit seiner Mutter. Kurz darauf fahren wir weg aus dieser schrecklichen Gegend.

Die Fahrt endet erst einmal im Tierheim, das näher ist als die Tierklinik. Michael, der die Hündin nicht aus den Augen lässt meint, dass sie es nicht bis zur Klinik schafft. Sie muss zuerst neu verbunden und stabilisiert werden. Der Notverband, den er ihr angelegt hat ist bereits durchgeblutet. Im Tierheim gibt es einen Notfallraum, in dem Medikamente und Verbandszeug bereit liegt. Und zu unserer großen Erleichterung ist auch gerade die Tierärztin da.

Eilig wird die Hündin ins Untersuchungszimmer gebracht, doch nur Michael darf mit rein. Felix parkt derweil das Auto auf dem Parkplatz, dann öffnet er die Tür und befreite mich erst einmal von der unbequemen Weste. Dabei werden wir misstrauisch von dem jungen Hund beobachtet, der sich nicht aus seiner Ecke wagte. Ich gehe zu ihm hin, damit er mich beschnüffeln kann.

„Na, glaubst du jetzt, dass ich auch ein Hund bin?"

Ich lege mich in seine Nähe, was ihn noch mehr beruhigt. Er starrt mich immer noch an, dann sagt er zögernd:

„Ja, natürlich glaub ich dir. Schließlich sprichst und riechst du auch wie ein Hund. Aber du siehst nicht aus wie die Hunde, die ich kenne. Dein Kopf ist sehr groß, aber deine Nase zu kurz, dein Körper gedrungen und deine Beine recht kurz. Und dein Schwanz sieht lustig aus, so ähnlich wie bei einem Schwein."

Na toll, denke ich leicht verärgert. Da rettet man unter Einsatz seines Lebens einen jungen Rüden und seine schwerverletzte Mutter und dann muss man sich sagen lassen, man sähe nicht wie ein Hund aus. Aber da ich weiß, dass dieser Hund auf der Straße nur Streuner kennengelernt hat, die sich alle mehr oder weniger ähnlich sehen was den Körperbau angeht, bin ich nicht wirklich beleidigt. Denn eine englische Bulldogge gibt es hier vermutlich kaum einmal zu sehen.

Ignoriere es einfach, Robin, sage ich deshalb zu mir selbst. Der Hundebub meint es ja auch gar nicht böse, er ist nur erstaunt. Und außerdem weiß ich selbst, dass ich kompakter aussehe als andere Hunde. Aber ich bin gerade deswegen stolz darauf eine Bulldogge zu sein!

Kapitel 9:
Panja und Jury

Irgendwann kommt Michael zu uns. Sein Gesichtsausdruck ist ernst als er berichtet:

„Es steht nicht gut um die Hündin, vor allem, weil sie sehr viel Blut verloren hat. Es handelt sich eindeutig um eine Schusswunde, der Oberarmknochen ist unterhalb der Schulter völlig zertrümmert, das Bein muss amputiert werden. Aber dazu muss sie in die Tierklinik gebracht werden und die Tierärztin fürchtet, dass sie die Fahrt dorthin nicht überstehen wird. Die Blutung wurde gestillt und sie hat eine Infusion bekommen, weil sie dehydriert war, doch was sie braucht ist eine Bluttransfusion. Leider gibt es hier aber keinen Hund, der als Spender geeignet ist. Sie sind alle zu mager, krank oder traumatisiert. Wir brauchen aber einen Hund der gesund, groß genug und gut genährt ist und außerdem ruhig bleibt."

Er schaut wie zufällig zu mir her und auch Felix starrt mich an. Mir wird sofort klar, an was sie denken: Dass ich der ideale Kandidat bin um der Hündin von meinem Blut zu spenden.

Warum ausgerechnet ich? Gibt es unter den vielen Hunden hier nicht einen, der ebenso geeignet ist? Und was ist mit dem Sohn der Hündin, wäre er nicht besser geeignet? Schließlich müsste er doch das gleiche Blut wie sie haben. Wo ist er überhaupt? Ich schaue mich nach ihm um und entdecke ihn unter einen Stuhl. Dort sitzt er wie ein Häufchen Elend und zittert am ganzen Leib. Außerdem ist er spindeldürr. Nein, wird mir klar, dem können sie beim besten Willen nicht auch noch Blut abzapfen, der stirbt schon fast vor Angst. Angst habe ich zwar auch, besonders, weil ich keine Ahnung habe, wie das Blut spenden ablaufen soll. Ob es wohl weh tut? Ich habe schon einmal Blut abgenommen bekommen, das hat nicht besonders wehgetan. Das Blut wurde mit einer kleinen Spritze aus einer Ader an meinem Vorderbein entnommen und besonders viel war es auch nicht. Ich glaube aber nicht, dass so eine kleine Menge der Hündin helfen würde. Doch ich komme nicht dazu weiter darüber nachzudenken, denn Michael geht neben mir in die Hocke und schaut mir in die Augen. Dann fragt er mich wortlos:

„Meinst du, dass du der Hündin etwas von deinem Blut spenden kannst? Du musst keine Angst haben, es ist ähnlich wie Blut abnehmen, nur mit einer dickeren Nadel und eine größere Menge. Aber es schadet dir nicht, du behältst noch genug Blut in dir und in ein paar Tagen hast du die entnommene Menge wieder ersetzt. Was meinst du?"

Ich beginne aufgeregt zu hecheln, weil sich alles in mir sträubt. Doch dann denke ich an die Hündin und welche Schmerzen sie aushalten musste, bis ich sie aufgestöbert habe. Wenn ich ihr nichts von meinem Blut abgebe, dann wird sie vermutlich sterben. Das kann ich einfach nicht zulassen.

„Also gut, dann mache ich das." Ich habe zwar immer noch Angst, aber das Leben der Hündin geht vor.

„Wann soll es denn gemacht werden? Mir wäre am liebsten gleich, ich bin nämlich müde."

Ich bin zwar alles andere als müde, aber ich will nicht auch noch ewig warten müssen, das macht meine Furcht nur schlimmer. Das will ich aber Michael nicht gestehen, er soll mich nicht für einen Feigling halten.

„Na, das ist doch ein Wort, dann gehen wir gleich rüber ins Behandlungszimmer. Die Ärztin hat schon alles vorbereitet."

Mit sehr gemischten Gefühlen laufe ich neben ihm her zum Behandlungszimmer. Dort liegt die Hündin auf einer dicken Decke, ihre Schulter ist vom Hals bis zur Pfote bandagiert. An einer Stange hängt eine Infusion, deren wasserklarer Inhalt in einen dünnen Schlauch tropft, der in ihrem gesunden Vorderbein endet. Sie ist wach und schaut zu mir her. Ich weiß aber nicht, ob sie mich auch wahrnimmt, denn ihre Pupillen sind so geweitet, dass die Augen schwarz aussehen. Ich schaue Michael fragend an, er erklärt mir, dass das von den starken Schmerzmitteln komme, die ihr die Tierärztin gespritzt hatte.

„Ach, da ist ja unser Blutspender. Ja, der kann der Hündin genug Blut abgeben, damit sie die Fahrt in die Klinik übersteht. Dort bekommt sie dann noch weitere Bluttransfusionen. Die haben immer einen Vorrat im Kühlschrank. Na, dann komm mal her, mein Junge, hab keine Angst, es ist nicht so schlimm."

Ergeben trotte ich zu ihr hin, wo ich mich ebenfalls auf eine Decke legen soll. Sie nimmt eine meiner Vorderpfoten und rasiert an einer Stelle die Haare ab. In der anderen Hand hält sie dann plötzlich eine kurze aber recht dicke Nadel und setzt sie an der rasierten Stelle an. Ich drehe den Kopf weg, denn ich will nicht sehen, wie sie zusticht. Es piekst etwas, ist aber nicht so schlimm, wie ich es mir vorgestellt habe. Deshalb drehe ich den Kopf zurück um mir anzusehen, was sie gemacht hat. Die Nadel steckt in meinem Vorderbein und ein etwas dickerer Schlauch hängt daran, durch den mein Blut in einen Beutel fließt. Fasziniert sehe ich zu, wie sich der Beutel langsam füllt. Darüber muss ich eigeschlafen sein, denn plötzlich ist der Beutel voll und die Tierärztin zieht mir die Nadel aus der Vene.

„Das hast du wirklich toll gemacht", lobt sie mich und tätschelt mir den Hintern.

„Du bekommst jetzt gleich noch etwas Ordentliches zu futtern und zu trinken, dann bist du entlassen."

Dann wendet sie sich an Michael, der die ganze Zeit gewartet hat:

„Ich habe das Blut bereits am Anfang untersucht, es ist in Ordnung, ich werde es gleich der Hündin zuführen. Sobald es durchgelaufen ist könnt ihr sie in die Klinik bringen. Ich sage euch Bescheid."

Als wir das Behandlungszimmer verlassen wollen, ruft sie uns nach:

„Was ist mit dem Hund da in der Ecke? Nehmt ihr den wieder mit oder soll er im Tierheim bleiben? Dann bringe ich ihn später in die Quarantänestation."

Wir sind beide erstaunt, als der Sohn der Hündin mit eingeklemmtem Schwanz auf uns zu kommt. Weder Michael noch ich haben bemerkt, dass er uns nachgelaufen ist. Jetzt bleibt er jedoch wieder stehen und schaut unschlüssig von uns zu seiner Mutter hin.

„Wir nehmen ihn am besten mit in die Klinik", sage ich zu Michael. „Wenn er bei ihr ist, wird sie ruhiger sein. Die beiden brauchen einander. Er hat mir während der Fahrt erzählt, dass alle seine Geschwister von ein paar Männern aus dem Versteck geholt und totgeschlagen wurden als ihre Mutter auf Futtersuche war. Ihn haben sie nicht entdeckt, weil er in eine dunkle Ecke gekrochen ist. Seine Mutter hat ihn daraufhin überallhin mitgenommen. Zuerst hat sie ihn im Maul getragen, später ist er ihr gefolgt. Jetzt, wo sie so schwer verwundet ist, kann man die beiden unmöglich trennen. Das würden beide nicht verkraften."

„Nun, wenn das so ist, dann nehmen wir ihn natürlich mit."

Kurzerhand geht Michael wieder ins Behandlungszimmer zurück, packt kurz zu und klemmt sich den vor Schreck erstarrten Hund unter den Arm. Er trägt ihn zu der Hündin, die gerade mein Blut bekommt und spricht kurz mit den Beiden. Was er ihnen sagt, höre ich nicht, doch sie scheinen ihn beide zu verstehen. Dann kommt er mit dem Hund zurück und wir verlassen endgültig den Raum. Während wir im Transporter warten bis die Hündin reisefertig ist, wird Jury, so hat Sergej den Hund getauft, gegen Ungeziefer behandelt. Er hat nämlich jede Menge Flöhe und auch noch anderes Getier in sich und auf dem Fell. Er bekommt Wurmtabletten und ein Spot on wird auf seinen Nacken geträufelt. Das Zeug stinkt zwar eklig, doch es ist das beste Mittel gegen Flöhe, Zecken, Läuse und was es sonst noch an Blutsaugern gibt, die uns Hunde gerne plagen. Eigentlich hätte er auch ein Bad dringend nötig, aber das muss warten.

Seit seiner kurzen Zwiesprache mit Michael ist Jury sichtlich aufgetaut. Er hat ausgiebig gefressen und getrunken und lässt sich jetzt von Yul Zecken aus dem Fell ziehen. Davon hat er jede Menge. Der leere Joghurtbecher, in den Yul die abgepflückten Biester wirft, ist schon zur Hälfte gefüllt.

Jury scheint die menschliche Zuwendung richtig zu genießen, was eigentlich kaum einmal bei Hunden vorkommt, die wild geboren wurden. Aber vielleicht braucht er jetzt, da seine Mutter so krank ist, einfach ein Lebewesen um sich, dass gut zu ihm ist.

Mir ist es Recht, denn meist muss ich die verstörten Hunde unter meine Fittiche nehmen. Was ich selbstverständlich auch tue, doch es ist anstrengend und manchmal auch sehr emotional. Also überlasse ich es gern mal jemand anderem und lege mich stattdessen noch ein Weilchen aufs Ohr, bis wir zur Tierklinik fahren. Die Tierärztin ruft an, dass die Hündin für die Fahrt in die Tierklinik bereit ist und abgeholt werden kann. Sergej übernimmt das Lenkrad, da er sich am besten auf den hiesigen Straßen auskennt. Zuerst fährt er die paar Meter bis zur Station der Tierärztin. Sie wartet an der Tür auf uns und übergibt die Hündin in stabilem Zustand, wie sie sagt. Sie hat ihr den Namen Panja gegeben.

Bei Tierschützern bekommen herrenlose Tiere immer einen Namen, als Zeichen, dass sie eine Persönlichkeit und etwas wert sind. Besonders wenn ein Tier schwer erkrankt oder verwundet ist, ist ein Name sehr wichtig. Denn wenn es merkt, dass es wertgeschätzt wird, dann kämpft das Tier auch um sein Leben. So ist jedenfalls die Meinung der Tierschützer, was jedoch von Menschen, die nichts mit Tieren zu tun haben, oft belächelt oder sogar als Humbug abgetan wird.

Würde jemand mich dazu befragen, ich könnte ihm sagen, dass es stimmt, ich habe es immer wieder von den Tieren gehört, bei deren Rettung ich dabei war. Deshalb möchte ich einmal an alle Tierbesitzer appellieren: Gebt euren Haus- oder Nutztieren einen Namen, auch wenn es „nur" ein Hamster oder ein Huhn ist. Es ist ein lebendiges Wesen, mit Gefühlen und einer Seele, das einen Namen verdient hat und nicht nur eine Nummer ist. Das will ich nur einmal anmerken.

Panja wird samt der Trage, auf der sie liegt, eingeladen. Sie macht einen besseren Eindruck als vorhin, mein Blut scheint ihr gutzutun. Sie hebt den Kopf an um zu schauen wo sie ist. Als sie Jury erblickt wedelt sie sogar ein bisschen mit dem Schwanz. Er würde ja gerne zu ihr hingehen, doch er wurde bereits auf seinem Sitzplatz angeschnallt. Er trägt nun ein gut sitzendes Sicherungsgeschirr, gegen das er sich jedoch beim Anziehen vehement gewehrt hat. Was mich nicht wundert, schließlich hatte er bisher nicht einmal ein Halsband getragen. Auch jetzt guckt er nicht gerade glücklich, doch das Geschirr und die Leine müssen sein, da er sehr schreckhaft ist und bei der geringsten Kleinigkeit das Weite suchen könnte. Immerhin scheint es ihn zu beruhigen, dass er seine Mutter sehen kann.

Die Fahrt dauert lange und es ist schon dunkel als wir die kleine Tierklinik im Gartenhaus endlich erreichen. Panja hat den größten Teil der Fahrt verschlafen, als wir anhalten wird sie jedoch wach und schaut sich verstört um. Doch als sie Jury entdeckt beruhigt sie sich schnell wieder. Sie wird in der provisorischen

Klinik schon erwartet, denn sie soll trotz der späten Stunde noch heute operiert werden.

Auf ihrer Trage wird sie aus dem Transporter gehoben und in den provisorischen Operationssaal gebracht. Michael und Felix begleiten sie, da sie sich noch mit den Ärzten besprechen wollen. Jury und ich dürfen nicht in den OP wegen irgendwelcher Keime. So sagte es Michael zumindest, um was es sich dabei handelt erklärte er leider nicht.

Yul und Sergej steigen ebenfalls aus um sich die Beine zu vertreten und ihre unvermeidlichen Zigaretten zu rauchen. Fast habe ich mich schon an den Rauch gewöhnt, der die Beiden ständig umhüllt. Dabei mag ich den Geruch von Zigaretten überhaupt nicht. Felix meinte dazu aber, dass wir uns wohl oder übel damit abfinden müssten, da wir ohne die beiden Ukrainer aufgeschmissen wären. Dabei verzog er allerdings gequält das Gesicht, denn Tabakqualm mag er ebenfalls nicht.

Bevor sie die Autotür zumachen und mich und Jury im Transporter einsperren, lasse ich ein mahnendes „Wuff" ertönen. Zum Glück erkennen sie was ich sagen will und lassen uns raus. Jury muss allerdings an der Leine bleiben, doch die Männer laufen eine kleine Runde mit uns über das ehemalige Gartengelände. Ein paar Gemüsebeete, in denen Zwiebeln und Kohl angebaut wurden, zeugen noch vom eigentlichen Zweck des Gartens. Am Zaun entlang blühen ein paar Sonnenblumen, die hohen Stängel mit den großen gelben Blüten kenne ich von unserem eigenen Garten zuhause.

Als ich daran denke, fährt mir ein Stich durch die Brust, der mir sagt, dass ich Heimweh habe. Bisher hatte ich noch kaum Zeit über Zuhause nachzudenken. Und wenn ich müde bin, dann grüble ich nicht über alles Mögliche nach, so wie es Menschen oft tun. Nein, dann schlafe ich tief und fest und erlebe spannende Dinge im Traum die meist nichts mit meiner Familie zu tun haben.

Auch jetzt verfliegt mein Heimweh schnell, als ich Artgenossen rieche. Neugierig laufe ich der Witterung nach und stehe kurz darauf vor ein paar kleineren Hundezwingern. Auch Jury hat die Hunde gewittert und zieht an der Leine, weil er mir folgen will. Yul und Sergej lassen uns unseren Willen und laufen uns hinterher.

Trotz der Dunkelheit erkenne ich ein paar hölzerne Hütten. Vor jeder gibt es eine kleine Freifläche aber alle sind durch Drahtzäune getrennt. Nur zwei der Hütten sind belegt, das sagt mir meine Nase. Sie sagt mir auch, dass ich einen Bewohner schon kennengelernt habe.

Nämlich Bruno, den großen schwarzen Hund, der so schwer verwundet war, dass die Ärzte nicht wussten ob er es schafft. Umso mehr freut es mich, dass er dem Tod ein Schnippchen schlagen konnte. Er kommt nicht aus der Hütte, vielleicht schläft er schon. Ich will ihn auch nicht stören, denn völlig gesund ist er sicher noch nicht und Schlaf ist ja bekanntlich die beste Medizin. Unsere beiden Begleiter wollen offensichtlich zum Transporter zurück. Da jeder von ihnen schon mehrere Zigaretten geraucht hat, meine ich auch, dass es Zeit wird zurückzugehen. Nicht dass sie noch mehr qualmen, wie Felix es immer nennt. Es soll ja sehr gesundheitsschädlich sein und ich will auf keinen Fall, dass einer oder beide krank werden. Nicht nur, weil Felix und Michael sie ja weiterhin als Dolmetscher und Fahrer brauchen. Ich mag sie gerne und höre ihnen auch gerne zu, wenn sie in ihrer Sprache reden. Obwohl die mir Anfangs nicht ganz geheuer war, denn besonders wenn sie laut reden, klingt es oft als ob sie streiten.

Jury hat sich überraschend gut gehalten, schließlich war es sein allererster Spaziergang an der Leine. Und obwohl er Menschen bisher nur als gefährlich kannte und sie stets gemieden hat, scheint er besonders Sergej zu vertrauen. Jetzt, da wir wieder im Transporter sind, sitzt er neben ihm und lässt sich mit Wurststückchen füttern. Ich bekomme natürlich auch welche und finde sie sehr lecker, denn sie ist gut gewürzt. Ob mein Magen sie verträgt ist mir egal, wenn nicht gibt es einen einfachen Weg, sie wieder loszuwerden.

Dann kommen endlich Felix und Michael zurück. Wie Michael mir erklärt haben sie den Ärzten bei der OP assistiert, denn OP-Helfer gibt es hier nicht. Er sagt auch, dass Panja die OP sehr gut überstanden hat, sie konnten das kaputte Bein am Ellbogengelenk abtrennen und ihr so die Schulter erhalten. Was bedeutet, dass es eine viel kleinere Wunde gab und die Heilungschancen dadurch größer sind. Da Panja von eher zierlicher Figur ist, wird sie wohl keine Schwierigkeiten haben, ihr weiteres Leben auf drei Beinen zu meistern.

Michael trägt mir auf, die gute Neuigkeit an Jury weiterzugeben, was ich natürlich gerne mache. Jury hüpft vor Freude, als ich ihm erzähle, seine Mutter habe die Operation gut überstanden und ist außer Lebensgefahr. Er fragt, wann er sie wieder sehen wird, aber das kann ich ihm leider nicht sagen. Er meint, dass er ab sofort auf sie aufpassen wird, sobald sie wieder in ihrem Revier sind. Er hat noch gar nicht begriffen, dass sie nie mehr dorthin zurückkehren werden. Ich sage es ihm nicht, auch nicht, dass sie in absehbarer Zeit sogar das Land für immer verlassen werden.

Zum Glück fragt Jury auch nicht weiter nach, er ist erst mal damit zufrieden zu wissen, dass seine Mutter wieder gesund werden wird.

Eigentlich sollten wir ihn ins Tierheim bringen, wo er mit seiner Mutter so lange bleiben muss, bis die Tollwutquarantäne um ist. Felix sagte, das dauert einige Wochen und heißt also, dass die beiden auf keinen Fall mit uns nach Deutschland fahren können. Soweit ich weiß fährt unser Verein auch nicht nochmal in die Ukraine und wenn doch, dann in einen anderen Landesteil. Da niemand zu wissen scheint wie lange dieser Krieg andauert, ist zu befürchten, dass auch woanders Bomben auf Häuser fallen und Hunde gerettet werden müssen.

Mir ist ja immer noch nicht klar, warum hier überhaupt Krieg ist. Was wollen die Menschen damit bezwecken, wenn sie sich gegenseitig umbringen? Im ganzen Tierreich gibt es so etwas nicht. Da werden zwar auch Streitereien untereinander ausgemacht und es kommt durchaus vor, dass es dabei auch Verletzte oder Tote gibt. Etwa bei Revierkämpfen oder in der Paarungszeit. Und wir Hunde tragen untereinander auch mal Kämpfe aus, die nicht immer glimpflich abgehen. Tiere bekämpfen sich untereinander jedoch nur mit ihren natürlichen Waffen und wenn ein Sieger feststeht, dann wird das akzeptiert.

Nur die Menschen geben sich damit nicht zufrieden und entwerfen immer perversere Waffen um ihre Feinde zu besiegen. Sie töten dabei auch sehr viele andere Menschen, die eigentlich gar nichts mit dem Krieg zu tun haben wollen, aber halt gerade im Wege sind. Da werden Bomben auf Wohnhäuser geworfen, egal wie viele unschuldige Leute dabei sterben, es ist auch egal, ob es Junge, Alte, Kranke, Kinder oder Babys sind, die alle nur in Frieden leben wollen, sogar Krankenhäuser werden beschossen. Und auf Tiere wird überhaupt keine Rücksicht genommen. Während nach überlebenden Menschen in den Trümmern gesucht wird interessieren die Tiere, die ihr Leben mit den Menschen teilen, erst einmal überhaupt nicht. Meist sind es Tierschützer wie unser Verein, die nach endlos langer Fahrzeit die überlebenden Tiere retten indem sie sie außer Landes bringen.

Diese Gedanken machen mich unglücklich, deshalb verdränge ich sie schnell aus meinem Kopf. Was jedoch nicht so einfach ist, wenn man unmittelbar mitbekommt, wie schrecklich das alles ist. Denn mir ist durchaus klar, dass es nur die kleine Spitze eines riesigen Eisberges ist, die ich hier miterlebe. Wie viele Menschen und Tiere diesem sinnlosen Krieg bereits zum Opfer gefallen sind, darüber will ich lieber gar nicht nachdenken.

Deswegen rolle ich mich jetzt etwas umständlich auf meinem Autositz zusammen und schließe die Augen. Angst vor Albträumen habe ich nicht, im Schlaf blende ich zuverlässig alles aus, was mich belasten könnte. Für die Realität ist morgen wieder Zeit.

Bevor wir am nächsten Morgen weiterfahren erkundigt sich Felix noch bei den Ärzten, wie Panja die Nacht überstanden hat. Alles gut, erfährt er. Sie war schon kurz draußen um Pipi zu machen und hat danach mit Appetit gefressen. Die Wunde ist trocken und sie hat kein Fieber. Wenn nichts dazwischenkommt, kann sie in einigen Tagen ins Tierheim verlegt werden. Jury wäre gerne bei seiner Mutter geblieben aber das geht nicht, da zu wenig Platz in der Klinik ist und ein gesunder Hund zu viel Unruhe bringen würde. Bei uns ist er allerdings auch nicht gut aufgehoben, da er noch immer sehr unsicher ist und ständig beaufsichtigt werden muss. Wozu wir natürlich zu wenig Zeit haben. Deshalb muss er im Tierheim bleiben, was ihm natürlich nicht gefällt.

Heute sind wir zu einer Frau unterwegs, die etwas abseits der Stadt auf dem Land wohnt und einige Hunde und Katzen aus der Nachbarschaft bei sich aufgenommen hat. Die Tierbesitzer sind geflüchtet und haben ihre Tiere sozusagen bei ihr in Verwahrung gegeben. Doch der alten Frau wächst das alles über den Kopf, deshalb hat das Tierheim beschlossen, zumindest die

Hunde aufzunehmen um sie später ins Ausland zu schicken, damit sie dort vermittelt werden. Es ist leider unwahrscheinlich, dass sie jemals ihre Besitzer wiedersehen. Denn von den meisten wusste man nicht einmal, wohin sie geflüchtet sind.

Als wir in dem Dorf eintreffen sehen wir nichts, das auf den Krieg hindeutet. Alle Häuser sind heil, auch wenn einige dringend eine Sanierung nötig hätten. Aber Yul sagt, dass viele alte Häuser hier mehr und mehr zerfallen, weil die Menschen kein Geld für die Renovierung hätten. So weit abseits von der nächsten Stadt lebten die meisten von dem, was sie anbauten und von dem Vieh, das sie hielten. Tatsächlich sieht man einige Kühe auf den Weiden stehen aber auch Schweine, Schafe und Ziegen.

Im Vorbeifahren sehe ich in manchen Höfen Hunde, die an der Kette hängen und bellen. Die wenigsten sehen gut gepflegt aus und aus ihrem Bellen kann ich Verzweiflung heraushören. Auf meine Frage meint Michael traurig, dass Hunde hier noch sehr oft an der Kette gehalten würden. Auf dem Land kümmerte sich niemand darum und Tierschutzbeauftragte gäbe es überhaupt nicht. Nicht einmal ein Tierschutzgesetz. Hier konnte jeder mit seinen Tieren machen was er wollte.

Ich schaue ihn betroffen an, doch er beruhigt mich.

„Die meisten gehen aber mit ihren Tieren nicht schlecht um, das Vieh wird gut versorgt und bei Krankheiten holt man den Tierarzt oder wenigstens einen Menschen, der etwas davon versteht. Hunde werden auf dem Land leider nur selten als Haustiere gesehen, sondern zum Bewachen des Anwesens gehalten. Es sind Arbeitstiere, aber das bist du doch auch."

Er lacht um mir zu zeigen, dass er einen Scherz gemacht hat. Ich finde ihn allerdings nicht lustig und meine trocken:

„Aber ich bin freiwillig ein Arbeitshund und werde nicht gezwungen. Und schon gar nicht an der Kette gehalten."

Er lacht und wuschelt mir mit der Hand über den Kopf:

„Sei doch nicht so ein Sauertopf, Robin. Ich bin ja auch dagegen, dass man Hunde an der Kette hält. Aber was soll ich dagegen tun? Wir sind hier nur zu Gast und müssen froh sein, dass wir so viele Hunde aus dem Kriegsgebiet retten können. Du weißt doch von deinen vielen Einsätzen; wir können leider nicht alle retten. Auch wenn wir das gerne tun würden. Es bleiben leider immer einige Tiere auf der Strecke. Das Schicksal mischt seine eigenen Karten."

„Du hast ja Recht", brumme ich unglücklich.

„Aber ich kann nun mal nicht aus meinem Fell schlüpfen. Warum bin ich bloß in den Transporter gestiegen, ich wollte doch nur mal gucken, wie er innen aussieht. Jetzt muss ich mich mit einem Krieg und seinen unschuldigen Opfern auseinandersetzen. Dabei könnte ich gemütlich bei Zlatkos Familie Urlaub machen, mich verwöhnen lassen und mal richtig ausspannen…"

„Wahrscheinlich, weil es deine Aufgabe war, das kleine Mädchen und Panja zu retten. Sie wären beide gestorben, hättest du sie nicht entdeckt. Mir scheint, es ist nun mal dein Schicksal Leben zu retten. Da kannst du nichts dagegen tun."

„Meinst du das wirklich? Aber warum immer ich? Überall wo ich hinkomme passieren seltsame Dinge und eh ich mich versehe, bin ich schon wieder in irgendeine vertrackte Situation geschlittert. Das ist doch nicht normal, keinem der anderen Rettungshunde bei unserem Verein passiert sowas ständig, nur immer mir…"

„Hmm!" Michael schmunzelt, wird aber schnell wieder ernst.

„Tatsächlich habe ich darüber auch schon gerätselt. Und nicht nur ich, sondern auch Tanja und Felix."

Ich schaue ihn erstaunt an.

„Tatsächlich? Und zu welcher Schlussfolgerung seid ihr gekommen?"

Er schaut mich leicht verunsichert an, so als wolle er mir gerne etwas verschweigen. Dann atmet er tief durch und sagt:

„Du weißt ja Robin, dass es Menschen gibt, die besondere Fähigkeiten haben. So, wie dein Frauchen und auch ich. Wir können beide mit jedem Tier sprechen und es versteht uns genauso wie wir es verstehen. Das ist eine Fähigkeit, die weit über das Talent der meisten Tierkommunikatoren hinausgeht. Es gibt auch Menschen, die können die Gedanken anderer Leute hören oder mit Verstorbenen sprechen. In früheren Zeiten bezeichnete man solche Fähigkeiten als Hexerei und die Hellsichtigen wurden auf dem Scheiterhaufen verbrannt. Deshalb verbargen sie sorgfältig diese Gaben, dass niemand etwas davon erfuhr. Es hätte ihren Tod zur Folge gehabt."

Jetzt war es an mir, verunsichert zu gucken. Was hatte das mit mir zu tun?

„Es gibt auch Tiere die anders sind und Fähigkeiten haben, die ihre Artgenossen nicht besitzen", fuhr Michael fort. „So wie du. Deine Aufgabe in diesem Dasein scheint es zu sein, Tiere und auch Menschen aus größter Not zu retten. Deshalb passieren dir immer wieder so ungewöhnliche Dinge. Vielleicht bist du ja so eine Art Engel im Hundekostüm. Die soll es ja tatsächlich geben."

Ich verschlucke mich an meiner eigenen Spucke als er das sagt und fange zu Krächzen an. Er klopft mir den Rücken.

„Geht es wieder? Ja, es ist nicht leicht zu glauben und eigentlich wollte ich es auch gar nicht sagen. Aber da du mal wieder dabei bist über den Sinn des Lebens - deines Lebens - nachzugrübeln…"

„Wenn das wirklich stimmt, gibt es dann noch mehr Hunde, die so sind wie ich?"

Das muss ich unbedingt wissen, denn ich hoffe nicht der einzige Hund zu sein, der anders ist. Bisher habe ich nie bemerkt, dass ich anders bin. Naja, vielleicht ist es mir ein- oder zweimal in den Sinn gekommen, aber eigentlich fühlte ich mich immer als normalen Hund.

„Ja, natürlich. Es gibt sicher noch etliche Hunde, die mit ungewöhnlichen Talenten gesegnet sind. Aber jeder mit einem anderen, das seiner Aufgabe angemessen ist. Schließlich gibt es auf der Erde enorm viel zu tun um das Leben auf ihr zu verbessern. Deshalb ist es meine Meinung, dass Engel sowohl in menschlicher Gestalt, sondern auch als Tiere jeglicher Art, zur Erde geschickt werden und hier mit speziellen Aufgaben betraut sind. Doch wie bei der Geburt eines Menschen legt sich auch über jeden Engel der Schleier des Vergessens, sobald er geboren wird. Die Wahrheit erfährt jeder von uns erst nach seinem Tod. Also mach dir einfach keine Gedanken darüber und lebe dein Leben als Hund einfach weiter."

Er hat gut reden aber ich kann das Gehörte natürlich nicht so einfach wieder aus meinem Kopf bringen. Doch lange kann ich auch nicht darüber nachdenken, denn wir sind endlich am Hof der Frau angelangt, die sich um die Hunde kümmert.

Kapitel 10:
Eine unvermutete Erbschaft

Es ist ein recht großes langgestrecktes Gebäude, dass durch ein stabiles, hölzernes Tor gesichert ist. Felix läutet die große Glocke, die an einem der oberen Balken angebracht ist und durch einen Strick betätigt wird. Sie scheppert überraschend laut, so dass ich erschrocken einen Satz mache. Die Leute müssen taub werden, wenn sie dieses Geschepper oft anhören müssen, geht es mir durch den Kopf. Dann denke ich mir aber, dass in dieser Einöde wohl kaum mal jemand vorbeikommt. Weit und breit ist kein weiteres Haus zu sehen.

Es dauert ein paar Minuten, bis jemand von innen ein kleines Fenster in dem Tor öffnet und herausspäht. Yul kündigt uns in ukrainischer Sprache an, kurz darauf wird das Tor geöffnet und wir dürfen eintreten. Der große Innenhof ist völlig mit dem Haupthaus, einigen Ställen und einer riesigen Scheune umbaut. Das ganze Anwesen ist sehr viel größer als man von außen ahnt.

„Ein Vierseithof", murmelt Felix überrascht in Michaels Richtung. „Das ist kein armer Bauer, der seine Hunde nicht mehr füttern kann. Vermutlich will er sie nur loswerden."

„Wir wollen erst mal hören was Yul in Erfahrung bringt. Eigentlich erwartet uns auch kein Bauer, sondern eine alte Frau, oder?"

Michael schaut grinsend dem Mann hinterher, der jetzt in Richtung des Haupthauses davongeht. Yul kommt heran und erklärt: „Das ist ein Arbeiter, der jetzt der alten Dame Bescheid sagt, dass wir da sind. Sie wird gleich zu uns kommen. Ihr Name ist übrigens Lore Kasjowskya."

„Lore Kasjows… was? Himmel, das kann sich doch niemand merken."

Felix schüttelt irritiert den Kopf und Michael verrollt die Augen. Nur Yul lacht und sagt: Lore Kasjowskya, ist doch ganz einfach.

Es dauert allerdings erneut eine Weile, bis die Frau mit dem unaussprechlichen Namen endlich erscheint. Sie ist wirklich sehr alt und geht am Stock. Bevor sie etwas sagt, setzt sie sich erst auf eine Bank, die an der Hauswand steht.

„Bitte, meine Herren, nehmen sie doch Platz", sagt sie auf Deutsch und deutet auf Stühle, die herumstehen.

„Sind Sie aus Deutschland?" Michael schaut die Frau neugierig an. „Sie sprechen perfekt deutsch."

Sie lächelt wehmütig ehe sie antwortet:

„Ja, ich stamme aus Bayern, lebe aber schon seit Ende des zweiten Weltkrieges in der Ukraine. Ich war damals als Krankenschwester in einem Lazarett tätig und wurde mit anderen Deutschen gefangengenommen und nach Russland verschleppt. Zum Glück wurden Krankenschwestern dringend benötigt, ich arbeitet fortan also in einem russischen Lazarett. Dort lernte ich meinen späteren Mann kennen, er war Soldat und schwer verwundet. Tja, wie das Leben so spielt, verliebten wir uns und heirateten nach dem Krieg. Mein Mann erbte diesen Gutshof von seinem Onkel, da dessen einziger Sohn gefallen war. Wir züchteten Pferde und Rinder und verpachteten Äcker an die Bauern. Vor zwölf Jahren starb mein Mann, deshalb gab ich die Rinder- und Pferdezucht auf und behielt nur noch ein paar Tiere, die hier ihr Gnadenbrot bekamen. Dazu kamen immer wieder Hunde oder Katzen, die ich aufnahm. Als dieser unselige Krieg begann flüchteten die meisten Bauern und einige ließen leider ihre Tiere zurück. Für die Nutztiere fanden sich schnell Abnehmer, aber die Hofhunde und Katzen wollte niemand haben. Deshalb schickte ich meine Helfer in das fast leere Dorf um die armen Tiere hierher zu bringen. Die Hunde sind im Stall untergekommen aber auf Dauer ist das keine Lösung. Ich zeige sie Ihnen."

Etwas mühsam erhebt sich die alte Frau und geht uns voran zu den Stallungen. Bereits als wir näherkommen beginnt ein vielstimmiges Gebell, das fast ohrenbetäubend wird, als wir die Tür aufmachen.

„Leider mussten wir alle Hunde anketten", erklärt die alte Dame bedauernd. „Aber das sind alles Wachhunde, die schon bei ihren Besitzern an der Kette hingen. Diese Unsitte ist bei den Bauern noch immer weit verbreitet, da sind die Leute altmodisch. Und durch die Kettenhaltung sind die meisten Hunde keine Artgenossen gewöhnt, deshalb gehen sie aufeinander los und beißen sich. Es blieb uns leider nichts anderes übrig als sie anzubinden."

Wir gehen langsam in den Stall hinein, um die Hunde nicht noch mehr aufzuregen. Ich bleibe vorsichtshalber hinter Felix' und Michaels Beinen, damit ich nicht allzu präsent bin. Von hier aus beobachte ich die bellende Meute. Ich erkenne schnell, dass die Hunde nicht wirklich böse sind, sondern aufgeregt. Andererseits sind sie froh einmal etwas zu erleben, wenn es auch bloß ein paar Menschen sind, die sie anstarren.

Felix macht erst einmal: „Pfff!" als er die Hunde begutachtet und sagt dann zu Michael:

„Neun große Hunde, die ihr bisheriges Leben an der Kette fristeten. Das wird schwierig, die gut zu vermitteln. Das Tierheim wird auch Schwierigkeiten haben, die in ein Rudel zu integrieren."

„Wieso sollen sie ins Tierheim? Ich dachte, sie können sofort nach Deutschland reisen", wandte die Frau ein.

„So einfach ist das leider nicht mit dem Ausreisen", erklärt ihr Felix. Die Hunde müssen alle erst gegen Tollwut geimpft werden und dann ist noch eine Quarantänezeit von mindestens sechs Wochen Pflicht. Erst wenn ein Bluttest bestätigt, dass sie gegen Tollwut immun sind, dürfen sie ausreisen."

Die Frau winkt ab und informiert Felix lächelnd:

„Aber das habe ich doch alles schon gemacht. Kurz nachdem ich die Hunde aufgenommen habe, bestellte ich den Tierarzt und ließ sie alle gründlich untersuchen und impfen. Getestet wurden sie auch und alle sind negativ. Ich habe sie sogar chippen lassen, weil das ja wichtig ist. Sehen Sie…"

Sie geht zu einem alten Schrank, der in der Stallecke steht, und zieht eine Schublade auf. Daraus entnimmt sie einen Pack blauer Ausweise und überreicht sie Felix mit den Worten:

„Wissen Sie junger Mann, ich liebe Tiere sehr und würde die Hunde ja gerne behalten und ihnen ein richtiges Zuhause bieten. Aber ich bin eine alte Frau von dreiundneunzig Jahren und ich weiß nicht, wie lange ich noch auf dieser Welt verweilen muss. Wenn sie in der Ukraine bleiben, dann steht den Hunden ein mehr als fragliches Schicksal bevor. Im besten Fall landen sie wieder an der Kette, doch das hat kein Hund verdient. Deshalb habe ich alles in die Wege geleitet, dass sie mit ihrem Verein nach Deutschland reisen können. Ich habe mich vorher genau erkundigt und nur die besten Kritiken über MfTN gelesen. Deshalb habe ich auch mein Testament zu Gunsten Ihres Vereins verfassen lassen. Der MfTN bekommt nach meinem Ableben mein gesamtes Vermögen und das Tierheim den Hof und das dazugehörige Land. Mein Mann und ich hatten leider keine Kinder, aber wir liebten beide Tiere. Wie Sie ja selbst wissen steht es in der ganzen Welt um den Schutz der Tiere sehr schlecht. Besonders Haus- und Nutztiere müssen oft schrecklich unter den Menschen leiden. Wir haben unser Leben lang für eine bessere Behandlung aller Tiere gekämpft und gespendet. Deshalb soll auch unser Erbe an den Tierschutz gehen."

Als wir wieder auf der Rückfahrt sind herrscht noch eine ganze Weile Stille im Transporter. Jeder denkt über die Worte der alten Frau mit dem unaussprechlichen Namen nach, die ein so großes Herz für Tiere hat.

Natürlich hat Felix ihr versichert, dass wir die Hunde mit nach Deutschland nehmen. Aber nicht, weil sie unserem Verein ihr Vermögen vererbt, sondern weil die Hunde ja alle schon ausreisefertig sind. Die alte Frau hat wirklich alles bedacht und veranlasst, dass die Kettenhunde in einigen Tagen mit uns fahren können. Bis dahin müssen sie allerdings noch in der Stallung ausharren, doch dort geht es ihnen trotz Ketten um ein Vielfaches besser als bei ihren früheren Besitzern. Jeder Hund hat seinen eigenen Bereich in einer der früheren Pferdeboxen, die durch Holzwände abgetrennt sind. So sehen sie sich nicht, was sonst schnell zu Streitereien führen könnte. Die Boxen sind dick mit Stroh ausgelegt und im Dach sind große Fenster eingebaut, die für Helligkeit und Wärmeregulierung sorgen. Das einzige Manko besteht darin, dass die Boxen zum Gang hin offen sind, deshalb ist es nötig die Hunde anzuketten. Aber Ketten gehören in einigen Tagen endgültig der Vergangenheit an, denn in unserer Auffangstation gibt es ausschließlich Gehege.

Etwas Kummer bereiten Felix die neun Hunde allerdings schon, denn sie sind alle sehr groß, dunkel und zottelig, was ihn vermuten lässt, dass sie miteinander verwandt sind. Das ist allerdings nicht das Problem, sondern die Tatsache, dass es sehr schwer ist für diese Hunde einen Platz zu finden, der ihnen auch gerecht wird. Denn für eine durchschnittliche Familie mit normaler Wohnung sind sie nicht geeignet. Deshalb nutzt Felix die Rückfahrt dazu mit Zlatko zu telefonieren. Der soll in den Listen nachschauen, welche Leute sich für Wach- und Hütehunde vormerken ließen und sie kontaktieren.

Mit seinem Handy hat Felix Fotos von allen neun Hunden gemacht, die er Zlatko zusendet, damit der sie den Interessenten mailen kann. Bevor er den Anruf beendet muss er Zlatko noch berichten, wie ich mich so mache als blinder Passagier.

Ich spitze natürlich sofort die Ohren, was er wohl über mich sagt, tue aber so, als ob ich schlafe.

Doch mein Felix ist voll des Lobes über mich und erzählt, dass es wohl Fügung gewesen war, dass ich mitkomme. Voller Stolz in der Stimme berichtet er ausführlich, wie ich das kleine Mädchen und ihre beiden Hunde aufgespürt habe und auch, dass ich die schwerverletzte Hündin noch rechtzeitig gefunden habe und sie so vor einem schlimmen Tod gerettet habe.

Trotz meiner angeborenen Bescheidenheit geht mir ein solches Lob aus dem Mund meines Lieblingsmenschen runter wie Öl. Ohne mein Zutun beginnt mein Stummelschwanz wie wild zu wackeln, was sich auf meinen gesamten Körper überträgt. Das ist leider unübersehbar und Felix bemerkt es sofort. Er lächelt als er zu Zlatko sagt, ich würde ihn grüßen. Um das zu bestätigen sende ich ein lautes „Wuff" in Richtung von Felix Handy.

Am nächsten Tag haben wir nicht viel Programm. Felix und Michael helfen im Tierheim die Papiere fertigzumachen, die wir für den Transfer der Hunde benötigen. Damit es an der Grenze keinen unnötigen Aufenthalt gibt, weil Papiere fehlen, schauen sie alles nochmals gründlich durch. Auch die Hunde, die ausreisen dürfen, sind bereits in einem separaten Gehege untergebracht. Weil ich im Büro nicht mithelfen kann, schlendere ich nach dem Frühstück übers Gelände um mich hier oder da mit Artgenossen auszutauschen. Die morgendliche Fütterung ist gerade beendet, die meisten Hunde liegen herum um ein zweites Schläfchen zu machen. Dabei will ich nicht stören, ich mag es auch nicht, wenn mein Vormittagsschlaf gestört wird.

Mach ich halt einen Spaziergang, denke ich mir. Ich gehe gerne allein spazieren, dabei kann ich am besten meinen Gedanken nachhängen. Ich brauche hier im Tierheim noch nicht einmal auf meinen Weg zu achten, denn der führt mich von selbst wieder zurück zum Haus.

Nachdem ich das letzte Gehege passiert habe führt der Weg in einer langgestreckten Biegung zu den Gehegen auf der anderen Seite. Die liegen noch im Schatten, doch das empfinde ich als angenehm, denn die Sonne macht trotz der frühen Stunde schon ganz schön warm. Ich blicke mich suchend nach einem bequemen Platz um, an dem ich rasten kann, am besten gefiele mir kühler Sand. Tatsächlich entdecke ich in der Nähe eine Kuhle und strebe hoffnungsvoll darauf zu. Als ich davorstehe sehe ich aber, dass es kein Sand, sondern flache Steine sind zwischen denen Grasbüschel wachsen.

Auch gut, denke ich. Die Steine sind ebenfalls kühl, wenn auch nicht so weich wie Sand. Aber das kann eine Bulldogge nicht abschrecken. Ich lasse mich einfach umfallen und strecke dann meine Beine von mir. Ach herrlich, hier kann ich es eine Weile aushalten.

Nachdem sich meine eine Seite angenehm kühl anfühlt, drehe ich mich auf den Rücken, strecke die Beine in die Luft und beginne meinen Rücken an den Steinen zu schubbern. Ach, das tut so gut, das könnte ich endlos machen. Irgendwann lasse ich mich auf die andere Seite fallen und hechle ein bisschen vor Wonne.

Doch meine Glückseligkeit wird plötzlich von Männerstimmen unterbrochen, die nicht angenehm in meinen Ohren klingen. Ich höre auf zu hecheln und lausche ihnen. Sie sind relativ nahe, doch habe ich nicht den Eindruck, dass es Männer sind, die zum Tierheim gehören. Was sie sagen kann ich nicht verstehen, die Sprache klingt jedoch hart, deshalb vermute ich, es ist russisch oder ukrainisch. Da die Männer nicht näherzukommen scheinen hebe ich vorsichtig den Kopf an um über den Rand der Kuhle zu spähen.

Der Zaun, der das Gelände vom nahen Wald abtrennt, ist gar nicht weit von mir entfernt. Ich habe ihn zuvor gar nicht bemerkt, da er teilweise von Farn und Efeu verdeckt ist. Zwei Männer stehen davor, es hört sich an als würden sie streiten. Dabei starren sie auf etwas, das zwischen ihnen auf dem Boden liegt, ich kann aber nicht erkennen was es ist. Schließlich bücken sich Beide, jeder greift zu und sie heben das undefinierbare Bündel hoch um es über den Zaun zu werfen. Dann entfernen sie sich vom Zaun und gehen davon.

Ich warte noch einen Moment ab, ob sie vielleicht nochmal zurückkommen, doch kurz darauf sind sie nicht mehr zu sehen. Nur ihre streitenden Stimmen werden immer leiser. Jetzt hält mich nichts mehr zu dem Bündel zu laufen, das in einem großen Farnbusch gelandet ist. Mein Herz klopft vor Aufregung, da ich bereits ahne, was ich vorfinden werde. Bisher hat mich meine Ahnung noch nie getäuscht und so ist es auch jetzt. Das Bündel beginnt sich zu bewegen und stößt gedämpft klingende Klagelaute aus.

Am Farn angekommen sehe ich einen zugeschnürten Beutel oder Rucksack, der mich an die Uniformen und Zeltplanen von Soldaten erinnert. Er ist grün mit dunklen und hellen Flecken. Farben zu unterscheiden hat mir Felix schon beigebracht, als ich noch ein Welpe war, indem er Bällchen in verschiedenen Farben vor mich gelegt hat und mich den mit der betreffenden Farbe suchen ließ. Aber das nur am Rande, ich muss mich erst um den Hund in dem Beutel kümmern.

Da er jetzt sehr zappelt, lege ich zuerst meinen Kopf auf den Beutel und brumme beruhigend. Dann erkläre ich, dass ich versuche die Verschnürung zu lösen. Das ist mit meiner breiten

162

Schnauze nicht ganz einfach. Jetzt könnte ich Baskos Entfesselungskünste gut gebrauchen, die er bei den Stieren unter Beweis gestellt hat.

Schließlich bekomme ich die dicke Kordel so zwischen meine Reißzähne, dass ich sie zerbeißen kann. Der Rest ist schnell geschafft, denn der zappelnde Hund fällt mir quasi aus der Beutelöffnung entgegen. Ich schaue ihn entsetzt an, denn er ist am ganzen Körper mit schwarzem Klebeband umhüllt, auch seine Schnauze ist mehrfach umwickelt, ebenso seine Beine. Zum Glück kann er gut atmen aber ich muss erkennen, dass ich ihn aus der Verschnürung nicht befreien kann. Das sage ich ihm und bitte ihn, sich nicht zu sehr zu erschöpfen und Ruhe zu bewahren, bis ich Hilfe geholt habe. Dann renne ich sofort los, hin zum Büro und hoffe, dass Felix und Michael noch dort sind. Schon als ich in die Nähe komme beginne ich laut zu bellen. Da Felix mich so gut kennt weiß er sofort, dass es einen Notfall gibt. Gemeinsam mit Michael kommt er aus dem Haus geeilt und läuft mir entgegen. Ich halte mich nicht lange mit Erklärungen auf, sondern drehe sofort um und laufe zu dem Hund zurück. Völlig außer Atem warte ich dann ungeduldig, bis die beiden bei uns sind. Sie knien sofort neben dem Hund nieder und machen sich daran ihn zu befreien.

Damit er etwas ruhiger wird, setze ich mich direkt neben ihn und rede auf ihn ein. Ich versichere ihm mehrmals, dass er keine Angst mehr haben muss, weil er jetzt in guten Händen ist, dass wir ihm helfen und er nie mehr den bösen Menschen begegnen wird. Allerdings scheint er mir nicht wirklich zuzuhören, er quiekt wie ein kleines Schweinchen und windet sich unter Felix' und Michaels helfenden Händen. Dadurch erschwert er es ihnen aber nur, ihn so schnell als möglich von dem Klebeband zu befreien. Schließlich nimmt ihn Felix fest in die Arme und drückt ihn an sich. Dadurch zappelt er weniger und Michael

163

kann sein Taschenmesser vorsichtig unter das breite Band schieben und es zerschneiden.

„Was hat der arme Kerl nur gemacht, dass man ihn so verschnürt hat?"

Michael schüttelt immer wieder fassungslos den Kopf, während er versucht, das Band abzuziehen. Leider bleiben jede Menge der halblangen Haare des Hundes daran hängen, was ihm ziemliche Schmerzen zu bereiten scheint, den seine Töne werden schriller.

„Das hat keinen Sinn, es tut ihm viel zu weh, wenn ich an dem Klebeband ziehe. Bringen wir ihn schnell ins Behandlungszimmer der Tierärztin, sie soll ihn sedieren. Vielleicht hat sie auch eine Flüssigkeit, mit der man den Kleber von seinem Fell bekommt."

Felix ist der gleichen Meinung, er erhebt sich mitsamt dem Hund im Arm und wir machen uns im Eiltempo auf den Weg zum Haus. Michael hat schon von unterwegs die Tierärztin informiert, sie erwartet uns bereits.

„Mein Gott, was hat man denn mit dem armen Tier angestellt? Der blutet ja unter dem Klebeband hervor. Schnell, leg ihn auf den Tisch, ich werde ihn sofort sedieren, er muss ja schlimme Schmerzen haben."

Tatsächlich sind Felix' Hände und Arme voller Blut, als er den Hund ablegt. Das hat in der Aufregung keiner von uns gesehen. Ich mache mir sofort Vorwürfe, denn eigentlich hätte ich riechen müssen, dass der Hund verletzt ist.

„Mach dir keine Gedanken, Robin. Selbst wenn wir es bemerkt hätten, hätten wir nichts anderes tun können."

Michael klopft mir tröstend den Rücken.

„Er wird jetzt gleich einschlafen, dann kann er untersucht werden, ohne dass er Schmerzen hat."

Die Tierärztin legt die Spritze weg und streicht dem Hund

mitleidig über den Kopf. Er zuckt noch einen Moment mit den Beinen, dann wirkt die Spritze und er entspannt sich. Die Tierärztin macht sich sofort an die Untersuchung, hört kurz sein Herz und die Atmung ab, dann löst sie zuerst das Klebeband an seiner Schnauze.

„Falls er Atemaussetzer bekommt und intubiert werden muss", erläutert sie knapp. Mit einem Wattebausch, den sie mit einer stinkenden Flüssigkeit getränkt hat, löst sie Stück für Stück das Band, das sie zuvor an einer Stelle durchschnitten hat. Das scheint ganz gut zu gehen, innerhalb kurzer Zeit ist der Kopf des Hundes befreit. Da das Band nicht nur um seine Schnauze, sondern auch noch kreuz und quer über seinen Kopf und die Ohren geklebt war, erkennt man jetzt erst, wie er aussieht.

Alle drei schauen darauf und ich sehe, wie sich ihre Gesichter fassungslos verziehen. Da ich zu klein bin um auf den Tisch zu schauen, stelle ich mich daran auf die Hinterbeine und halte mich mit den Pfoten fest. Jetzt kann ich sehen was die anderen so entsetzt. Der Kopf des Hundes ist voller Narben und Schnitte, einige sind noch frisch und bluten etwas. Ein Ohr ist fast ganz abgeschnitten, das andere sieht man nicht, weil er darauf liegt. Zwischen den Schnitten erkenne ich außerdem runde Verletzungen, von denen einige eitern. Da ich schon solche Verletzungen gesehen habe, weiß ich, dass sie von Zigaretten stammen.

Die Tierärztin sagt etwas zu Felix und Michael, was ich aber nicht verstehe. Dann beginnt sie damit das Klebeband um den Körper abzulösen. Wieder kommt das stinkende Zeug zum Einsatz und reizt mich zum Niesen. Ich lasse die Tischkante los und lasse mich auf die Füße fallen, erst als die Ärztin fertig ist stelle ich mich erneut auf die Hinterbeine.

Wie wir alle befürchtet haben sieht man auch auf dem Körper des Hundes viele ältere Narben und frische Verletzungen.

Die Tierärztin dreht ihn auf die andere Seite, die auch nicht besser aussieht.

„Was muss dieser arme Kerl alles erlitten haben", sagt sie und ihre Stimme klingt erschüttert. „Das sind nicht Verletzungen von einigen Tagen. Jemand muss ihn wochen- oder gar monate lang systematisch gequält haben. Da war ein Sadist am Werk, der seine Perversionen an einem kleinen Hund ausgelassen hat." Sie schüttelt den Kopf und ich kann Tränen in ihren Augen erkennen."

Während sie die vielen Wunden behandelt, redet sie mit Felix und Michael über die Zukunft des Hundes. Sie ist sich nicht sicher, ob er die grausamen Misshandlungen je vergessen kann. Und meint, wenn er nicht darüber hinwegkommt, müsse er vielleicht sogar eingeschläfert werden.

Doch Michael ist dagegen und will versuchen, mit dem Hund zu reden. Da wir jedoch nur noch zwei Tage hier sind, weiß er nicht ob das klappen wird. Die Tierärztin versichert ihm jedoch, dass der Hund zwar viele aber keine lebensgefährlichen Verletzungen hat, und vermutlich schon morgen wieder relativ fit sei.

„Ich habe ihm eine Spritze gegen die Schmerzen gegeben und seine Wunden gesäubert und versorgt, so dass er bald schmerzfrei sein wird. Der ihm das angetan hat, wollte ihn offensichtlich nicht töten. Aus welchem Grund er das tat, darüber kann man nur spekulieren. Ich werde ihn nicht aufwecken, sondern lasse ihn die Narkose ausschlafen. Schlaf tut ihm körperlich und psychisch gut. Dann bekommt er ab morgen ein kräftiges Futter, da er viel zu mager ist. Ich denke, dass er dann schnell wieder auf den Beinen ist."

Auf dem Weg in unser gemietetes Nachtquartier geht uns allen der Hund nicht aus dem Kopf. Schließlich fragt mich Michael, wie ich den Hund überhaupt gefunden habe, da er ja abseits des Weges in der Nähe des Zauns gelegen hat. Also erzähle ich ihm von der Kuhle und den lauten Männerstimmen, die sich nach Streit anhörten. Und von den beiden Männern, die den verschnürten Rucksack über den Zaun geworfen haben. Michael gibt alles was ich sage sogleich an Felix weiter, damit auch der im Bilde ist.

„Du hast die Männer gesehen? Kannst du sie beschreiben?"

Beide schauen mich gespannt an. Ich denke kurz nach, dann meine ich:

„Gesehen habe ich sie als ich aus der Kuhle spähte. Aber als sie näherkamen habe ich mich lieber wieder zurückgezogen. Da wusste ich ja noch nichts von dem Hund. Außerdem klangen sie nicht gerade freundlich…"

Michael sagt beruhigend:

„Das war sehr vernünftig von dir. Man weiß nie, zu was solche Kerle fähig sind. Kannst du sie beschreiben? Zumindest einen von ihnen?"

Ich denke eine Weile nach. So richtig habe ich sie nicht gesehen. Doch dann fällt mir ein: Der eine hatte eine Uniform an. Sie sah ähnlich aus wie der Rucksack. Er hatte lange, dunkle Haare und einen Bart. Er sah irgendwie …wild aus, so wie ein zerzauster Hund. Den anderen kann ich nicht beschreiben. Nur dass er keine Uniform anhatte. Ich meine aber, der Wilde ist der Hundequäler, er hatte eine böse Ausstrahlung.

„Na, das ist doch schon mal was, vielleicht kennt ja einer der Tierschützer die Männer. Wir werden morgen im Tierheim mal nachfragen. Schlaf jetzt erstmal, das war wieder ein aufregender Tag für dich."

Ich brumme zustimmend, denn ich bin wirklich richtig müde aber innerlich auch noch aufgewühlt. Der schwer misshandelte Hund wollte mir nicht aus dem Kopf gehen. Wie schrecklich musste es sein, jemandem so hilflos ausgeliefert zu sein. Vielleicht war der Tierquäler ja sogar sein Herrchen und reagierte schon lange seinen Frust an ihm ab. Eine entsetzliche Vorstellung. Zum Glück überwog bald meine Müdigkeit und verbannte die Grübeleien aus meinem Kopf.

Am nächsten Morgen kann ich es kaum erwarten, dass wir zum Tierheim fahren. Ich möchte gerne mit dem Hund sprechen, deshalb hoffe ich, er ist bereit mir meine Fragen zu beantworten. Er befindet sich noch in der Box im Tierarztzimmer, mit Erlaubnis der Ärztin darf ich zu ihm.

„Es geht ihm heute Morgen überraschend gut", höre ich sie zu Felix sagen. „Deshalb darf er nachher ins Quarantänegehege. Die frische Luft wird ihm guttun."

Im Behandlungszimmer ist es sehr still. Da ich vermute der Hund schläft noch, nähere ich mich langsam seiner Box. Er liegt vorne am Gitter und ich kann ihn zu ersten Mal richtig sehen. Die Verbände und Pflaster, mit der die Ärztin gestern seine Wunden versorgt hat, sind nicht mehr da. Aus dem Abstand heraus sehe ich einen weißen Terrier mit schwarzen Flecken im Fell. Er muss ungefähr meine Größe haben, ist aber sehr viel schlanker.

Ohne den Kopf von seinen Pfoten zu nehmen sagt er zu mir. „Schön, dass du kommst. Ich wollte dir schon gestern für meine Rettung danken, ich fühlte mich einfach zu schwach dazu. Deshalb habe ich gehofft, dass du nochmal vorbeikommst."

Er dreht den Kopf in meine Richtung und legt ihn auf dem unteren Gitterrand ab. Aus dunkelbraunen Augen schaut er mich lange an. Ein intensives Gefühl von Dankbarkeit schlägt mir entgegen, dass er mir wortlos sendet. Ich erwidere ihm auf gleiche Weise, dass ich das sehr gerne für ihn getan habe. Damit ist die Angelegenheit für uns beide erledigt und ich komme zum

Grund meines Besuchs. Aber zuerst frage ich, ob es für ihn unangenehm ist über das Geschehen zu sprechen.

„Angenehm ist es nicht", gibt er zu. „Ich denke aber es erleichtert mich auch, darüber zu sprechen. Mache es dir bequem, es wird ein wenig Zeit in Anspruch nehmen…"

Also lege ich mich vor die Box, so dass ich ihn gut sehen kann.

„Übrigens, mein Name ist Robin", sage ich zuerst, dann frage ich ihn: „Hast du auch einen Namen?"

Er nickt. „Ja, das habe ich, obwohl ich ihn schon lange nicht mehr gehört habe. Dieser Mistkerl hat mich immer nur Köter oder Drecksvieh genannt. Dabei hat er mir damals selbst einen schönen Namen gegeben: Bobby. Der passt doch wunderbar zu mir, oder?"

Ich pflichte ihm bei:

„Bobby ist genau richtig für dich. Klingt pfiffig und ein bisschen frech. Aber warum hat er dich so schlecht behandelt? Wenn er dir so einen schönen Namen gegeben hat, dann muss er dich doch sehr gemocht haben…"

„Ich weiß nicht, ich denke er hat mich nie gemocht, sondern nur so getan. Er wollte damit wohl mein Frauchen beeindrucken. Sie liebt Hunde. Dieser Kerl, sein Name ist übrigens Igor, hat sich in Frauchen verliebt und mich ihr zum Geburtstag geschenkt. Es hat gewirkt, sie hat sich ebenfalls in ihn verliebt. Aber nach einiger Zeit hat sie gemerkt, dass er nicht der Mann ist, mit dem sie glücklich werden kann und sich von ihm getrennt. Das hat er ihr sehr übelgenommen. Er wollte, dass sie mich an ihn zurückgibt, doch das hat sie nicht getan, sondern ihm das Geld gegeben, das er für mich bezahlt hat. Dann begann dieser unselige Krieg und Frauchen erfuhr, das Igor sich als Soldat verdingt hatte. Da er aber Russe ist, wurde er für alle Ukrainer plötzlich zu einem Feind. Mich hat das, ehrlich gesagt, nicht interessiert. Ich war nur froh, dass er Frauchen und mir nicht mehr nachstellte. Wegen ihm durfte ich nur noch an der Leine laufen, da er gedroht hatte, mich zu entführen."

Plötzlich wird Bobby still und starrt in die Ecke seiner Box. Doch er fasst sich schnell wieder und erzählt weiter:

„Mein Frauchen hatte große Angst vor dem Krieg, besonders, nachdem gewarnt wurde, dass die Kampfhandlungen immer näherkamen. Deshalb beschloss sie mit einigen von ihren Familienmitgliedern in den Westen zu fliehen. Ich sollte mit-kommen, deshalb brachte sie mich zu einem Tierarzt, der mich impfte und mir einen Chip einpflanzte. Denn sie hatte gehört, dass ich sonst nicht mitkommen kann. Dann meldete sie uns, gemeinsam mit ihren Verwandten, bei einer Organisation an, die uns mit einem Bus in den Westen bringen sollte.

Doch als es soweit war, erlebten wir eine Enttäuschung, denn meine Tollwutimpfung war noch nicht lange genug her, deshalb konnte ich nicht mit. Schließlich ließ sie mich schweren Her-zens bei ihren Eltern zurück. Die wollten erst einige Wochen später ausreisen, da sie noch irgendwas zu erledigen hatten. Und sie versprachen Frauchen mich auf jeden Fall mitzunehmen.

Ich verbrachte also die nächste Zeit bei ihnen, was ich schon gewohnt war, denn ich war auch immer dort, wenn Frauchen arbeiten ging. Sie hatten ein kleines Häuschen mit Garten am Stadtrand und bei schönem Wetter durfte ich im Garten nach Mäusen jagen. Davon gab es jede Menge und als Terrier ist es sozusagen meine Pflicht, sie zu jagen. Und das Beste daran war; für jede Maus, die ich vor dem Haus ablegte, gab es eine Belohnung."

Er stockt erneut und beginnt zu zittern. Doch erneut fängt er sich schnell und erzählt nach einem Seufzer weiter:

„An jenem unglückseligen Tag war ich ebenfalls auf Mäusejagd allein im Garten. Ich hörte das Gartentor quietschen und schaute hin, wer kommt. Es war Igor in seiner Uniform, er kam direkt auf mich zu. Ich mochte ihn zwar nicht, hatte aber auch keine Angst vor ihm und blieb stehen wo ich war. Er bückte sich zu mir herunter. Ich Dummkopf dachte er will mich streicheln, da packt er mich am Genick und im nächsten Moment war ich so fest unter seinem Arm eingeklemmt, dass mir die Luft wegblieb. Er eilte durch das offene Tor mit mir davon. Vom Haus her hörte ich die Stimme von Frauchens Mutter, die etwas rief. Doch Igor reagierte nicht darauf."

Erneut verstummt Bobby und diesmal dauert es länger bis er wieder spricht. Ich dränge ihn nicht, ich kann mir vorstellen, was in ihm vorgeht und warte ab. Nach einiger Zeit fährt er etwas leiser mit seiner Geschichte fort:

„Igor brachte mich zu einem älteren Haus, das scheinbar unbewohnt war. Es gab kein Licht und nur wenige alte Möbel, die er vermutlich irgendwo mitgenommen hatte. Er benutzte nur die Küche, dort stand noch ein alter Herd, den er mit gesammelten Ästen befeuerte, wenn er sich etwas zu essen machte.

In der Küche ließ er mich einfach auf den Boden fallen, nachdem er zuvor die Tür geschlossen hatte. Ich verzog mich sogleich unter ein wackeliges Holzregal in dem einige Dosen standen. Die öffnete er, wenn er Hunger hatte und stellte sie zuerst auf den Herd, bevor er den Inhalt mit einem Löffel herausholte und aß. Meist war es irgendwelches Gemüse, das roch so eklig, dass mir sofort der Hunger verging. Aber er kam überhaupt nicht auf die Idee, mir etwas davon zu geben.

Wenn er da war, kam ich nicht unter dem Regal hervor und zuerst kümmerte er sich überhaupt nicht um mich, so als ob er mich total vergessen hätte. Oft war er stundenlang weg, dann kroch ich aus meinem Versteck und suchte nach etwas, was ich essen konnte. Doch das Einzige was ich fand war trockenes Brot, das er nicht mehr mochte, weil es hart war. Doch dann brachte er eine große Flasche Wodka mit, die er im Laufe des

Tages austrank. Er brabbelte die ganze Zeit mit sich selbst und begann herumzuschreien, obwohl er ganz alleine war. Und dann fiel ihm scheinbar ein, dass ich ja auch noch da war. Er torkelte auf mein Versteck zu, kniete sich davor und wollte mich herausziehen. Was ich jedoch keinesfalls wollte, deshalb biss ich ihm kräftig in die Hand. Er schrie auf, wurde aber scheinbar noch wütender. Schließlich bekam er mich zu fassen, zog mich unter dem Regal vor und begann auf mich einzuprügeln. Er hörte erst auf, als seine Hand zu sehr schmerzte. Er verpasste mir noch einen Tritt und begann damit die Bisswunden zu versorgen. Dazu schüttete er den Rest aus der Wodkaflasche darüber, was wohl sehr brannte, denn er schrie und wedelte fluchend mit der Hand. In seinem Rucksack hatte er Verbandsmaterial und begann seine Hand zu verbinden. Danach ließ er sich auf die alte Matratze fallen, die in der Ecke lag, und begann zu schnarchen. Ich kroch wieder unter das Regal, drückte mich noch weiter an die Wand und versuchte ebenfalls zu schlafen."

Bobby beginnt in Erinnerung an das Erlebte zu hecheln. Besorgt frage ich ihn, ob er in Ordnung ist oder lieber allein wäre, dann würde ich mich zurückziehen. Doch das will er nicht.

„Nein, bitte bleib hier. Wenn ich es erzähle, wird mir vielleicht leichter werden", meint er. Dann fährt er fort: „Von da an wurde es richtig schlimm für mich, ich weiß aber nicht ob es daran lag, dass ich ihn gebissen habe oder dass er ständig Wodka trank. Jeden Tag ging er fort und kehrte irgendwann mit einer Flasche zurück, die er meist schon halb ausgetrunken hatte. Zuerst beschimpfte er mich immer und schrie mich an, später trieb er mich mit Hilfe eines alten Besens aus meinem Versteck. Natürlich war ich nicht bereit, mich dann von ihm quälen zu lassen und rannte kreuz und quer durch den Raum. Doch irgendwann erwischte er mich meist und ließ dann seinen Frust an mir aus, indem er mich schlug oder trat. Je betrunkener er war, desto schlimmer war es, was er mir antat. Manchmal drückte er mir sein Messer in die Rippen, dann fürchtete ich, er würde mich töten und biss verzweifelt um mich. Als er eine brennende Zigarette auf meinen Kopf drückte, bückte er sich zu weit herunter und fiel auf mich. In meiner Not biss ich zu, erwischte ihn an der Wange und ließ nicht mehr los. Er brüllte auf, griff mich und schleuderte mich von sich. Da ich immer noch mit meinen Zähnen seine Backe festhielt, riss ich ihm einen Fetzen Fleisch heraus. Er schrie laut auf, griff sich ins Gesicht und blickte dann auf das Blut, das durch seine Finger auf den Boden tropfte.

Zumindest für den Augenblick hatte er das Interesse an mir verloren, er griff sich ein schmutziges Handtuch und presste es auf seine Wange, dann eilte er aus der Tür und verschwand. Leider vergaß er trotz seiner Schmerzen nicht, die Tür hinter sich zu schließen.

Er kam erst am nächsten Tag zurück, doch diesmal nicht alleine, er brachte einen Mann mit, der ebenfalls eine Uniform anhatte. Bei seinem Anblick schwand meine Hoffnung, doch noch fliehen zu können. Er sah sich kurz um und sagte dann in befehlendem Ton etwas zu Igor. Der wollte erst aufbegehren, dann fügte er sich resigniert. Mit dem Besen scheuchte er mich unter dem Regal vor und der andere Mann griff mich blitzschnell und hob mich hoch. Seine Hände umklammerten mich eisern, so dass ich keine Chance hatte nach ihm zu beißen. Dann kam Igor zu uns, er hatte eine Rolle in der Hand. Voller Verzweiflung fletschte ich meine Zähne und knurrte so furchterregend, wie ich nur konnte. Igor zuckte tatsächlich zurück und ich registrierte, dass seine eine Gesichtshälfte mit einem dicken Verband bedeckt war. Dann kam seine Hand auf mich zu, die in einem Handschuh steckte, griff nach meiner Schnauze und presste sie zusammen. Dann umwickelte er mir die Schnauze fest mit einem klebrigen Band, dass er dann mit seinem Messer durchtrennte. Dabei sah er mich so wütend an, dass ich dachte, jetzt bringt er mich um. Der Mann, der mich hochhielt sagte etwas in scharfem Ton und sofort befolgte Igor den Befehl indem er mir zuerst die Vorder- und dann die Hinterpfoten mit dem Klebeband umwickelte. Danach wurde ich in den Rucksack gesteckt und fortgetragen.

Da mir das Band um mein Maul kaum erlaubte Luft zu holen, versuchte ich verzweifelt es mit meinen gefesselten Pfoten abzustreifen, was mir jedoch nicht gelang. Eines meiner Nasenlöcher war von dem Klebeband zugedrückt, so dass ich nur durch das andere Luft bekam. Je mehr ich in Panik geriet, desto weniger Luft gelangte in meinen Körper. Dann flog ich plötzlich durch die Luft und schlug gleich darauf hart auf. Meine Sinne schwanden endgültig. Ja und wie es dann weiterging weißt du besser wie ich…"

Kapitel 11:
Anstrengende Rückreisevorbereitungen

Auf dem Weg zurück zum Haus geht mir Bobbys Geschichte weiterhin durch den Kopf. Bevor ich mich von ihm verabschiedete fragte er mich, ob ich eine Möglichkeit sehe, dass er wieder mit seinem Frauchen zusammenkommt. Leider konnte ich ihm darauf keine Antwort geben, denn ich weiß nicht viel über die Bedingungen für die Ausreise von Hunden aus der Ukraine. Und auch nicht ob die Möglichkeit besteht sein Frauchen ausfindig zu machen. Doch ich versprach ihm alles zu tun, was in meiner Macht steht. Er war enttäuscht, das merkte ich ihm an. Doch ich traute mich nicht ihm zu sagen, dass ich durchaus Hoffnung hegte. Ich wollte ihm keine falschen Hoffnungen machen. Denn zuerst muss ich mit Michael und Felix darüber reden…

„Hey Robin!" reißt mich eine Stimme aus meinen Gedanken. Ich schaue in die Richtung aus der sie kommt und sehe Kiki am Zaun eines kleinen Geheges stehen. Hinter ihr Boris, der mich über ihren Kopf hinweg misstrauisch mustert. Die beiden hatte ich ja fast vergessen. Ist das etwa ein Anzeichen, dass ich langsam alt werde? Ach was, Robin, beruhige ich mich in Gedanken schnell selbst, das ist bloß der Stress. Denn davon hatte ich in letzter Zeit wahrhaftig genug.

Ich laufe über die Rasenrabatte auf das Gehege zu und bleibe vor Kiki stehen. Von Boris kommt ein warnendes Knurren, das ich jedoch ignoriere. Kiki raunzt ihn jedoch an, so dass er verstummt. Sie hat den alten Knaben gut im Griff, denke ich amüsiert.

„Kümmere dich nicht um ihn, er ist nervös, weil unsere Ausreise bevorsteht" sagt sie, doch ich sehe ihr an, dass sie selbst nicht so ruhig ist, wie sie scheinen möchte. Deshalb erkläre ich erneut, dass sie gemeinsam ausreisen dürfen und auch nur gemeinsam vermittelt werden.

„Ihr könnt euch darauf verlassen", betone ich und füge hinzu: „Ruht euch bis zur Abreise noch gut aus, denn die Fahrt wird lange und anstrengend werden. Sagt das auch den anderen Hunden, damit sie darauf vorbereitet sind. Je gelassener ihr auf der Fahrt seid, desto schneller sind wir am Ziel und euer neues Leben kann beginnen."

Ich verabschiede mich kurz und mache mich wieder auf den Weg.

„Ah, Robin, da bist du ja, ich wollte schon nach dir suchen", begrüßt mich Felix. Ich überhöre die kleine Spitze in seinem Tonfall, denn ich merke, dass er ebenfalls gestresst ist. Ist ja auch kein Wunder denke ich. Auf ihm und Michael lastet die ganze Verantwortung der Rückreise. Mit einem LKW voller aufgeregter Hunde wird die Rückreise kein Kinderspiel werden. Und sie wird tagelang dauern. Eigentlich kann ich mir gar nicht vorstellen, wie alles ablaufen soll. Aber mein Vertrauen in Felix und auch in Michael ist grenzenlos. Was die beiden anpacken gelingt, davon bin ich felsenfest überzeugt.

„Dein Vertrauen ehrt uns, Robin. Ich hoffe, wir können es erfüllen."

Michael kommt durch die Tür und gibt mir einen Klaps auf den Po. Ich wundere mich nicht mehr, dass er meine Gedanken schon von draußen abgehört hat. Um keine Zeit zu verlieren, platze ich sofort mit meinen Neuigkeiten über Bobby heraus.

Michael hebt abwehrend die Hände.

„Langsam Robin, lass mich erst einmal durchatmen. Dann setzen wir uns gemütlich hin und du erzählst uns alles, was du von Bobby erfahren hast. Ich nehme an, Bobby ist der Terrier, der misshandelt wurde."

Ich darf mich ebenfalls auf einen der Sessel setzen.

„Damit wir auf Augenhöhe sind", meint Michael. Er und Felix sitzen mir gegenüber. „Na dann schieß mal los", muntert mich Felix auf. „Aber erzähle langsam, damit du nichts vergisst, und denke daran, Michael muss mir alles übersetzen."

Ich murre ein bisschen, denn schließlich weiß ich das doch selbst, ich bin schließlich kein Anfänger. Dann beginne ich zu berichten, was Bobby mir anvertraut hat. Beide hören mir gespannt zu, was Michael ihm übersetzt schreibt Felix in Stichpunkten auf einen Block, damit auch wirklich nichts Wichtiges vergessen wird. Als ich fertig bin, loben mich beide.

„Mit dir kann man arbeiten" sagt Michael beeindruckt.

„Mit den Informationen kann ich gleich anfangen nach Bobbys Frauchen zu fahnden. Und auch nach Igor, denn er soll keinesfalls ungeschoren davonkommen. Ich vermute stark er ist zu seiner Einheit zurückgekehrt und der andere Mann ist sicher sein Vorgesetzter. Es wird zwar nicht einfach werden, aber ich will es auf jeden Fall versuchen, Igor verhaften zu lassen."

Felix ist skeptisch:

„Ich bin mir nicht so sicher wie du, dass er zur Rechenschaft gezogen wird. Wenn er seine Einheit verlassen hat, weil er nicht mehr kämpfen wollte, dann bekommt er von seinen Vorgesetzten ein Verfahren angehängt und wird, falls er den Krieg überlebt, in einem Gefängnis oder Arbeitslager landen. Diese Strafe ist sehr hart und dadurch wären vermutlich auch alle anderen Schandtaten abgedeckt."

„Ja, das wären sie. Aber ich habe eher die Vermutung, er hat sich vom Dienst beurlauben lassen. Ein Vorwand ist ihm sicher eingefallen, vielleicht weil er behauptete, er müsse dringende familiäre Probleme lösen. Und sein Kommandant hat ihn abgeholt um ihn zur Einheit zurückzubringen. Ich denke, Bobby hat es nur diesem Mann zu verdanken, dass er über den

Tierheimzaun entsorgt wurde. Igor hätte ihn, so wie ich ihn einschätze, bestimmt lieber umgebracht."

„Ja, du könntest Recht haben", gibt Felix zu.

„Igor gab Bobby die Schuld, dass dessen Frauchen ihn nicht mehr liebt. Er wollte den Hund töten, um sie zu bestrafen."

Er rauft sich mit beiden Händen durch die Haare und schüttelt den Kopf. Dann sagt er:

„Ich kann mich einfach nicht in solche Menschen hineinversetzen. Ihre Gedankengänge werden mir ewig ein Rätsel bleiben."

„Du glaubst halt immer noch an das Gute in den Menschen, obwohl du doch schon mehr als genug vom Gegenteil überzeugt wurdest. Ich bin da anders, mir muss man erst beweisen, dass man gute Absichten hat."

Er grinst bitter und Felix zuckt mit den Schultern.

„Da hast du auch wieder Recht. Aber sei's drum, wichtig ist, dass wir Igor ausfindig machen, dann werden wir weitersehen. Kümmere du dich bitte darum. Ich mache derweil den Papierkram für die Rückreise fertig. Ach, und nimm Robin mit, dem ist es hier bei mir bestimmt langweilig."

Ich mache mich also mit Michael auf den Weg zurück zu Bobbys Krankenquartier. Michael hat ein Auslesegerät dabei, er ist gespannt ob Bobby tatsächlich gechipt ist, denn das ist scheinbar den meisten Hundebesitzern in diesem Land nicht so wichtig.

Der kleine Terrier schläft, als wir vor seiner Box stehenbleiben, ist aber sofort wach und springt mit gefletschten Zähnen auf. Dann sieht er mich und wird sofort wieder ruhig.

„Tut mir leid", murmelt er und schüttelt sich vorsichtig wegen der Verletzungen unter seinem Fell. „Ich habe gerade von Igor geträumt... Wer ist das?"

Misstrauisch sieht er zu Michael hin, der das Ablesegerät in der Hand hält. Doch bevor ich etwas sagen kann, klärt der selbst die Angelegenheit per Tierkommunikation. Ohne Worte zu benutzen macht er Bobby klar, wer er ist und wieso er hier bei ihm ist.

Zuerst schaut der Terrier noch skeptisch, dann entspannt er sich jedoch schnell und lässt es zu, dass Michael mit dem Gerät seine linke Halsseite abfährt. Als ein Ton erklingt, grinst er erleichtert.

„Bingo!" sagt er erfreut, fügt aber hinzu. Jetzt muss er bloß noch registriert sein…"

Es dauert eine ganze Weile, bis er auf seinem Handy die Organisation erreicht, bei der gechipte Tiere registriert werden. Dort dauert es nochmals eine Ewigkeit, bis er jemanden gefunden hat, der ihn versteht. Zum Glück hat Michael eine Engelsgeduld, die er wohl von seinem Namenspaten, dem Erzengel Michael hat. Doch dann wird er plötzlich sichtlich aufgeregt und beginnt, irgendetwas auf einen Zettel zu kritzeln.

„Ha!" Er sagt es triumphierend und wedelt mit dem Zettel in der Luft. „Bobby ist tatsächlich registriert. Sein Frauchen heißt Ludmilla Karasovka. Ich habe auch ihre Adresse. Da fahren wir doch gleich mal hin."

Wir verabschieden uns von Bobby, der traurig ist, dass wir schon wieder gehen. Draußen meint Michael zu mir:

„Ich hätte Bobby ja gerne verraten, dass wir auf der Suche nach seinem Frauchen sind. Aber ich fürchte, sie ist bereits ausgereist. Vielleicht treffen wir aber ihre Eltern noch an, die wissen bestimmt mehr."

Wir fahren mit dem Transporter, allerdings fährt uns Sergej, denn der kennt sich besser aus und muss übersetzen. Er kutschiert uns eine ganze Weile durch die Stadt bis er etwas außerhalb vor einem älteren Einfamilienhaus anhält.

Er übernimmt es auch zum Haus zu gehen und zu klingeln, während wir angespannt durchs Autofenster schauen. Hoffentlich sind die Leute noch nicht ausgereist.

Erleichtert sehen wir wie sich die Tür öffnet und eine ältere Frau Sergej misstrauisch anschaut. Doch schon nach einem kurzen Wortwechsel scheint sie hocherfreut zu sein. Sergej winkt uns und wir beeilen uns zum Haus zu kommen. Es beginnt ein beeindruckender Worteaustausch zwischen den drei Personen. Leider verstehe ich absolut nichts und niemand beachtet mich, deshalb ziehe ich mich zurück und schnüffle ein bisschen im Garten herum. Ich kann noch riechen, dass Bobby sich hier oft aufgehalten hat. Auch seinen bevorzugten Pinkelbusch habe ich schnell ausgemacht und setze schnell meine Duftmarke dazu. Dann finde ich in einer Ecke ein Plüschtier, dass eindeutig seinen Geruch und Spuren seiner Zähne aufweist und trage es zum Hoftor. Das werde ich ihm mitbringen, damit er im Tierheim wenigstens ein kleines Andenken aus seinem bisherigen Leben hat. Das lenkt meine Gedanken auf mein eigenes Zuhause und wiederum überfällt mich Heimweh. Ich lege mich nahe dem Tor ins Gras und denke an meine Familie, das Haus, den Garten und den Verein. Da ich keine Tage zählen kann weiß ich nicht, wie lange ich schon nicht mehr daheim war. Es kommt mir jedoch sehr lange vor. Die Heimreise wird nochmals einige Tage dauern. Langsam bekomme ich Angst, nie wieder mein altes Leben zurückzubekommen. Warum bin ich bloß in den Transporter gestiegen?

Ich frage es mich zum zigsten Mal. Und nehme mir vor, wenn ich endlich wieder zu Hause bin, werde ich es nie, nie mehr verlassen.

„Und dann packt dich wieder die Neugier, die Abenteuerlust oder das Bedürfnis Tiere zu retten und schon bist du nicht mehr zu bremsen."

Michael steht neben mir und grinst wissend. Natürlich hat er wieder meine Gedanken gelesen.

„Tut mir leid, manchmal kann ich nicht widerstehen."

Er klingt zerknirscht aber ich weiß, dass er es gerne macht. Nun, zumindest ist es manchmal ganz nützlich. Denn welcher Hund hat schon einen Dolmetscher, der hündisch versteht und spricht. Genau jetzt ist das von großem Vorteil für mich, denn Michael erklärt mir, was er mit der Frau besprochen hat:

„Zum Glück sind wir noch rechtzeitig hier gewesen", beginnt er. „Denn das Ehepaar Karasov, also die Eltern von Ludmilla Karasovka, sind nur noch wenige Tage hier, dann fahren sie mit einem Reisebus nach Deutschland. Dort hat ihre Tochter bereits alles in die Wege geleitet, damit sie schnell zusammenziehen können. Sie hat eine Wohnung gemietet und auch bereits eine Arbeit gefunden und will mit ihren Eltern in Deutschland ein neues Leben beginnen. Doch um ihr Glück perfekt zu machen, fehlt ihr Bobby. Ihre Mutter hat ihr am Telefon gesagt, dass er von Igor aus dem Garten entführt wurde. Alle drei waren sich eigentlich sicher, dass er den Hund getötet hat um sich zu rächen. Als sie hörten, dass er noch lebt, wollten sie ihn gleich abholen um ihn mit nach Deutschland zu nehmen. Ich konnte sie jedoch überzeugen, dass er besser mit uns fährt, da er noch weiter medizinisch betreut werden muss.

Schließlich willigten sie ein und gaben mir Adresse und Telefonnummer ihrer Tochter. So können wir später Bobby in aller Ruhe an sein Frauchen übergeben. Ist das nicht eine tolle Nachricht?"

Das finde ich auch. Was gibt es schöneres, als einen Hund wieder mit seinen geliebten Menschen zusammenzubringen? Ich liebe es, wenn es am Ende einer tragischen Geschichte doch noch ein Happy End gibt.

„Aber was ist mit Igor?" will ich wissen.

„Konnten sie dir sagen, wo er zu finden ist? Ich würde mir wünschen, dass er bestraft wird für das, was er Bobby angetan hat."

Michael seufzt schwer bevor er antwortet:

„Das würde ich mir auch wünschen. Aber leider wissen die Leute nur, dass er sich als Soldat verdingt hat. Mehr konnten sie mir nicht über ihn sagen. Und ich weiß auch nicht ob ich noch jemanden ausfindig mache, den ich nach ihm fragen kann. Die Karasovs wussten leider nicht wie sein Nachname lautet. Und es gibt unter den Soldaten bestimmt hunderte Männer, die Igor heißen."

„Aber nur einen, dem ein Stück Fleisch aus der Backe gerissen wurde."

Ich sage es beiläufig, weil es mir gerade in den Sinn gekommen ist.

„Bobby sagte, die Wunde sei zwar mit einem Verband abgedeckt gewesen, habe aber immer noch geblutet, als Igor mit dem anderen Mann auftauchte. Kann man ihn daran nicht erkennen? Bestimmt gibt es nicht noch einen Soldaten der Igor heißt und dem ein Stück seiner Backe fehlt, oder?"

Michael sieht mich einen Moment verblüfft an, dann nickt er anerkennend.

„Da hast du Recht, Robin. Den gibt es sicher nicht nochmal. Nur gut, dass ich dich dabeihabe. Aber komm, Sergej wartet schon, nicht dass er ohne uns fährt."

Ich schnappe das Stofftier und wir gehen zum Transporter. Natürlich fährt Sergej nicht ohne uns, er sitzt noch nicht einmal drin, sondern steht ein Stück vom Auto entfernt und raucht eine seiner stinkenden Zigaretten. Während Michael zu ihm geht, steige ich schon mal ein und mache es mir auf einem Sitz gemütlich. Nach kurzer Zeit steigen die beiden auch ein und wir fahren zurück zum Tierheim.

Dort angekommen gebe ich Michael Bescheid, dass ich nochmal zu Bobby gehe. Er nickt und geht gemeinsam mit Sergej ins Haus, um Felix die Neuigkeiten zu erzählen.

Die Tür zur Krankenstation steht noch offen, ich trabe zu Bobbys Box, das Stofftier im Maul. Er springt auf, als er mich sieht. Überrascht und erfreut sagt er:

„Das ist doch Bär, wo hast du den her? Der liegt doch bei Oma im Garten."

Ich lasse das Stofftier fallen und betrachte es genauer. Dass es ein Bär ist, darauf wäre ich nicht gekommen. Es ist bunt und seine Ohren und seine Nase fehlen. An den Stellen ist er mit dickem Garn genäht worden, vermutlich damit sein Innenleben nicht rausfällt.

„Ich habe ihn ein bisschen angenagt, als ich noch klein war und Oma hat erst geschimpft, ihn dann aber wieder zugenäht. Meinst du, er passt durch die Gitterstäbe?"

Aufgeregt steckt er seine Schnauze hindurch und scheint gar nicht zu spüren, dass er darauf einige Blessuren hat:

„Gib ihn mir, ich ziehe ihn durch."

Also heb ich Bär wieder auf und halte ihn an die Stäbe. Er schnappt danach wie ein Hai nach der Beute und zerrt so lange daran, bis Bär durch die Gitter rutscht. Er sieht jetzt noch weniger wie ein Bär aus, das Bein, an dem Bobby ihn gezogen hat ist nun länger als das andere und hat außerdem einen Riss. Das tut jedoch Bobbys Freude keinen Abbruch, er schüttelt ihn kräftig, dann legt er sich hin, nimmt Bär zwischen seine Pfoten und legt seinen Kopf darauf.

„Dann gehe ich mal wieder", brumme ich.

Gerne hätte ich ihm verraten, dass er morgen mit uns fährt und dass die Chance, sein Frauchen zu finden, größer geworden ist. Doch Michael hat gemeint ich solle ihm erst einmal nichts davon sagen, da man nicht wisse wie er darauf reagiert. Obwohl

Bobby nicht den Eindruck mache, er wäre traumatisiert, könne es trotzdem so sein.

Also gehe ich zur Tür und sage nur: „Mach's gut, wir sehen uns morgen."

Am Morgen geht schon in aller Frühe Hektik los. Unser LKW rollt auf den Hof und die Ladefläche wird geöffnet. Natürlich bin ich mit dabei, als die Männer das Innere nochmals inspizieren. Die vielen Säcke mit Trockenfutter, die wir mitgebracht hatten, sind alle ausgeladen und längst verteilt. Auch die meisten Decken, Hundekissen, Hygieneartikel und was sonst noch dringend gebraucht wurde, sind ausgeräumt worden. Ich sehe nur noch Hundeboxen, die in zwei langen Reihen an den Seitenwänden aufgestellt sind. Unten stehen die für die großen Hunde, darüber sind kleinere aufeinandergestapelt. Sie reichen fast bis unter die Decke.

Felix läuft an ihnen entlang und kommt dann wieder zurück, sein Gesicht zeigt deutlich den Stolz, den er empfindet. Denn er hat den LKW speziell für den Transport von Hunden anfertigen lassen und dabei alles Mögliche bedacht, damit die es auf den oft tagelangen Reisen so bequem und sicher wie möglich haben. Ich inspiziere ebenfalls alles gründlich und überlege, ob ich mich als Tierschutzhund in den Boxen wohlfühlen würde. Ich bin mir nicht sicher, denn wenn ich tagelang darin verbringen müsste, würde ich wahrscheinlich Beklemmungen bekommen. Aber Michael, der wieder in meinen Gedanken liest, erklärt mir, dass es nun mal keine andere Möglichkeit gibt um so viele Hunde gleichzeitig aus dem Kriegsgebiet zu bringen.

„Die Hunde sind auch in den Tierheimen nicht wirklich sicher, denn niemand weiß, wohin die Russen ihre nächsten Raketen schicken. Zudem sind die meisten Hunde, die wir mitnehmen, nicht gerade vom Glück verwöhnt und ein paar Tage in einer gemütlichen Box, versorgt mit Futter, Wasser und sogar der Zuwendung von Menschen ist etwas, was sie noch nie genossen hatten. Anders ist es vielleicht bei den Haushunden, die es gewohnt sind in einer Wohnung zu leben. Denen kann es eher stressig oder auch langweilig werden. Aber dafür kommen einige von ihnen wieder mit ihrer Familie zusammen, das wird sie bestimmt dafür entschädigen."

„Was ist mit den Hunden, die krank oder verletzt sind. Kommen die auch hier herein?" will ich wissen.

Doch er schüttelt den Kopf.

„Nein. Die werden im Transporter transportiert. Aber trotzdem müssen auch sie den Stress der langen Fahrt aushalten. Genauso wie du und wir auch. Das wird für uns alle anstrengend werden. Richte dich schon einmal seelisch darauf ein."

Na toll, eigentlich hatte ich mich auf die Rückfahrt gefreut. Doch jetzt…

„Ach, mach dich nicht verrückt, Robin. Vielleicht gefällt es dir sogar und es sind ja nur ein paar Tage. Danach kannst du wieder dein altes Leben weiterführen und in deiner Arche nach dem Rechten sehen. Das packst du doch locker."

Wenn es so einfach wäre, denke ich mir. Wie lange sind ein paar Tage? Und wie lange bin ich schon von zu Hause fort? Ich kann es einfach nicht einschätzen. In meinem normalen Leben mache ich mir darüber nie Gedanken, ich stehe morgens auf, tue meist das, was mir gerade in den Kopf kommt. Oder das, was Felix und ich geplant haben - und am Abend gehe ich schlafen. Ich kann auch abschätzen welche Tageszeit es ist, dafür brauche ich keine Uhr. Und wenn ein Tag vorüber ist, dann kommt ein neuer. Aber da endet dann auch mein Interesse. Was morgen sein wird interessiert mich heute noch nicht.

Das ist hier aber irgendwie anders. Ich kann es kaum erwarten, dass die paar Tage endlich um sind und ich endlich wieder in meiner gewohnten Umgebung bin. Ich sehne mich richtig danach.

„Das ist Heimweh, Robin."

Michael kauert sich nieder und krault mir den Kopf. Ich dränge mich an ihn, weil ich mich plötzlich nach Wärme und Zuneigung sehne. Seine Hand fährt durch mein Fell.

„Weißt du, Felix und ich haben ebenfalls Heimweh, wir sehnen uns genau wie du danach, wieder in der gewohnten Umgebung unserer gewohnten Arbeit nachzugehen. Und vor allem wollen wir unsere Familien wiedersehen. Aber wir wissen auch auf was wir uns eingelassen haben als wir hierherfuhren. Nämlich Hunde zu retten, die sonst keine Chance hätten, diesen Krieg zu überleben. Das ist unser Beruf und unser Ansporn."

„Aber das ist bei mir doch auch so", werfe ich ein.

„Ja, und du bist ebenfalls mit Herz und Seele dabei. „Aber du bist nur durch einen dummen Zufall mitgefahren, dabei hattest du eigentlich eine Auszeit nehmen wollen. Deshalb ist es verständlich, dass du langsam die Schnauze voll hast, wie man so sagt. Aber du wirst sehen, die lange Heimfahrt geht schneller herum als du dir jetzt vorstellen kannst. Ein Ende unserer Reise ist immerhin in Sicht, gemeinsam werden wir das schon schaffen."

„Wenn du meinst…"

Überzeugt bin ich nicht. Doch ich verstehe schon, dass wir uns nicht nach Hause beamen können, wie es oft in den seltsamen Filmen geschieht, die Felix so gerne schaut. Darin fliegen Menschen im Weltraum herum und wenn sie wo anders hinwollen, dann stellen sie sich in eine Art Aufzug und schon sind sie dort. Wie das geht, zeigen sie aber nicht. Oder ich sehe es nicht, weil ich vor Langeweile schon eingeschlafen bin.

Langeweile überkommt mich momentan jedenfalls nicht, denn das Einchecken der Hunde geht los. Dabei werde ich gebraucht, denn die meisten Hunde sind nervös, als sie aus ihrer gewohnten Umgebung heraus- und in den LKW hineingeführt werden. Die kleineren werden sogar getragen, weil das schneller geht, meint Felix. Ob das stimmt weiß ich nicht, jedenfalls entsteht schon bald ein rechter Trubel, da einige Tiere sich vehement weigern in ihre Box zu gehen.

Da komme ich ins Spiel. Ich rede beruhigend auf den jeweiligen Hund ein, versichere ihm, dass nichts Schlimmes mit ihm geschieht und ein besseres Leben auf ihn wartet. Das ist besonders bei den Straßenhunden nötig, die weder einen LKW von innen, noch eine Transportbox kennen. Höchstens die alte schäbige Box, in der sie nach dem Einfangen ins Tierheim gebracht wurden. Die haben keinerlei Komfort und sind oft zu klein, da sie nur kurz benutzt werden.

Die Boxen in unserem LKW sind jedoch mit allem ausgestattet, was einem Hund eine lange Reise so angenehm wie möglich macht. Ein bequemer Liegeplatz, die Fressnäpfe werden eingeschoben und nach der Mahlzeit entfernt, Wasser ist ständig über eine spezielle Tränke verfügbar. Der Boden jeder Box ist je nach Witterung angenehm kühl oder kuschelig warm. Außerdem ist der gesamte Innenbereich des LKW dezent beleuchtet und es erklingt leise klassische Musik, die beruhigend wirkt. Ich weiß das so genau, weil ich in einer der Boxen probeliegen durfte. Wer kann das besser als ein verwöhnter Hund wie ich.

Auch Kiki und Boris kommen in den Genuss einer Hundebox, wie ich versprochen hatte dürfen sie sich eine teilen. Boris fällt es trotzdem schwer sich zu entspannen. Leider habe ich nicht viel Zeit ihm länger zuzureden, ich verspreche aber später nochmal bei ihnen vorbeizuschauen.

Eigentlich war ich mir sicher, dass alle Hunde ziemlich schnell in ihren Boxen untergebracht sind, doch da habe ich mich geirrt.

Obwohl schon sehr viele Hunde mit meinem Zuspruch in ihre Box gebracht wurden, kommen immer wieder welche nach. Zu meinem Glück braucht nicht jeder Trost, besonders die jüngeren sind eher neugierig als ängstlich und nicht wenige sind heilfroh, den Schrecken des Krieges für immer entfliehen zu können. Ein alter Mischlingsrüde, der sein ganzes Leben auf der Straße verbracht hat, versichert mir, dass bald endlich das Leben beginnt, von dem er schon lange geträumt hat: Auf einer weichen Matratze liegen und immer satt sein. Eine Vermittlung wollte er gar nicht.

„Dann fange gleich damit an deinen Traum zu verwirklichen, mein Freund", pflichte ich ihm bei. „In deiner Box bekommst du das ab sofort geboten."

Irgendwann ist auch der letzte Hund untergebracht. Ich gähne erleichtert und strecke erst mal meine Glieder. Felix läuft mit einer Liste nochmals den Gang entlang um ein letztes Mal nachzuschauen, dass jeder Hund in seiner Box ist und seine Papiere gut sichtbar in einer Tasche am Gitter stecken.

Es ist überraschend still im Inneren des LKWs, wenn man bedenkt wie viele Hunde auf ihre Reise warten. Ich kann nicht widerstehen und laufe den Gang zwischen den Boxen entlang, ich will wissen, wieso nicht das übliche Gebelle und Gewinsel ertönt, dass ich von den früheren Transporten kenne. Zwar kann ich nur in die unteren Boxen hineinsehen, doch das reicht um mir ein Bild zu machen. Alle Hunde liegen dösend oder an Kauknochen nagend auf ihren Kissen, einige schlafen sogar ganz entspannt. Das ist wirklich sehr ungewöhnlich.

„Da staunst du, gell" durchdringt Felix Stimme meine Gedanken. „Aber es ist keine Zauberei, falls du das denkst."

Er geht neben mir in die Hocke und schaut ebenfalls in die Box vor der wir sind. Seine Hand liegt in meinem Nacken und krabbelt mich sanft.

„Leise Musik und Pheromone sind dafür verantwortlich, dass die Hunde so entspannt sind."

„Die Musik kann ich hören, aber was sind Phere...? Ach, ich habe schon wieder vergessen, wie das Wort heißt."

Interessiert schaue ich Felix ins Gesicht, doch er versteht mich leider wieder mal nicht.

„Pheromone", antwortet mir dafür Michael, der jetzt zu uns kommt. „Das ist ein Duftstoff, der euch Hunde ruhiger macht. Soll gut bei Stress und Aggression wirken. Wie mir scheint stimmt das wirklich, es ist ausgesprochen ruhig hier drin. Hoffentlich hält das Zeug lange an."

Jetzt, wo er es sagt, merke ich auch, dass ich ruhiger bin. Ich gähne sogar herzhaft, was aber auch Müdigkeit sein kann. Schließlich habe ich heute meinen Vormittagsschlaf nicht gemacht.

Auf jeden Fall geht unsere Heimreise endlich los. Die verletzten Hunde, die im Transporter mitfahren sind ebenfalls alle eingeladen. Sergej sitzt am Lenkrad und wird bis zur Grenze vorausfahren. Von den Tierschützern haben wir uns ebenfalls verabschiedet. Es gibt also nichts mehr, was uns hier noch hält.

Ich fahre wieder hinten in der Schlafkoje mit, wie schon auf dem Herweg. Michael ist zuerst mit Fahren dran, Felix wird ihn in ein paar Stunden ablösen. Als der schwere Motor aufröhrt und sich der LKW langsam in Bewegung setzt, fangen alle Hunde hinten zu bellen an. Doch schon nach kurzer Zeit herrscht wieder Ruhe.

„Sie wissen, dass sie diesen Ort für immer verlassen", mutmaßt Michael. „Es ist ihr letzter Gruß an ihre Heimat, in der man es nicht sehr gut mit ihnen gemeint hat. Und sie ahnen nicht einmal, wie sich ihr Leben ab jetzt zum Guten wenden wird."

Ich brumme zustimmend aus meiner Koje heraus. In jeder Faser meines Körpers spüre ich Erleichterung darüber, dieses Land endlich wieder verlassen zu können. Hätte ich gewusst wie schrecklich es hier ist, nie und nimmer wäre ich auch nur in die Nähe der Fahrzeuge gegangen.

„Ja, ja, die Neugier ist des Hasen Tod."

Natürlich hört Michael wieder meine Gedanken ab, weshalb ich missmutig brumme. Er lacht, entschuldigt sich aber bei mir. Was mich sofort wieder versöhnt, den eigentlich bin ich meist froh über sein Talent. Es hat mich schon aus so mancher Misere gerettet.

„Eigentlich ist die Ukraine ein sehr schönes Land gewesen", erklärt er mir stumm. „Doch dieser Krieg hat vieles kaputt gemacht. Und so wie es aussieht, ist er noch längst nicht zu Ende."

„Heißt das, ihr müsst noch öfter fahren um Hunde zu retten?"

Schon der Gedanke schickt einen Schauer über mein Fell.

Michael zuckt mit der Schulter bevor er antwortet:

„Ich weiß es nicht, Robin. Aber es könnte durchaus nochmal nötig werden. Immerhin ist es bisher nur ein sehr kleiner Teil des Landes der zerstört wurde, der allergrößte Teil blieb bisher verschont. Man kann aber nie sagen was diesem Unmenschen noch in den Sinn kommt, der diesen Krieg befohlen hat…"

Er stockt einen Moment, dann spricht er weiter:

„Andererseits gibt es noch einige Tierschutz-Organisationen wie unsere, die hierher kommen um Tiere zu retten. Sie kommen meist aus europäischen Ländern, aber auch von weit her. Einige haben sich auf bestimmte Tierarten spezialisiert, die sie retten. Zootiere zum Beispiel, oder auch Pferde und Nutztiere. Oder Katzen, von denen gibt es hier noch viel mehr als Hunde. Zum Glück war kurz vor uns eine große Organisation hier, die sehr viele Katzen eingesammelt haben. Normalerweise nehmen wir ja auch Katzen bei uns auf, das weißt du ja. Aber es wäre viel schwerer zu bewältigen gewesen, neben den Hunden auch noch Katzen zu transportieren. Da hätten auch Pheromone nicht mehr geholfen…"

Oh ja, ich kann mir gut vorstellen, welch ein Chaos das gegeben hätte. Oft sind sich Hunde und Katzen ja Spinnefeind. Ich für meine Person mag ja Katzen, so wie eigentlich jedes Tier. Aber ich denke, da bin ich wirklich eine Ausnahme. Immerhin beruhigt mich Michaels Aussage, dass zumindest in absehbarer Zeit keine weitere Reise in die Ukraine geplant ist, um Hunde zu retten.

Ich atme erleichtert auf und überlege, dass ich mir nach dem ganzen Stress ein kleines oder auch größeres Nickerchen redlich verdient habe. Felix ist ebenfalls auf seinem Sitz eingeschlafen, wie sein leises Schnarchen anzeigen. Als schiebe ich mit den Pfoten die Decken auf dem Kojenbett so lange zurecht, bis es für mich gemütlich ist und lege mich dann mitten hinein. Das monotone Brummen des Motors ist ein wunderbares Einschlafmittel. Mit einem zufriedenen Seufzer schließe ich die Augen und trifte langsam ins Reich der Träume.

Kapitel 12:
Endlich wieder zu Hause

Tatsächlich vergeht die Heimfahrt für mich schneller als ich zuerst befürchtet habe. Vielleicht, weil ich mir jeden Tag vorstelle, wie ich meinem Zuhause immer ein Stück näherkomme. Das Wetter spielt auch mit, es ist trocken aber nicht sehr warm, so dass die Hunde im Ladebereich ein angenehmes Klima haben. Die meisten von ihnen sind trotz der langen Fahrt noch überraschend relaxt. Und das, obwohl sie während der ganzen Zeit aus ihren Boxen nicht herauskommen.

Auf meine Frage erklärt mir Michael:

„Es sind einfach zu viele Hunde, die wir transportieren. Da ist es unmöglich, ein- oder mehrmals am Tag alle aus- und wieder einzuladen, um sie ihr Geschäft erledigen zu lassen. Deshalb ist im Vorderbereich jeder Box eine Art Hundetoilette eingebaut. Sobald ein Hund sich dort erleichtert hat, wird ein Mechanismus in Gang gesetzt, der den Haufen oder Urin nach unten in einen Tank befördert und die Oberfläche reinigt und desinfiziert. Natürlich ist das für die Hunde nicht so toll, dass sie nicht rauskommen. Doch dadurch müssen wir die Fahrt nicht ständig unterbrechen und sind etwa einen oder zwei Tage eher am Ziel. Dort können sich dann alle in den Freigehegen nach Herzenslust austoben."

Das leuchtet mir ein und dass wir dadurch ein bis zwei Tage einsparen gefällt mir sehr. Denn je länger wir unterwegs sind, desto unruhiger werde ich. Es zieht mich mit aller Gewalt nach Hause, zu meiner Familie und in meine Arche. Es kommt mir endlos vor, seit ich das letzte Mal dort war. Und ich mache mir Sorgen, ob alles klappt ohne mich.

Außerdem weiß ich auch nicht ob Tanja, Lara, Basko und die Kinder schon wieder zu Hause, oder noch bei Oma und Opa sind. Felix hat nicht sehr oft mit Tanja telefonieren können, weil er wohl irgendwelche Schwierigkeiten mit seinem Handy hatte. Zumindest hat er immer genervt darauf geschaut und über die miserable Verbindung geschimpft.

Ich liege, wie meist während der endlosen Fahrt, in der Koje und schaue gelangweilt auf den Transporter, der vor uns fährt. Viel gibt es sonst nicht zu sehen, denn die Autobahn sieht irgendwie überall gleich aus. Da wir auf der LKW-Spur fahren ziehen auf der einen Seite die Autos an uns vorbei und auf der anderen Seite ist die Leitplanke, hinter der es nur Bäume, Wiesen oder Felder gibt. Schlafen kann ich auch nicht, denn ich habe bereits für mehrere Tage vorgeschlafen. So kommt es mir zumindest vor. Also gucke ich doch wieder aus dem Fenster. Und sehe staunend, dass wir gar nicht mehr auf der Autobahn sind. Da muss ich doch mal genauer hinschauen, deshalb erhebe ich mich zum Sitzen und starre aus dem Fenster.

Diese Baumreihe kommt mir bekannt vor und den Bauernhof dahinter kenne ich doch auch. Dann fällt es mir wie Schuppen von den Augen. Wir sind auf der Straße, die zu unserer Auffangstation führt. Ich kann es nicht glauben, aber wir sind wieder zu Hause. Voller Freude hüpfe ich auf der Koje hin und her und belle so laut, dass Michael sich die Ohren zuhält. Felix würde das sicher auch gerne tun, doch er fährt und muss die Hände am Lenkrad lassen. Deshalb sagt er lachend:

„Hast du auch schon gemerkt, dass wir es endlich geschafft haben, Robin. Aber hör auf zu bellen, du willst doch nicht, dass ich taub werde."

Nein, das will ich natürlich nicht. Deshalb bezähme ich mich, obwohl es mir schwerfällt. Aber mein Hinterteil kann nicht aufhören vor Glück zu wackeln. So gerne bin ich diese Straße noch nie gefahren wie jetzt und ich kann es kaum erwarten, dass wir in die Abfahrt einbiegen, die zu unserem Verein führt.

Der Portier hat uns schon kommen sehen und das Rolltor auf-
gefahren, so dass wir gleich bis zu den Gehegen durchfahren
können.

Davor wartet schon ein Empfangskomitee auf uns, das aus dem
Pflegepersonal und der Tierärztin besteht. Ein paar Leute aus
dem Büro sind auch da, erkenne ich durch die Windschutz-
scheibe. Und Zlatko, bei dessen Anblick mir mulmig zumute
wird. Allerdings sieht er gut gelaunt aus, also wird er nicht böse
auf mich sein.

Felix und Michael steigen aus und dehnen erst mal ihre
Knochen. Ich muss warten bis ich herausgehoben werde. Am
liebsten würde ich herausspringen, aber der LKW ist zu hoch
und ich will mir nicht das Genick brechen. Also warte ich
ungeduldig an der Beifahrertür darauf, dass Michael mich auf
den Boden setzt. Meine ersten Schritte auf dem vertrauten, und
von mir so schmerzlich vermissten Terrain, führen mich an den
alten Kastanienbaum der abseits steht. Dort hebe ich mein Bein
um allen anzuzeigen, dass ich wieder da bin.

Zufrieden trabe ich zurück zu den Kollegen, die Felix und
Michael umstehen und werde sogleich mit Zurufen und
Tätscheln von Rücken und Po begrüßt. Ach, es tut so gut,
wieder unter bekannten Leuten zu sein und die Sprache zu
hören, die mir vertraut ist. Auch wenn ich nicht alles verstehe
was mir gesagt wird höre ich doch heraus, dass jeder sich freut
mich wiederzusehen.

Nach kurzer Zeit gehen dann alle wieder zur Tagesordnung über
und beginnen die Hunde auszuladen. Felix hat eine Liste angefertigt, so dass die Hunde zusammen in ein Gehege kommen,
die schon im Tierheim zusammen waren. Ich stehe neben der
Gehegetür am Zaun, da bin ich nicht im Weg, habe aber alles
im Blick. Und falls ein Hund nervös ist oder Angst hat, kann ich
ihm gut zureden um ihn zu beruhigen.

Die meisten Hunde sind aber froh endlich aus dem LKW zu kommen und gehen problemlos in ihr vorläufiges Domizil. Bevor sie jedoch hineingelassen werden bekommen sie das Sicherheitsgeschirr aus- und ein Halsband angezogen. Darauf steht ihr Name und eine Nummer. Michael sagte mir es war gar nicht so einfach für jeden Hund einen Namen zu finden, der ja in den Impfpass eingetragen werden musste. Zum Glück halfen ihnen die Tierpflegerinnen bei der Namensuche, hat er grinsend gemeint, denn so viele Namen waren ihnen gar nicht geläufig.

Es sind drei Außengehege nötig um alle Hunde unterzubringen. Für jeden Hund gibt es eine eigene Hütte mit einem Liegeplatz davor. Die Hütten sind von verschiedenen Größen, und jeder Hund darf sich seine aussuchen. Was auch einmal zu Streitereien führt. Es ist aber nicht nötig, dass ich oder die Pfleger sich einmischen.

Die kleine Kiki teilt sich eine Hütte mit Boris und auch einige andere Hunde ziehen es vor, zu zweit zu wohnen. Die Tierpfleger notieren das, denn wenn sich ein Hundepaar gut versteht, dann wird bei der Vermittlung darauf geachtet. Wir wollen schließlich keine Hunde trennen die sich gut verstehen. Aber bis zur Vermittlung dauert es noch eine ganze Weile, wie ich aus Erfahrung weiß. Die Tiere müssen sich erst eingewöhnen und zur Ruhe kommen. Viele haben Altlasten in Form von Krankheiten, Verletzungen oder Traumata mitgebracht, die so gut wie möglich behandelt werden. Sicher wird auch Tanja die Hunde homöopathisch behandeln und sich per Tierkommunikation ein Bild von ihrem seelischen Zustand machen. Der Gedanke an Tanja löst sofort wieder ein Gefühl von Heimweh in mir aus, Heimweh nach meinem Zuhause und all seinen Bewohnern. Ich weiß aber nicht, wie lange es noch dauert, bis wir endlich heimfahren können. Felix kann nicht alles stehen- und liegenlassen, schließlich ist er der Chef des Vereins.

Also muss auch ich mich gedulden, als Hund des Chefs hat man schließlich auch seine Verpflichtungen.

Es ist schon später Abend, als wir endlich nach Hause aufbrechen. Ich bin so müde, dass ich, kaum dass ich im Auto sitze, schon einschlafe. Felix muss mich wecken als wir daheim ankommen. Als ich aussteige bekomme ich plötzlich Herzklopfen. Meine Familie, ist sie schon zurück? Oder sind sie noch bei Oma und Opa? Ich wünsche mir so sehr, dass alle da sind.

Felix schließt auf und wir betreten den dunklen Flur. Kein Laut ist zu hören, ist doch noch keiner da? Enttäuscht bleibe ich vor der Wohnungstür stehen. Doch bevor Felix auch diese Tür aufschließen kann, geht sie plötzlich auf und Tanja steht da. Sie lacht uns glücklich an und sagt:

„Da seid ihr ja endlich, wir dachten schon ihr kämt überhaupt nicht mehr heim. Herzlich willkommen!"

Sie umarmt zuerst Felix und küsst ihn auf den Mund bevor sie sich zu mir runterbeugt um mir den Rücken zu klopfen.

„Na, du blinder Passagier, hast du die weite Reise gut überstanden?"

Ich komme nicht dazu sie gebührend zu begrüßen, weil ich jetzt von gleich zwei Seiten überfallen werde. Lara und Basko fallen über mich her und begrüßen mich auf Hundeart, indem sie mich fast umwerfen. Ich werde intensiv beschnuppert und bedrängt, so dass ich mich freiwillig auf den Boden und auf den Rücken werfe. So gut ich kann wehre ich ihre Pfoten und Schnauzen ab, die mich immer wieder berühren.

„Hört auf, hört auf!" japse ich schließlich und versuche mich auf den Bauch zu wälzen um aufzustehen. Was mir schließlich auch gelingt. Ich schüttle mich kräftig und setze mich auf mein Hinterteil, als sie endlich von mir ablassen. Beide stehen hechelnd und schwanzwedelnd vor mir, in ihren Augen sehe ich die Freude mich endlich wiederzusehen. Mir ergeht es ebenso, ich fühle mich so glücklich wie schon lange nicht mehr.

Schließlich folgen wir Tanja und Felix ins Wohnzimmer, wo wir es uns auf dem Teppich gemütlich machen. Leider können Felix und ich Lotta und Max erst morgen früh begrüßen, da sie schon im Bett sind.

Natürlich wollen Lara und Basko genau wissen wie es mir in der Ukraine ergangen ist. Das wird ein langer Abend, denke ich, und seufze innerlich auf. Wo ich doch so müde bin. Aber das interessiert weder Lara noch Basko, sie sind neugierig und wollen sofort alles wissen. Also beginne ich halt zu erzählen.

Doch nicht nur ich bin müde von dem langen Tag, sondern auch Felix, so dass er beschließt ins Bett zu gehen. Auch Tanja ist dafür, dass er sich richtig ausschlafen soll. Zu meiner Freude schickt sie auch mich in meinen Schlafkorb in der Küche. Da sie die Tierkommunikation ebenso beherrscht wie Michael hat sie natürlich mitbekommen, dass mich Lara und Basko möglichst sofort über meine Abenteuer aushorchen wollen.

Gehorsam, wie ich nun mal bin, befolge ich sofort ihre Aufforderung und entschuldige mich scheinheilig bei meinen hündischen Mitbewohnern. Während sie mir enttäuscht nachsehen, gehe ich in die Küche und lege mich in meinen wunderbar bequemen Korb. Ach wie herrlich endlich wieder zu Hause zu sein, denke ich noch, dann falle ich in einen tiefen, traumlosen Schlaf.

Nach einer sehr entspannten Nacht fühle ich mich heute fit, sowohl für die Begrüßung meiner beiden Menschengeschwister als auch für die Befriedigung der Neugier von Lara und Basko. Lotta kommt als erste auf mich zugestürmt und fällt mir stürmisch um den Hals.

„Mein Robin, endlich bist du wieder da", quietscht sie mir glücklich ins Ohr und hört nicht auf, mich zu drücken. Ich schlecke ihr zärtlich über die Backe, während ich mich von ihr knuddeln lasse. Ich liebe die Kleine so sehr und nehme mir wieder einmal vor, viel mehr Zeit daheim mit Lotta und Max zu verbringen.

Jetzt kommt Max ebenfalls auf mich zu, seine Ärmchen gespreizt, so dass er mich umarmen kann. Dass er mich dabei am Ohr zieht nehme ich ohne Murren hin, ich weiß ja, dass er noch nicht so standfest wie Lotta ist. Und mit dem Sprechen hapert es ebenfalls noch, trotzdem erzählt er mir irgendetwas. Auch ihn schlecke ich liebevoll ab, was ihm nicht so gefällt. Mit seiner kleinen Hand fährt er sich übers Gesicht und sagt:

„Bäh Robbi, Max nicht ablecken!"

Zumindest denke ich, dass er das gesagt hat, wie ich schon erwähnte spricht er noch sehr undeutlich. Ich lasse mich von den Beiden streicheln und herzen, bis Tanja zum Frühstück ruft.

Mmh, Frühstück, sofort merke ich wie mein Magen knurrt. Da ich Lara und Basko noch nicht gesehen habe, sind sie vermutlich schon in der Küche. Eilig erhebe ich mich und steure die Küche an, immer dem verlockenden Duft nach. Wie habe ich das morgendliche Frühstück zu Hause vermisst, in dem immer ein paar besonders leckere Stückchen versteckt sind.

Als ich in die Küche komme bleibe ich verwirrt stehen. Anstatt zwei stehen dort drei Hunde vor den Näpfen und strecken mir ihre Hintern entgegen. Ein schwarzer und zwei weiße Hintern. Dann sehe ich, dass sich unter einem der weißen Hintern nur ein Bein befindet.

„Danny, wo kommst du denn her?" Ich rufe es verwundert aus.

Dannys weißer Schwanz beginnt zu wedeln, doch bevor er sich umdreht schleckt er noch schnell seinen Topf aus. Dann kommt er freudig auf mich zu um mich zu begrüßen.

Mein Sohn Danny! Wie immer, wenn ich neben ihm stehe, komme ich mir klein vor. Er kommt voll und ganz nach seiner schönen Mama. Trotz seines amputierten Hinterbeines steht er kerzengerade da. Lara ist ebenfalls fertig mit Frühstück und kommt zu uns.

„Da staunst du, gell", sagt sie in fröhlichem Ton.

„Allerdings", brumme ich, füge aber schnell hinzu: „Aber ich freue mich natürlich dich zu sehen. Geht es dir gut, mein Sohn? Sind Oma und Opa auch hier?"

„Nein, die Beiden sind gemeinsam zur Reha gefahren."

Es ist Lara, die antwortet und sie erzählt gleich weiter:

„Oma muss erst wieder laufen lernen, noch hat sie Schmerzen und geht an Krücken. In der Reha gibt es viel mehr Möglichkeiten, damit sie schnell wieder fit wird. Und Opa ist mit ihr gefahren, weil sie meint er könne auch etwas für seine Fitness tun. Obwohl ich denke, sie will ihn nur nicht allein lassen. Tanja fand es jedenfalls gut, dass Opa mit Oma fährt, denn wenn sie die Beiden nicht mehr versorgen muss, so sagte sie, konnten wir ja wieder nach Hause fahren. Danny nahmen wir mit uns, da Hunde in der Rehaeinrichtung nicht erwünscht sind. Er findet es auch schön, dass er wieder mal bei uns sein kann. Jetzt bist du zum Glück auch wieder zurück und Felix ebenfalls. Da können wir uns gemeinsam eine richtig schöne Zeit machen."

„Genau, ich freue mich schon richtig darauf. Es gibt nichts Schöneres, als wenn die ganze Familie beisammen ist."

Das kommt von Basko, der sich nach Beendigung seines Frühstücks ebenfalls zu uns gesellt hat. Ich kann gut verstehen, dass er es liebt, wenn alle Familienmitglieder beisammen sind. Sein Leben als Hofhund war sehr einsam. Wohl deshalb liebt er es, wenn möglichst viele Familienmitglieder zusammen sind. Auch jetzt leuchten seine Augen vor Freude.

„Aber erzähle du jetzt erst einmal was du erlebt hast", mischt sich Danny ein und sieht mich ernst an. „Ich wollte es ja erst nicht glauben, dass du aus Versehen mit in die Ukraine gefahren bist. Aber dann fiel mir ein welche verrückten Dinge dir schon passiert sind, da kam es mir nicht mehr ganz so unwahrscheinlich vor."

„Äh, also ich weiß nicht so recht, was du meinst. Aber nun ja, es war schon eine etwas ungewöhnliche Situation, das muss ich zugeben. Also, das war so:

„Etwas verlegen beginne ich zu erklären, dass ich mir nur mal anschauen wollte, wie der neue Transporter innen aussieht und dass die Tür plötzlich zugeschlagen wurde...

Ein Blick in die Gesichter meiner Zuhörer zeigt mir, wie interessiert sie an meinem Abenteuer sind. Also fahre ich fort, zu erzählen...

Es ist schon fast Mittag als ich verstumme. Die Gesichtszüge von Lara, Basko und Danny haben sich verändert, sie spiegeln die Gefühle wider, die der Bericht meiner unfreiwilligen Ukrainereise in ihnen ausgelöst hat. Das Schicksal der Straßenhunde berührt besonders Basko, der aus eigener Erfahrung weiß, wie schwer deren Leben schon in normalen Zeiten ist. Von Krieg hat er noch nie etwas gehört und ich muss ihm ganz genau erklären was ein Krieg ist, und wie die Streuner damit klarkommen.

Danny hingegen interessiert wie es Panja geht und ob sie gut auf drei Beinen zurechtkommt. Ich sage ihm, dass ich sie seit der Amputation nicht mehr gesehen habe, sie und ihr Sohn aber nach Beendigung der Quarantäne zu uns in die Auffangstation gebracht werden. Danny hofft, dass er dann noch hier ist, denn er möchte sie gerne kennenlernen.

Lara hingegen ist sehr still. Ich weiß, sie ist besonders feinfühlig und ihr gehen vermutlich all die Menschen- und Tiermütter nicht aus dem Kopf, die durch den Krieg leiden müssen.

Vermutlich wird sie sich später ausführlich mit Tanja beraten, wie man denen helfen kann, obwohl man so weit von dem Kriegsland entfernt ist. Sie besitzt eine Engelsseele, hat Tanja einmal über Lara gesagt. Was mich jetzt ins Grübeln bringt. Stimmt es vielleicht doch, dass einige Hunde Engel sind? Bei Lara kann ich es mir gut vorstellen, bei mir allerdings nicht. Ich bin durch und durch ein Hund, mit all den Fehlern, die Hunde nun mal haben.

Am Nachmittag fahre ich mit Felix zu unserem Verein, er hat sich den Vormittag freigenommen um sich zu akklimatisieren, wie er sagte. Ich habe das Wort noch nie gehört, vermute aber er meinte damit, dass er sich mal richtig ausschlafen wollte. Das hat er nämlich getan und ist erst kurz vor dem Mittagessen aus dem Schlafzimmer gekommen.

Als wir ankommen geht Felix gleich in Richtung der Gehege. Ich weiß von früheren Aktionen, dass es tagelang dauert, bis die Aufnahme der Hunde beendet ist. Vor allem ist es sehr viel Schreibkram, der getätigt werden muss und das ist mir zu langweilig. Deshalb gebe ich schon gleich nach dem aussteigen durch kurzes Bellen kund, dass ich rüber zum Gnadenhof gehe. Felix nickt kurz und sagt mir wie jedes Mal, dass ich pünktlich zurückkommen soll. Was ich, auch wie jedes Mal mit einem Brummen quittiere. Dann geht er in die eine und ich in die andere Richtung davon.

Da ich so lange nicht mehr drüben war, laufe ich heute schneller den Weg entlang. Ich bin gespannt, was sich in der Zeit meiner Abwesenheit getan hat. Vielleicht hat es sogar Neuzugänge gegeben, überlege ich. Der Betrieb im Gnadenhof läuft immer reibungslos ab, egal ob ich da bin oder nicht, denn die Mannschaft ist gut eingearbeitet und zuverlässig. Normalerweise ist Michael der Chef der Tierpfleger und Tierpflegerinnen, doch auch er ist heute noch drüben mit der Registrierung der Ukrainehunde beschäftigt. Wer seine Vertretung macht weiß ich nicht, aber das ist mir auch egal, es wird schon alles laufen wie es soll. Kaum bin ich im Gnadenhof angekommen, werde ich von zwei Pflegern mit Hallo begrüßt.

„Schön, dass du wieder heil zurückgekommen bist, Robin. Wir haben uns alle Sorgen um dich gemacht. Wie war es denn in der Ukraine?"

Natürlich hat es sich längst herumgesprochen, dass ich im Kriegsgebiet war. Wer hat das denn schon wieder herumerzählt?

Hier kann man wirklich nichts geheim halten, alles wird gleich ausgeplaudert. Zum Glück erwartet man keine Antwort von mir, denn die Pfleger haben nicht das Talent von Michael und denken vermutlich, dass ein Hund sowieso nicht antworten kann. Also lasse ich mich kurz von ihnen abtätscheln und mache mich dann wieder auf meinen Weg.

Zuerst schaue ich bei den Ponys vorbei. Die sind bei dem schönen Wetter natürlich auf der Weide. Als ich dort ankomme galoppiert Zorro sogleich auf mich zu. Er lässt mich erst gar nicht zu Wort kommen, sondern wiehert laut.

„Mann, Robin! Da bist du ja endlich wieder. Wo, zum Teufel warst du denn? Es gingen ja wilde Gerüchte hier um, dass du gekidnappt und in einem Auto eingesperrt irgendwo hingebracht wurdest, wo Krieg herrscht. Und dass Felix und Michael dir hinterhergefahren sind um dich aus den Klauen der Kidnapper zu befreien. Du wärst angeschossen worden und hättest nur durch eine Operation überlebt. Wie geht es dir denn? Bist du wieder gesund? Ansehen tut man dir nix, du siehst aus wie immer. Komm doch mal rein, damit ich dich besser betrachten kann."

Als ich seiner Aufforderung folge und unter dem Holm durchkrieche begutachtet er mich von allen Seiten und schnüffelt mich dann noch mit geblähten Nüstern ab.

„Also, ich kann nichts Besonderes an dir feststellen" sagt er dann und hält den Kopf zu mir heruntergebeugt. Kein Verband, keine Narbe, nicht mal ein Kratzer."

Da er einen Moment schweigt nutze ich die Gelegenheit auch einmal zu Wort zu kommen:

„Natürlich nicht, ich bin ja auch weder verletzt, noch bin ich entführt worden. Ich weiß nicht wer dir diesen Blödsinn erzählt hat, jedenfalls stimmt kaum etwas von dem, was du gehört hast. Wer ist denn die Plaudertasche?"

„Waaas, das stimmt alles nicht? Mann, und ich habe mir solche Sorgen um dich gemacht. Ich konnte kaum was fressen und habe bestimmt ein paar Kilo abgenommen wegen dir. Schau mich an, mir gucken schon die Rippen raus."

Er tänzelt vor mir hin und her, aber ich sehe nichts von seinen Rippen. Er ist gut genährt wie immer. Da ich aber keine Diskussion um sein Gewicht eingehen will, brumme ich nur halblaut etwas vor mich hin. Dann hake ich nach:

„Nun sag schon, wer hat diesen Mist über mich verzapft?"

„Na, wer schon, natürlich Jonas. Der treibt sich seit einiger Zeit ständig bei Michaels Haus herum. Dort sitzt er in dem alten Kastanienbaum neben der Terrasse und hörte vermutlich zu, wenn Silke mit ihrem Mann telefoniert hat. Ein schlauer Kerl ist der Jonas ja, und er versteht die Menschensprache besser als er zugibt. Jedenfalls kam er nach jedem Telefonat zu mir und erzählte, was er gehört hat."

„Nun, wenn er solch einen Blödsinn verzapft hat, dann kann es mit seinem Sprachverständnis nicht allzu weit her sein. Vermutlich hat er sich irgendwas aus den paar Worten zusammengereimt, die er verstanden hat. Und den Rest dazu gedichtet.

Aber ich kann dir versichern, dass kaum etwas davon der Wahrheit entspricht. Der soll mir bloß unterkommen, dieser Unsinn plappernde Rabe, dem werde ich was anderes erzählen." Ich bin wirklich stocksauer auf Jonas.

Doch Zorro wiegelt ab:

„Naja, jedenfalls hat er sich ebenfalls große Sorgen um dich gemacht, das musst du ihm zugutehalten. Außerdem hast du jetzt die Gelegenheit alles richtigzustellen. Ich habe Zeit. Also erzähl mal, wo warst du und was hast du wirklich erlebt?"

Eigentlich habe ich keine Lust, schon wieder über meine abenteuerliche Reise in die Ukraine zu reden. Andererseits muss ich die haltlosen Gerüchte über mich schleunigst aus der Welt schaffen. Deshalb lege ich mich in das angenehm kühle Gras, um es gemütlich zu haben, und bitte Zorro sich auch hinzulegen, damit ich keine Genickstarre bekomme, weil ich dauernd hochschauen muss.

Er lässt sich etwas umständlich neben mir ins Gras sinken und beginnt erst einmal damit, sich hin und her zu wälzen, wobei mir seine Hufe bedrohlich nahekommen. Schnaubend sagt er zu mir:

„Entschuldige, aber wenn ich schon mal liege, dann muss das sein. Fellpflege…"

Ich brumme wissend, dann fange ich an meine Geschichte zum x-ten Mal zu erzählen. Zorro hört mir interessiert zu, wobei er sich immer mal ein Grasbüschel abrupft und geräuschvoll zermalmt.

Obwohl ich mich bemühe alles wegzulassen was nicht relevant ist, dauert es doch eine ganze Weile bis ich am Ende ankomme. Ich merke auch, dass mich manche Episoden immer noch belasten und hoffe, sie nicht noch öfter erzählen zu müssen. Aber ich bin zuversichtlich, dass das ab sofort Zorro für mich übernimmt.

Er trifft ja täglich alle möglichen Archebewohner, da die Pony-
weide zentral zwischen anderen Gehegen liegt. Und da er sehr
geschwätzig ist, wird er meine Richtigstellung hoffentlich
schnell verbreiten.

Ich erhebe mich um meinen Rundgang weiter zu absolvieren,
auch Zorro steht wieder auf, was wesentlich schneller geht als
das hinlegen. Bevor ich unter dem Zaun durchgehe, drehe ich
mich nochmal zu ihm um.

„Ach Zorro, eh ich es vergesse: Falls du Jonas triffst, sag ihm
bitte nicht was ich dir erzählt habe. Ich will ihn mir gerne selbst
zur Brust nehmen. Damit er in Zukunft darauf verzichtet,
irgendwelchen Unsinn über mich zu verbreiten. Ich habe
schließlich einen Ruf zu verlieren. Und grüß deine Ladys von
mir."

Während ich zurück auf den Gehweg laufe schickt er mir ein
Wiehern hinterher. Mein Weg führt mich an der Geflügelwiese
vorbei, ich bleibe kurz stehen um zu schauen ob es Neuzugänge
gibt. Was allerdings gar nicht so einfach ist, denn es läuft recht
viel Federvieh auf dem großen Gelände durcheinander. Für die
verschiedenen Wasservögel gibt es einen künstlich angelegten
See mit Bachzulauf, der dafür sorgt, dass das Wasser möglichst
sauber bleibt. Für die Pfleger ist das Gelände trotzdem sehr
arbeitsintensiv, da die Flügeltiere ihre Hinterlassenschaften
fallenlassen wo sie gerade gehen und stehen. Zudem musste
alles mit Spezialzäunen eingezäunt werden, auch oben, damit
weder Marder, Füchse noch Waschbären hineinkommen und
auch keine Raubvögel.

Da ich nicht feststellen kann ob neues Federvieh hinzuge-
kommen ist, führt mich mein Weg bald weiter zu den größeren
Tieren. Im Gehege der Schweine ist gerade Mittagsruhe ange-
sagt, alle Tiere liegen im Sand in der Sonne oder in einer der
Suhlen. Zwischen den Hausschweinen sehe ich auch zwei

halbwüchsige Wildschweine, die ich noch nicht kenne. Wenn Michael wieder seine Arbeit in der Arche aufnimmt muss ich ihn unbedingt fragen wo und unter welchen Umständen sie hergekommen sind. Schließlich muss ich informiert sein.

Mein Weg führt mich weiter nach Kuh-City, dabei fällt mir wieder ein welch einen Ärger wir wegen der schwarzen Stiere hatten. Ich bin auch hierbei nicht mehr auf dem Laufenden und setze die Stiere ebenfalls auf meine imaginäre Liste, damit ich nicht vergesse, nachzufragen. Ich fürchte es kommen noch weitere Notizen dazu und Michael wird die Augen verdrehen, wenn er mir alle beantworten soll. Doch was sein muss, muss sein. Immerhin haben sich die Bullenkälber prächtig gemacht, ihr neues Leben auf den saftigen Weiden scheint ihnen gut zu bekommen. Sie sind rundlich geworden und ihr Fell glänzt. Die meisten liegen wiederkäuend auf der Wiese, ein paar machen aber Scheinkämpfe, indem sie ihre hornlosen Köpfe aneinanderdrücken. Ich bin zufrieden mit dem, was ich sehe und ziehe weiter meines Weges.

Als ich an Michaels Bungalow vorbeikomme überlege ich kurz, ob ich Prisma und Aslan mal einen kurzen Besuch abstatten soll. Ich habe die beiden tibetischen Hütehunde schon eine ganze Weile nicht mehr gesehen. Sie wandern mit ihren Schützlingen, bestehend aus Schafen und Ziegen, durch das naturbelassene Gelände hinter Michaels Grundstück, so wie es ihre Vorfahren in ihrer Heimat Tibet schon seit Jahrhunderten machten. Natürlich müssten sie das nicht tun, denn das Gelände ist ein- und ausbruchsicher eingezäunt. Außerdem gibt es meines Wissens bei uns weder Wölfe noch Bären, gegen die sie ihre Herde schützen müssten. Trotzdem sind sie mit Leib und Seele bei der Sache.

Ich entscheide mich jedoch gegen einen Besuch und verschiebe ihn lieber auf eine Zeit, in der Michael zu Hause ist. Seine Frau

Silke ist wieder schwanger, da will ich sie nicht mit einem Spaziergang durch das unwegsame Gelände strapazieren. Also laufe ich am Haus vorbei und schlage den Weg ein, der mich wieder zurück zur Auffangstation führt.

Kapitel 13:
Bobby

In den Außengehegen ist es ziemlich ruhig, nur hier und da bellt einmal ein Hund. Das zeigt mir, dass die Hunde sich schnell in ihr neues Domizil eingelebt haben und ganz zufrieden damit sind. Die meisten liegen vor, oder auf ihren Hütten, dösen oder schauen in die Umgebung. Sie sind es bereits aus dem Tierheim gewöhnt und man merkt ihnen nicht mehr an, ob sie noch immer auf ihre einstigen Besitzer warten.

Dazu muss ich sagen, dass wir Hunde zwar trauern, wenn wir unsere Bezugsperson verlieren. Manchmal auch längere Zeit, wenn das Verhältnis besonders innig war. Aber die meisten von uns sind nach einer angemessenen Zeit bereit sich neu zu orientieren. Das hat nichts mit Untreue zu tun, wenn man uns lässt werden wir gerne bis ans Ende unserer Tage bei unserer Familie bleiben. Selbst dann, wenn es uns dort nicht besonders gut ergeht. Aber wir sind nun mal auf menschliche Fürsorge angewiesen, denn wir wurden seit tausenden Jahren von euch Menschen darauf geprägt, von euch abhängig zu sein.

Anders verhält es sich bei den verwilderten Hunden, sie sind noch keineswegs angekommen. Während einige lethargisch in ihren Hütten liegen und jede Hoffnung auf Freiheit aufgegeben haben, laufen andere unruhig am Zaun entlang, die Nase in der Luft oder am Boden, so als suchten sie verzweifelt nach einer Fluchtmöglichkeit.

Für mich sind diese Hunde am ärmsten dran, weil sie mit ihrer Freiheit auch ihren Lebensinhalt verloren haben. Und an eine Vermittlung ist bei ihnen noch lange nicht zu denken. Einige werden sogar immer unvermittelbar bleiben, weil sie den Umgang mit Menschen überhaupt nicht kennen. Oder aber so traumatisiert sind, dass sie vor Menschen fliehen, oder vor Angst um sich beißen.

Diese Hunde sind die wahren Sorgenkinder aller Tierretter, denn sie können ja auch nicht einfach ihrem Schicksal überlassen werden, sie können aber auch nicht bis an ihr Lebensende beherbergt werden. Vor allem, weil sie anderen Hunden in Not den dringend benötigten Platz blockieren. Denn leider gibt es viel zu viele Hunde in ganz Europa, die unter erbärmlichen Umständen vegetieren und dringend gerettet werden müssen. Es ist ein Fass ohne Boden, wie ihr Menschen zu sagen pflegt.

Auch Felix macht sich schon lange Gedanken wegen den unvermittelbaren Hunden und hat sich auch schon mit anderen Tierschutzvereinen beraten, was man tun könnte. Wenn ich es richtig mitbekommen habe, soll es bald eine Lösung geben. Es soll ein großes Gelände für die Unvermittelbaren gekauft werden, auf dem sie in Gruppen aufgeteilt frei leben können. Zumindest weitgehend frei, denn obwohl sie sich frei bewegen können, leben sie hinter Zäunen, werden gefüttert und wenn nötig auch medizinisch behandelt. Ich stelle mir das so ähnlich vor wie das Leben der Wölfe in einem Tierpark.

Cool fände ich ja, wenn es so ein Gehege in meiner Arche geben würde. Doch Michael sagte mir, dass wir dafür keine Genehmigung bekommen würden. Zudem hätten wir auch die nötige Fläche nicht zur Verfügung. Er meinte sogar, dass dieses Projekt nur im Ausland zu verwirklichen wäre, wie etwa in Rumänien oder Bulgarien. Dort bekäme man noch das benötigte Gelände zu einem erschwinglichen Preis. Immer wieder liegt alles am Geld, weil bei den Menschen alles bezahlt werden muss. Man bekommt nicht einmal einen Kauknochen, wenn man ihn nicht bezahlen kann. Warum ist nur jeder so scharf auf Geld? Das ist doch bloß ein kleiner Fetzen bedrucktes Papier. Die Münzen mögen ja noch einen Wert haben, aber warum buntes Papier? Ich fürchte, ich werde das nie verstehen.

Wenn wir Hunde etwas haben wollen, dann gehen wir zuerst zu Frauchen oder Herrchen und schauen ganz lieb, wenn das nicht reicht unterstreichen wir es mit einem dezenten „Wuff". Ist aber gerade niemand da und wir sehen etwas, das wir haben wollen, dann stibitzen wir es uns heimlich und vertilgen es auf der Stelle.

Ääh, wobei ich natürlich nicht von mir spreche, ich würde sowas nie tun (Hust!) Bezahlt habe ich aber auch noch nie für etwas.

Das alles geht mir durch den Kopf, während ich zielstrebig die Krankenstation ansteure, um Bobby einen längst fälligen Besuch abzustatten. Ich habe ihn seit unserer Ankunft nicht mehr gesehen. Er wurde ja, wie auch die anderen kranken oder verletzten Hunde im Transporter gefahren, weshalb ich ihn auch unterwegs nur mal kurz zu Gesicht bekommen habe. Sicher hat er mir jetzt einiges zu erzählen.

Da Unbefugten der Zugang zur Krankenstation nicht gestattet ist, ich aber nicht an die Klingel komme, tappe ich mit der Pfote so lange an die Tür bis mich drinnen jemand bemerkt und mir öffnet.

„Hallo Robin, schön dich zu sehen. Hast ja wieder ein gefährliches Abenteuer erlebt, wie man sich erzählt. Und sicher willst du jetzt den Bobby besuchen, stimmts? Dein Herrchen hat mir schon gesagt, dass du kommst."

Karola, die Pflegerin, kauert sich zu mir herunter um mich zu streicheln. Ich wackle mit dem Hintern und schlecke ihr schnell über die Backe. Ich mag sie sehr, sie hat mich auch schon mal gepflegt als ich verletzt war.

Sie lacht und erhebt sich etwas mühsam, denn sie hat ein paar Pfunde zu viel, wie man so schön sagt. Mir ist sie recht, so wie sie ist. Ich mache keinen Unterschied zwischen dicken und dünnen Leuten. Für mich zählt nur der Charakter einer Person.

„Komm mit, ich führe dich zu dem hübschen kleinen Ukrainer, dem jemand so übel mitgespielt hat. Aber er ist ein ganz tapferer Bub. Ich glaube er wartet schon auf dich", sagt sie und geht mir voran. Sie öffnet eine weitere Tür und lässt mich hinein.

Bobby guckt mir aus einer der Krankenboxen entgegen und wedelt wie wild mit dem Schwanz. In den anderen Boxen liegen weitere Hunde aus der Ukraine, die auch im Transporter hierhergebracht wurden. Ich kenne sie flüchtig von den Zwischenstopps, die wir regelmäßig eingelegt hatten. Denn die verletzten Hunde wurden dann kurz ausgeführt, damit sie ein bisschen Bewegung hatten. Das wäre wichtig, hat mir Michael erklärt, um ihren Kreislauf etwas in Schwung zu bringen. Ich habe den Sinn zwar nicht wirklich verstanden, war jedoch über jeden Halt froh den wir gemacht hatten.

Ich begrüße jeden Hund kurz, dann gehe ich zu Bobby, der schon ungeduldig wird.

„Na, endlich", mault er. „Ich warte schon die ganze Zeit auf dich. Wo warst du denn solange?"

„Na, hör mal, ich habe schließlich auch noch andere Dinge zu erledigen. Außerdem darf vormittags niemand in die Kranken-station, der nicht gute Gründe hat. Morgens stehen Untersuchungen und Operationen an, bei denen man keinesfalls stören darf."

„Ach so, wusste ich ja nicht." Er brummt entschuldigend.

„Wie geht es dir denn?" will ich wissen und schaue ihn prüfend an. „Machst einen ganz fitten Eindruck. Hast du noch Schmerzen?"

„Manchmal ziept es hier und da noch ein bisschen, ist aber nicht der Rede wert. Wenn die anderen Hunde erzählen was sie erlebt haben, bin ich mit meinen paar Schrammen noch gut weg-gekommen. Einige hat es bitterböse erwischt, sind dem Sensen-mann grad nochmal von der Schippe gesprungen."

„Ja, ich kenne ihr Schicksal, sie wurden von Soldaten als Schießscheibe benutzt als sie in den Ruinen Futter suchten. Fast das ganze Rudel wurde getötet. Die paar haben Glück im Un-glück gehabt und konnten gerettet werden. Sie sind soweit wieder gesund, deshalb haben wir sie mitgenommen. Sie bekommen jetzt noch Prothesen angefertigt, dann kommen sie in die Vermittlung. Aber du hattest nicht nur ein paar Schrammen. Die Messerschnitte und Verbrennungen sind zwar äußerlich, waren aber teils stark entzündet und du warst in

Gefahr an einer Blutvergiftung zu sterben. Deine Wunden mussten gereinigt und desinfiziert werden, weil sie voller Schmutz waren. Nähen konnte man sie nicht mehr, weil sie schon zu alt waren. Sie müssen von innen heraus heilen, was länger dauert. Auch dein Fell sieht immer noch ein bisschen wie ein alter Flickenteppich aus, wenn ich das sagen darf."

„Wirklich? Ich habe mich noch gar nicht so genau betrachtet."

Bobby verrenkt sich den Hals um auf seinen Rücken zu schauen.

„Tatsächlich! Da sind ja lauter kahle Stellen in meinem Fell, komisch, hab ich bisher gar nicht bemerkt."

„Das Fell wurde abrasiert, damit die Wunden desinfiziert werden konnten. Aber keine Angst, das wächst wieder nach und dann siehst du aus wie früher."

Bobby guckt plötzlich traurig, dann meint er:

„Was ein Glück, dass mich mein Frauchen so nicht sieht. Sie hat immer sehr viel Wert daraufgelegt, dass ich sauber und hübsch bin. Hat mir ständig neue Halsbänder und Leinen gekauft. Für den Winter hatte ich jede Menge Klamotten, damit mir nicht kalt wird. Eigentlich habe ich es gar nicht gemocht, dass sie mich so rausputzt. Hey, ich bin ein Terrier, der braucht keine Mäntelchen, das hätte ich ihr gerne gesagt. Aber sie meinte es nur gut mit mir, deshalb habe ich mir die Dinger halt anziehen lassen. Und weißt du was? Bei der Kälte war es richtig angenehm, schön warm eingepackt zu sein. Das hätte ich natürlich nie zugegeben, aber dir kann ich es ja sagen."

Er schaut zu Boden und sieht auf einmal unglaublich traurig aus. Ich überlege noch, was ich sagen soll, da fragt er mich:

„Meinst du, sie sucht nach mir? Und würde sie mich überhaupt noch mögen, so wie ich jetzt aussehe? Ich würde alles dafür geben zu ihr zurückzukehren. Würde nie mehr Theater machen, wenn sie mir was anziehen will. Und ich würde nie mehr

Eichhörnchen jagen und sofort zurückkommen, wenn sie mich ruft…"

Seine Augen drücken pure Verzweiflung aus. Er tut mir sehr leid. Ich könnte ihm ja sagen, dass Felix bereits bei den zuständigen Stellen nach seinem Frauchen angefragt hat. Allerdings hat er noch keine Antwort erhalten. Nein, entschließe ich mich, ich will Bobby keine Hoffnungen machen, die vielleicht nie in Erfüllung gehen.

„Werde erst mal richtig gesund, damit du aus der Krankenstation rauskommst", sage ich deshalb. „Wir sind vor gerademal zwei Tage angekommen, da müssen unsere Leute auch erst einmal den Überblick gewinnen. Bei den vielen Hunden, die wir mitgebracht haben, dauert alles etwas länger."

Enttäuscht schaut er mich durch die Gitter an, dann seufzt er tief auf. „Ich weiß ja, dass ich nicht der Einzige bin der auf ein Wiedersehen mit seiner Familie hofft. Und dass es länger dauern kann. Aber ich habe solche Sehnsucht nach meinem Frauchen und auch nach Oma und Opa. Erst die schlimme Zeit in der Gewalt dieses Kerls und die ständige Angst vor ihm. Da fürchtete ich bereits, dass ich mein Frauchen nicht mehr wiedersehe und hatte innerlich schon mit meinem Leben abgeschlossen. Dann meine plötzliche Rettung und die Erkenntnis, dass ich doch noch nicht sterben muss. Jetzt bin ich fast gesund und frage mich, wie es weitergehen wird. Ich hätte so gerne mein altes Leben zurück, verstehst du? Aber ich weiß, dass es das überhaupt nicht mehr gibt. Ich bin allein, völlig allein…"

Was soll ich ihm sagen, dass seine seelische Not lindern kann? Mir fällt nichts ein. Deshalb gehe ich ganz nah an das Gitter und drücke meinen Kopf daran. Er zögert einen Moment, dann tut er von innen das gleiche.

Auch unsere Nasen berühren sich, da sein Kopf viel kleiner ist als meiner. So stehen wir eine kleine Weile in der wir innig verbunden sind. Ich versuche ihm Trost und Zuversicht zu senden und spüre, dass er sich etwas entspannt. Dann nimmt er seinen Kopf zurück, ich mache ebenfalls einen Schritt nach hinten und wir sehen uns durch das Gitter an.

„Danke Robin", sagt er leise. „Ich weiß nicht was du gemacht hast, aber es hat mir geholfen."

Ich antworte ihm ehrlich:

„Das weiß ich auch nicht, aber scheinbar war es genau das Richtige. Du bist ein sehr tapferer kleiner Terrier und wirst dein weiteres Leben meistern, egal was es dir bringt."

„Meinst du wirklich? Ich bin da nicht so sicher."

„Ich bin mir sicher, dass du es schaffst. Ich helfe dir gerne dabei, soweit es in meiner Macht steht. Deshalb werde ich jetzt auch gehen, ich habe noch was zu erledigen."

Ich mache mich auf den Weg zur Tür, doch er ruft mir nach:

„Kommst du mich morgen wieder besuchen?"

„Wenn ich es ermöglichen kann, schon. Also bis bald, halt dich munter."

Auch von den anderen Hunden verabschiede ich mich:

„Machts gut, Mädels und Jungs. Weiterhin gute Genesung."

Heute, drei Tage später, herrscht wieder Normalität in unserem Tagesablauf. Einige der Hunde, die wir aus der Ukraine geholt haben, wurden von einem anderen Verein übernommen, mit dem wir öfter einmal zusammenarbeiten. Dadurch werden unsere Mitarbeiter entlastet und können sich noch intensiver um die anderen Neuankömmlinge kümmern.

Auch Tanja kommt jeden Tag für ein paar Stunden vorbei, um mit den traumatisierten Hunden zu arbeiten. Meist bringt sie Danny und Basko mit, während Lara lieber zuhause bleibt und die Kinder-Nanny beaufsichtigt. Obwohl die Lotta und Max schon seit Jahren zu Tanjas bester Zufriedenheit betreut, ist Lara da immer noch skeptisch.

Für Basko und Danny ist jeder Besuch in der Auffangstation ein Abenteuer. Und am allerliebsten sind sie mit mir unterwegs. Wenn ich nichts anderes zu tun habe, dann führe ich sie auch gerne herum, mache sie mit den Hunden bekannt und erzähle ihnen deren Geschichte. Oder wir laufen rüber zur Arche, wo sie all die verschiedenen Tierarten bestaunen, die sie teilweise noch nie gesehen haben.

Heute müssen sich die Beiden aber etwas gedulden, denn Felix hat das fast unmögliche geschafft und Bobbys Frauchen ausfindig gemacht. Sie kommt heute um ihn abzuholen. Der kleine Bobby ahnt noch nichts davon und ich will unbedingt bei dem Wiedersehen dabei sein.

Als ich das Basko und Danny erzähle, wollen sie ebenfalls mitkommen.

„Oh bitte, nimm uns mit, Robin. Ich will das unbedingt sehen. Seit meiner eigenen Rettung durch dich, möchte ich sowas einmal miterleben. Vermutlich werde ich zwar heulen wie ein Schlosshund wenn der arme Bobby, der so viel erleiden musste, sein geliebtes Frauchen wiedersieht. Das ist doch Romantik pur, das kannst du uns nicht vorenthalten. Du willst das doch auch miterleben, Danny! Oder?" Erwartungsvoll hechelt er ihn an.

Ganz so enthusiastisch scheint Danny zwar nicht, da er den alten Basko aber sehr gern hat, brummt er zustimmend.

„Klar, sowas sehen wir schließlich nicht alle Tage."

„Also gut, dann kommt beide mit. Wir halten aber gebührenden Abstand zu den Beiden. So eine Zusammenführung ist eine heilige Sache zwischen Frauchen und Hund. Da darf man auf keinen Fall stören. Deshalb setzen wir uns etwas abseits brav hin und schauen nur zu. Eventuell, wenn Bobby es möchte, werde ich mich noch von ihm verabschieden. Da bleibt ihr aber sitzen wo ihr seid, schließlich kennt er euch überhaupt nicht."

Ich werfe ihnen einen strengen Blick zu und sie versprechen es mir mit treuen Hundeblicken.

„Dann kommt! Nicht dass ich es noch verpasse."

Zügig laufe ich voran in Richtung der Krankenstation, in der Bobby immer noch ist.

Wir kommen gerade richtig, denn ich sehe wie Felix aus der Tür des Bürohauses kommt. Zwischen ihm und Yul läuft eine junge Frau, die aufgeregt aussieht. Das muss Bobbys Frauchen sein, mutmaße ich. Yul ist als Dolmetscher dabei, weil er ihre Sprache spricht. Da sie noch nicht sehr lange in Deutschland ist, wird sie unsere Sprache noch nicht so gut beherrschen.

„Los, gehen wir schnell rein", sage ich zu Danny und Basko. „Nicht, dass wir weggeschickt werden, weil wir stören könnten."

Während ich das sage drücke ich mich an ihnen vorbei und laufe zügig in Richtung des Zimmers, in dem Bobby sitzt. Die Tür steht offen, so können wir ungehindert hinein.

Bobby liegt in seiner Box und schläft, er weiß ja noch nicht, dass sein Frauchen da ist um ihn abzuholen. Da ich ihn schlafen lassen will, gebe ich meinen Begleitern mit einer Geste zu verstehen, dass wir uns an die Wand neben den Boxen setzen. Von dort haben wir einen guten Blick auf das Geschehen.

Danny ist zufällig der letzten Box am nächsten und guckt neugierig hinein. Darin ist der Hund untergebracht, dem ein Bein amputiert werden musste. Wie ich erfahren habe kommt er auf drei Beinen nicht gut zurecht und weigert sich zu laufen. Die Tierärztin ist deswegen besorgt und will ihn nochmal gründlich untersuchen. Sie befürchtet, dass er eventuell auch noch eine Verletzung an der Wirbelsäule hat und deshalb ständig umfällt. Ich denke hingegen, dass er nur Angst hat auf drei Beinen zu laufen. Er ist noch jung und zudem durch den Schuss, der seinen Hinterlauf zertrümmerte, noch immer traumatisiert. Vielleicht kann Danny ihn ja dazu ermutigen sein Leben auf drei Beinen zu meistern. So, wie er es auch geschafft hat.

Meine Gedanken werden unterbrochen als Felix und Yul mit der Frau den Raum betreten. Deren Blick fällt sofort auf Bobby, der immer noch schläft und im Traum mit den Beinen zuckt.

„Bobby!" ruft sie aus und danach kommt ein Schwall unverständlicher Worte aus ihrem Mund. Sie eilt auf die Box zu und kniet sich davor auf den Boden. Man hört, dass sie weint, als sie auf Bobby einspricht.

Der ist bei der Nennung seines Namens sofort erwacht und steht nun dicht an den Gitterstäben, durch die er seine Nase steckt.

Im ersten Moment scheint er unsicher, vermutlich denkt er, dass er träumt. Doch dann merkt er, dass sein geliebtes Frauchen tatsächlich vor ihm kniet und er stößt einen herzzerreissenden Schrei aus. Durch die Gitterstäbe versucht er ihr Gesicht abzulecken, sein dünner Schwanz dreht sich dabei wie ein Propeller. Felix macht die Tür der Box auf und Bobby schießt heraus, um dann wie ein Verrückter durch das Zimmer zu rennen. Dabei kommt er auch bei uns vorbei und bremst so abrupt vor mir, dass er sich überschlägt. Aber sofort ist er wieder auf den Beinen und kläfft mir in die Ohren.

„Sie ist da, mein Frauchen. Ich habe es nicht geträumt. Aber ich kann gar nicht aufhören, ich muss herumrennen, weil ich mich so sehr freue. Dabei will ich doch bloß in ihre Arme springen und mich von ihr küssen und herzen zu lassen…"

Während er das herausschreit hüpft er wie ein Gummiball vor mir hin und her. Seine Augen flackern wild, als wäre er irre geworden. Er scheint total ausgeflippt zu sein und kann scheinbar nicht mehr aufhören. Seine so lange strapazierten Nerven gehen im wahrsten Sinne des Wortes mit ihm durch.

Sein Frauchen steht derweil mit schreckgeweiteten Augen da und weiß augenscheinlich nicht, was in ihn gefahren ist. Felix und Yul scheinen ebenfalls ratlos zu sein. Auch Danny und Basko starren ihn entsetzt an und sind vorsichtshalber bis zur Tür zurückgewichen.

Ich befürchte, dass Bobby vor Aufregung gleich kollabieren wird, er muss beruhigt werden und zwar schnell. Mir fällt auf die Schnelle nur eine Art ein, wie man ihn stoppen kann und hole tief Luft. Als er wieder in meine Nähe kommt, mache ich aus dem Stand einen mächtigen Satz und springe mit einem tiefen Knurren auf ihn. Er quiekt erschrocken auf, dann wird er unter meinem Körper begraben.

Es wirkt, denn augenblicklich ist Ruhe eingekehrt. Leider nicht lange, denn nun beginnt das Frauchen zu schreien und hechtet auf mich zu. In ihrer Angst um Bobby versucht sie mich von ihm herunter zu zerren. Da ich mir selbst nicht sicher bin ob meine Attacke den gewünschten Erfolg hatte, erhebe ich mich und schaue unter mich. Der kleine Terrier liegt auf dem Rücken und schaut aus großen Augen zu mir auf. Ich bin beunruhigt, war mein Gewicht zu schwer für ihn? Da beginnt er schon mit den Beinen zu rudern, als wolle er testen ob sie noch funktionieren. Dann springt er auf und schüttelt sich kräftig.

„Uff, was war das denn?" fragt er und setzt sich vor mir hin. „Was wiegst du eigentlich? Bestimmt viel zu viel. Aber ich glaube, du hast mich erneut gerettet, Robin. Ich weiß nicht was in mich gefahren ist, ich konnte einfach nicht aufhören. Ich habe geträumt mein Frauchen wäre da…" Er senkt traurig den Kopf.

„Nein, das hast du nicht geträumt, sie ist wirklich da. Dreh dich mal um."

Er tut es und sieht sein Frauchen weinend auf dem Boden knien. Auch für sie scheint die Situation unwirklich zu sein. Was mich nicht wundert, denn wir alle hatten uns dieses Wiedersehen

anders vorgestellt. Ich mache mir Vorwürfe, ich hätte Bobby doch lieber darauf vorbereiten sollen. Der kleine Terrier schaut sein Frauchen einen Moment unentschlossen an, dann läuft er zu ihr und springt mit einem Satz in ihre Arme. Während sie ihn weinend abküsst und ihm Worte ins Ohr flüstert, die wir nicht verstehen, wird Bobby nicht müde ihr das Gesicht abzuschlecken. Sein dünner Schwanz kommt nicht zur Ruhe vor Freude und Glück. Wir alle sind glücklich darüber, die Beiden so innig vereint zu sehen. So hatten wir es uns vorgestellt. Als die Menschen das Krankenzimmer verlassen, Bobby auf dem Arm seines Frauchens thronend, bleiben Danny, Basko und ich zurück. Wir müssen das eben geschehene erst verarbeiten.
„Was war denn das eben? Hast du so etwas schon einmal erlebt? Warum ist der Kleine denn so wild geworden? Sagtest du nicht, es solle eine Überraschung für ihn sein, dass sein Frauchen ihn abholen kommt? Wie Freude sah das nicht aus."
Basko schaut mich voller Zweifel an. Danny sagt nichts aber auch er sieht verwirrt aus.
„Ich war ehrlich gesagt auch erstaunt über Bobbys Verhalten. Eigentlich habe ich mit einer ganz anderen Reaktion von ihm gerechnet…"
Einen Moment denke ich nach, dann brumme ich nachdenklich:
„Aber ähnliche Reaktionen kamen bei den Kriegshunden auch hin und wieder vor. Ihr müsst wissen, dass die ungewisse Situation in der Ukraine besonders den Straßenhunden sehr zu schaffen machte. Sie wurden aus ihrem ohnehin schon schweren Leben herausgerissen. Denn leider, so musste ich feststellen, erging es ihnen zuvor nicht anders als all den Straßenhunden, die ich schon gesehen habe. Sie waren hungrig, von Parasiten übersät und von Krankheiten geplagt. Zudem wurde ihnen von den meisten Einwohnern nachgestellt, man vertrieb sie, erschlug ihre Welpen, sie wurden vergiftet oder

erschossen. Als dann Bomben und Raketen auf die Häuser fielen und sie zerstörten, wurden auch ihre Zufluchtsstätten zerstört. Dann wurden sie eingefangen und in Gehege gesperrt, untersucht, geimpft, gechipt und nicht wenige mussten behandelt werden. Da sind auch einige fast verrückt geworden vor Angst…"

Es fällt mir nicht leicht die Erlebnisse wieder in mein Gedächtnis zu rufen, denn sie belasten mich noch immer. Aber Danny und Basko müssen verstehen, wie schrecklich der Krieg für diese Hunde war. Deshalb erzähle ich weiter:

„Bobby hatte zwar kein Kriegstrauma, denn er wohnte mit seinem Frauchen weit genug entfernt von den Kriegshandlungen. Er musste aber Schlimmes erleben, weil ein Mann sich rächen wollte…"

Ich erzählte ihnen alles, was ich über Bobbys Martyrium wusste, auch wenn es mir schwerfiel. Nur so konnten sie sich in seine psychische Verfassung hineinversetzen. Basko gelang das besser, da er auch schon Übles durch Menschen erlebt hatte. Danny, der sehr behütet aufgewachsen war und stets nur von netten Menschen umgeben ist, fällt es hingegen schwer das Böse in Menschen zu sehen. Zwar wurde ihm, kaum dem Welpenalter entwachsen, sein verkrüppeltes Bein amputiert, doch davon hatte er nichts mitbekommen. Außerdem war er glücklich als das störende Anhängsel weg war.

Bobbys Geschichte lässt ihn aber ebenso wie Basko nicht kalt und beide hoffen inständig, dass für den kleinen Terrier und sein Frauchen jetzt ein schönes Leben beginnt.

Ich will zurück ins Bürogebäude, denn nach meiner inneren Uhr ist es Zeit für einen kleinen Imbiss. Nach der Aufregung mit Bobby brauchen meine Nerven Nahrung. Doch Danny hat noch etwas auf dem Herzen. Er möchte dem beinamputierten Hund Mut zusprechen und ihm versichern, dass er auch auf drei

Beinen ein schönes Leben führen kann. Natürlich bin ich einverstanden und warte mit Basko etwas abseits, damit wir nicht stören.

Danny redet eine ganze Weile mit dem Hund und schließlich erhebt sich der zum ersten Mal seit der Operation. Zuerst steht er etwas wackelig auf drei Beinen, lernt aber schnell, sich auszubalancieren und macht schließlich erste Schritte durch sein kleines Gehege. Danny lobt ihn und spornt ihn immer weiter an. Ich schaue zu und bin stolz auf meinen Sohn.

Schließlich kommt Danny zu uns und meint, dass er gerne mit dem Hund draußen laufen würde, damit er sicherer wird. Ich empfehle ihm sich an Tanja zu wenden, damit sie es der Tierärztin sagt. Dann kann er sicher immer, wenn er mit Tanja herkommt mit dem Hund spazieren gehen.

Kapitel 14:
Kikis Start ins Glück

Seit Bobbys glücklicher Rückkehr zu seiner Familie gibt es aktuell nur noch zwei Hunde in unserer Auffangstation, für deren weiteren Weg ich mich persönlich verantwortlich fühle. Es sind Kiki und Boris, die unbedingt zusammenbleiben wollen. Das ist im Großen und Ganzen kein Problem, es werden von uns immer mal Hunde gemeinsam vermittelt, die sich gut verstehen. Bei Kiki und Boris ist es jedoch deshalb schwierig, weil sie so unterschiedlich sind, Kiki klein, unkompliziert und jung, Boris jedoch groß, alt und schwierig.

Da Felix ja über den Wunsch der beiden Hunde, zusammenzubleiben informiert ist, will er auch alles versuchen, damit sie das können. Aber ihm ist auch klar, dass die Suche nach passenden Leuten lange dauern kann. Doch bei unserem Verein ist es ein ungeschriebenes Gesetz, dass jeder Hund erst vermittelt wird, wenn er sein Traumzuhause gefunden hat. Auch wenn das bedeutet, dass der eine oder andere etwas länger bei uns bleibt. Bis der oder die Richtige sich meldet, dürfen Boris und Kiki gemeinsam ein kleines Einzelgehege bewohnen. Dort besuche ich sie fast täglich, damit insbesondere Kiki ein bisschen Unterhaltung hat. Boris hält sich dann meist in der Hütte auf und döst. Ich denke er ist froh, wenn er nicht ständig der quirligen Kiki Rede und Antwort stehen muss, sondern das einmal ein anderer tut.

An diesem Morgen begleitet mich Basko zu den Beiden. Danny hatte Tanja ausgiebig von dem dreibeinigen Hund erzählt, auch, dass er ihm gerne beibringen würde, sicheren Schrittes durch sein Leben zu gehen. Tanja war sofort einverstanden, sie spürte wie wichtig das für Danny war und für Dreibein, der eigentlich den Namen Kolja erhalten hat, konnte es auch nur gut sein. Deshalb war sie mit den Beiden zur Hundewiese gegangen.

„Bin ja mal gespannt auf Boris, was sagtest du wie alt er wäre?"
Basko ist ganz aufgeregt seit ich ihm gesagt habe, er solle doch mal versuchen Boris etwas aus der Reserve zu locken.

„Sein genaues Alter kenne ich nicht, vermutlich nicht mal er selbst", gebe ich zur Antwort. „Ich denke aber er ist in etwa so alt wie du. Wobei du natürlich noch viel jünger wirkst."
Das sage ich dazu, weil Basko es gerne hört, dass er noch nicht wie ein alter Hund aussieht. Was ja auch stimmt, selbst der Tierarzt ist jedes Mal erstaunt, wie fit der alte Knabe noch ist.

„Ich denke Boris war sein Leben lang ein Straßenhund, der sich schon als Welpe mehr schlecht als recht durchschlagen musste. Das merkt man ihm an, die ständige Unterernährung und das Fressen von Vergammeltem, oder sogar Ungenießbarem, um nicht zu verhungern trug bestimmt nicht dazu bei, gesund zu bleiben. Und obwohl er seit einigen Monaten gut ernährt wird finde ich, dass er kaum zugenommen hat. Die Tierärztin hat ihm bereits Blut abgenommen, seine Werte sind nicht gerade gut, meinte sie."

Wir sind an dem kleinen Gehege angekommen, ich sehe den alten Rüden nahe am Zaun in der Sonne liegen. Das ist praktisch, so kann sich Basko auf kurze Distanz mit ihm unterhalten. Er steuert auch gleich auf ihn zu und spricht ihn an.
Ich laufe ein Stück weiter um die Beiden nicht zu stören und halte nach Kiki Ausschau. Schließlich entdecke ich sie am anderen Ende des Geheges, wo sie unter einem Busch ein Loch gräbt. Sand und Gras fliegen gerade so zwischen ihren Hinterbeinen hervor. Sie ist so beschäftigt, dass sie mich gar nicht bemerkt. Aber ein kurzes Bellen lässt sie innehalten, als sie mich sieht, kommt sie angerannt.

„Hallo Robin, schön, dass du da bist. Wen hast du denn da mitgebracht?"

Neugierig schaut sie zu Basko hin.

„Einen alten Freund", sage ich knapp. „Er will sich ein bisschen mit Boris unterhalten. Übrigens hast du einen ganzen Berg Erde an der Nase kleben. Nach was hast du da so intensiv gebuddelt? Ich hoffe doch nicht du gräbst Kaninchen aus."

Ich versuche streng zu schauen, was sie ignoriert. Sie wischt nur ihre schwarze Nase flüchtig an einem Grasbüschel ab.

„Besser so?" fragt sie, wartet aber meine Antwort gar nicht ab. Sie lässt sich direkt am Zaun ins Gras fallen und wir beginnen darüber zu reden, wie sie sich ihr neues Leben vorstellt. Schnell merke ich, dass sie sich schon Gedanken dazu gemacht hat. Und das Boris in ihrem Wunschzuhause eigentlich gar keine Rolle spielt.

Ich muss zugeben, dass mich das etwas enttäuscht. Schließlich hat Boris ihr mehr oder weniger das Leben gerettet, als er sich ihrer annahm. Er hat ihr alles vermittelt was sie wissen musste um als Straßenhund über die Runden zu kommen. Und immer alles Fressbare mit ihr geteilt, obwohl er selbst nie satt geworden ist. In mir drängt alles danach ihr das zu sagen, und so bricht es aus mir heraus:

„Boris scheint in deinem zukünftigen Leben gar keine Rolle zu spielen. Hast du vergessen, dass er die ganze Zeit für dich gesorgt hat, obwohl er kaum das Nötigste für sich selbst hatte?"

Zugegeben, es klingt hart, wie ich es sage. Aber sie soll wissen, dass ich über ihren Egoismus enttäuscht bin.

Erschrocken sieht sie mich an und ist erstmal sprachlos. Dann schüttelt sie ihr hübsches Köpfchen.

„Nein, so ist das nicht, da verstehst du etwas falsch. Natürlich möchte ich, dass Boris auch in mein zukünftiges Leben gehört. Er ist doch alles was ich habe und ohne ihn gäbe es mich bestimmt nicht mehr. Nein, es ist Boris, der plötzlich nicht mehr bei mir bleiben will. Oder anders gesagt, er möchte überhaupt kein neues Leben beginnen. Er sagt, er fühlt sich dem nicht mehr gewachsen. Er sei müde, sagte er mir, er möchte nur noch schlafen. So tief und fest, dass er nicht mehr aufwacht. Ich habe ihm gesagt, dass ich ihn brauche, ihn nicht verlieren will. Doch er hat nur gemeint, dass er mir alles beigebracht hat und ich nun selbst für mein Leben verantwortlich bin. Dann ging er weg und legte sich hin. Seither ist er kaum einmal aufgestanden und hat auch nicht mehr mit mir gesprochen. Er wartet auf seinen Tod."

Betroffen schaue ich sie an und weiß nicht, was ich sagen soll. Warum habe ich nicht bemerkt, wie es wirklich um Boris steht? Ich dachte er wäre von der anstrengenden Reise geschwächt, würde sich aber bestimmt wieder erholen. Doch jetzt, auf einmal fällt es mir wie Schuppen von den Augen. Sein Blick, den er in die Ferne richtet, seine Augen, die stumpf wirken und nichts mehr wahrnehmen wollen. Und nicht zuletzt der Geruch des Todes, der ihn bereits umgibt. Ich habe das alles wahrgenommen, wollte es aber nicht akzeptieren.

Etwas unbeholfen entschuldige ich mich bei Kiki für meine Anschuldigung und verabschiede mich kurz darauf von ihr. Ich bin verwirrt und muss nachdenken. Unter einem jungen Bäumchen scheint mir der richtige Platz dafür. Allerdings komme ich nicht dazu, denn Basko ist auf dem Weg zu mir. Mit einem Seufzer lässt er sich neben mir nieder.

„Er wird sterben", sagt er ungewohnt ernst.

„Ich weiß, Kiki hat es mir gesagt. Seltsam, ich habe es nicht bemerkt, obwohl die Zeichen doch eindeutig sind. Jetzt im Nachhinein wird mir das klar. So, als wolle ich es nicht wahrhaben. Vielleicht, weil ich es Boris so sehr gegönnt hätte, noch ein paar schöne Tage in einer richtigen Familie zu verbringen.

Zu spüren wie es ist von Menschen wertgeschätzt und geliebt zu werden. Aber das wird er vermutlich nicht mehr erfahren..."

Basko denkt eine Weile nach, dann meint er:

„Weißt du, Robin, vielleicht will er das gar nicht mehr erfahren. Boris fürchtete die Menschen sein Leben lang. Er wurde von ihnen vertrieben, mit Steinen beworfen, vielleicht hat man auch auf ihn geschossen. Er musste vielleicht mit ansehen wie seine Kinder ihrer Mutter entrissen und getötet wurden, wie Rudelgenossen eingefangen und erschlagen wurden. Oder wie sie qualvoll an Futter starben, dass ihnen von Menschen hingeworfen wurde. Er hat eine feste Meinung von Menschen, nämlich, dass sie alle böse sind und ihn töten wollen. Durch das Einfangen wurde sein Weltbild erschüttert und obwohl er seither von Menschen gefüttert und gut behandelt wurde, traut er ihnen nicht. Um sich an ein Leben in einer Familie zu gewöhnen ist er zu alt und zu voreingenommen. Zuerst wollte er es Kikis wegen versuchen. Doch seine Angst vor den Menschen ist stärker. Er sehnt sich nach Frieden, deshalb hat er beschlossen zu sterben."

„Meinst du, das geht so einfach? Sich hinlegen und sterben."

„Es geht, weil er es will. Davon abgesehen ist er schon alt, sein Körper verbraucht. Lange würde es sowieso nicht mehr dauern. Zumindest wird sein Tod friedlich sein, ohne Schmerzen und ohne Angst. Ein guter Tod."

So habe ich es noch nie gesehen. Aber je länger ich darüber nachdenke, scheint es mir tatsächlich gut zu sein. Ich stehe auf und schüttle mich kräftig, um die traurigen Gedanken endgültig zu vertreiben.

„Gehen wir noch rüber zur Arche?" frage ich Basko. „Ich möchte schnell auf andere Gedanken kommen. Die Tiere dort scheinen alle recht zufrieden mit ihrem Leben. Das ist genau das, was ich jetzt brauche."

Er ist einverstanden und wir machen uns auf den Weg. Eigentlich will ich nicht mehr an Tod und Sterben denken, doch etwas liegt mir noch am Herzen.

„Woher weißt du das eigentlich alles, was du mir erzählt hast?"

Kurz blicke ich Basko von der Seite an. Er trabt locker neben mir her und macht keinesfalls den Eindruck eines alten Hundes.

„Du hast doch hoffentlich nicht vor dich auch auf diese Weise davonzuschleichen?"

Erneut sende ich ihm einen besorgten Blick zu.

„Ich doch nicht", antwortet er im Brustton der Überzeugung. „Zwar hatte ich früher auch nicht die beste Meinung von den Menschen, aber das hat sich grundlegend geändert. Ich gehöre zu einer Familie, die die beste der Welt ist. Und ich werde den Teufel tun, auch nur einen Tag eher zu gehen als es mir vorbestimmt ist. So einfach werdet ihr mich nicht los, hä,hä."

Na, das klingt doch prima, denke ich erleichtert. Dann vertreibe ich die traurigen Gedanken rigoros aus meinem Kopf. Wir sind an der Arche angekommen und das verlangt jetzt meine ganze Aufmerksamkeit.

Am nächsten Morgen kommt, kaum dass wir im Büro eintreffen, ein Anruf. Der Pfleger hat Boris tot vor seiner Hütte gefunden. Kiki sitzt verstört neben ihm und weigert sich, ihn zu verlassen. Mir wird schwer ums Herz, obwohl er so unnahbar war, hatte ich den alten Rüden ins Herz geschlossen. Auch das Wissen, dass er sterben wollte, verhindert nicht, dass ich Trauer empfinde. In meinem Job als Tierretter kommt es leider immer mal wieder vor, dass ein Tier stirbt, bevor man ihm helfen kann. Für jeden von uns ist es besonders schlimm, wenn es in unserem Beisein geschieht. So gesehen hat Boris uns zumindest das erspart. Trotzdem gehe ich nur zögerlich hinter Felix ins Gehege. Als Kiki mich sieht kommt sie sofort zu mir gerannt und kauert sich vor mir auf den Boden.

„Er ist tot, Robin. Heute früh, kurz bevor es hell wurde, hörte ich, wie er nach mir rief. Ich eilte zu ihm und schmiegte mich an ihn. Er fühlte sich kalt an und atmete nur flach, seine Stimme war aber gut zu verstehen.

„Es ist so weit, ich werde dieses Leben bald hinter mir haben", hat er gesagt. Und dann noch: „Du hast die große Chance, ein hundewürdiges Leben zu führen, mit Menschen, denen du vertrauen kannst. Bitte nutze diese Chance und genieße dein neues Leben. Ich werde dich noch eine Weile begleiten, du wirst mich nicht sehen aber spüren, dass ich bei dir bin. Durch dich werde ich erfahren, dass Menschen gut sind. Das wird meine Seele heilen und ich kann ohne Groll in die Ewigkeit gehen. Dort werden wir uns irgendwann wiedersehen."

Kiki schaute mich aus traurigen Augen an, bevor sie leise hinzufügte.

„Es ging dann ganz schnell. Boris stöhnte auf und ein Zittern ging durch seinen Körper. Dann streckte er sich langsam aus und hörte auf zu atmen…"

Nachdem Kiki sich etwas beruhigt hat, gehen wir gemeinsam zu Boris totem Körper. Er liegt entspannt auf der Seite, so als schliefe er. Seine Augen sind leicht geöffnet, ebenso seine Schnauze. Doch es liegt ein großer Friede über ihm und das gibt auch mir Frieden. Fast meine ich Boris zu hören wie er sagt: „Alles ist gut, ich habe meinen Frieden gefunden."

Damit Kiki nicht allein ist, kommt sie in das Gehege mit den kleinen Hunden. Sie waren alle einmal Familienhunde, wurden zurückgelassen oder gingen während den Kriegshandlungen verloren.

Wenn sie gechipt und registriert sind versuchen wir sie wieder mit ihrer Familie zu vereinen. Doch leider klappt das nicht immer, dann müssen die Hunde in die Vermittlung.

Kiki ist die einzige Straßenhündin unter ihnen, fügt sich aber schnell in die Gruppe ein. Nach ein paar Tagen ist sie gut integriert und immer vornedran, wenn die Pflegerin kommt um sich streicheln zu lassen. Eigentlich merkt man ihr überhaupt nicht mehr an, dass sie Menschen nicht gewohnt ist. Allerdings hat sie auch, außer dass sie als Welpe ausgesetzt wurde, keine schlechten Erfahrungen mit Menschen gemacht, denn Boris hat sie sorgsam von ihnen ferngehalten. Erst später, im Tierheim, hatte sie dann erstmals Menschenkontakt und sich schnell daran gewöhnt.

Ich besuche Kiki meist, wenn gerade die Pflegerin da ist. Die lässt mich ins Gehege, wo ich in Windeseile von den Kleinhunden vereinnahmt werde. Zuerst war mir das lästig, da ich nur selten mit so kleinen Hunden zu tun habe. Ich muss gestehen, dass ich bisher die meisten gar nicht als vollwertige Hunde angesehen habe. Vermutlich, weil sie mich schon so oft mit Jäckchen, Mützchen und sonstigem Kram dekoriert, vom Arm ihres Frauchens herunter angekläfft haben.

Die Kleinhunde aus der Ukraine tragen aber weder Kleidung noch sonstigen Firlefanz und laufen auf ihren eigenen Beinen. Na gut, im Gegensatz zu den größeren Hunden müssen sie auch im Sommer nachts ins Innengehege. Aber nicht, weil sie empfindlich sind, sondern weil die Gefahr besteht, dass sie nachts von Mardern verletzt werden, die sich so schmal machen können, dass sie sich durch die Zaunstäbe hindurchzwängen können. Die kleinen Raubtiere fühlen sich in unserer Auffangstation pudelwohl und lassen sich nicht vertreiben. Sie mit Fallen zu fangen oder gar zu töten kommt aber natürlich nicht in Frage für einen Tierschutzverein.

Ääh, wo bin ich eigentlich stehengeblieben? Ach ja, bei meinem Besuch bei Kiki und den vielen Zwergen, hä,hä. Bis die alle fertig sind mich anzuspringen vergeht immer eine Weile.

Ich lasse ihnen gerne den Spaß, ihre Pfötchen sind zu zart, um mir weh zu tun. Leider gilt das nicht für ihre Stimmen, wenn sie mir in die Ohren bellen tut das richtig weh. Kiki, die etwas größer als die anderen ist, fühlt sich dann berufen mich zu retten indem sie die Quälgeister von mir abdrängt, auch mal unter Zuhilfenahme ihrer spitzen Zähne. Natürlich beißt sie nicht richtig zu und beruhigt sich schnell wieder, wenn die Hunde von mir ablassen.

Ich trolle hinter ihr her in eine ruhige Ecke und lasse mich ins Gras fallen.

„Wie geht es dir?" Das frage ich sie wie jedes Mal.

„Ganz gut." Ihre Antwort ist auch jedes Mal die gleiche. Doch dann plappert sie weiter:

„Ich bin nicht mehr so traurig wegen Boris Tod. Er hat mir versprochen mich oft zu besuchen. Und gestern habe ich tatsächlich gespürt, dass er bei mir war. Ich hatte seinen vertrauten Geruch in der Nase und spürte seine Schnauze auf meinem Rücken. Es war wie immer, bloß dass ich ihn nicht sehen konnte. Aber dann hörte ich ihn, nicht in den Ohren, sondern in meinem Kopf. Er sagte mir wie schön und friedlich es dort oben ist, wo er jetzt ist. Keine Angst, kein Hunger und keine Schmerzen. Er sei umgeben von unzähligen Geistwesen, die ihm alle vertraut waren, Gefährten aus früheren Zeiten, die vor ihm ins Licht gingen. Sie nahmen ihn in ihre Mitte und umhüllten ihn mit Frieden, wie er ihn noch nie verspürt hatte.

Kiki hält inne, ich merke ihr an wie aufgewühlt sie ist. Deshalb warte ich stumm ab bis sie weitererzählen kann. Schließlich sieht sie mich fragend an.

„Was meinst du, Robin: Wenn Boris jetzt da oben ist, gemeinsam mit all den Hunden, die vor ihm gegangen sind und die ihn in ihren Reihen willkommen geheißen haben. Wieso kann er dann noch bei mir sein? Darüber muss ich ständig nachdenken.

Er war wirklich hier, bei mir, obwohl ich doch gesehen hatte, wie sie seinen toten Körper weggebracht haben. Habe ich das nur geträumt? Weil er es mir doch vor seinem Tod versprochen hat, dass er bei mir bleiben wird. Wie kann er gewusst haben, dass er sterben wird? Ich bin so verwirrt."

Das bin ich ebenfalls, aber das kann ich ihr nicht sagen. Deshalb denke ich zuerst einen Moment nach was ich über das Thema weiß oder zu wissen glaube. Tatsache ist, dass ich selbst schon dem Tod nahe war, so nahe, dass ich bereits auf dem Weg ins Jenseits war, dann aber zurückkehren musste, weil meine Zeit noch nicht gekommen war.

Etwas zögernd beginne ich:

„Äh, ja also ich denke das ist so: Boris hat es gespürt, dass sein Ende nahte. Das ist bei den meisten Tieren der Fall, zumindest, wenn es ein natürlicher Tod ist. Das Bewusstsein weitet sich, man spürt, dass die Seele ins Licht gehen will und die Angst vorm Sterben schwindet. Alles wird unwichtig, bis auf wenige Dinge, die man noch klären will. Bei Boris war es der Drang, dir zu sagen, dass er weiterhin bei dir sein und auf dich auf-passen wird. Das war kein Versprechen im Delirium, sondern er wusste, dass er es kann. Denn als Seele kann er gleichzeitig im Jenseits, aber auch bei dir sein. Deshalb bin ich mir auch sicher, dass du nicht nur von ihm geträumt hast, er war bei dir, allerdings unsichtbar. Doch du konntest ihn spüren und hören, sogar riechen. Das Einzige, was du tun musst ist daran zu glauben, dass er da ist."

„Äh, das verstehe ich nicht. Was passiert denn, wenn ich es nicht glaube?"

Ich schaue sie einen Moment irritiert an bevor ich erkläre:

„Na, wenn du nicht glaubst, dass es Boris ist, der zu dir spricht oder dich mit der Nase anstupst, dann tust du es als Hirngespinst ab und ignorierst es solange bis du nichts mehr hörst oder spürst.

Viele Menschen reagieren so, wenn ein Angehöriger oder ein Tier stirbt. Sie denken der Tod ist das Ende und trauern deshalb so sehr, dass sie gar nicht wahrnehmen können, dass der Verstorbene versucht Kontakt aufzunehmen. Es soll allerdings auch vorkommen, dass die Seele diesen Kontakt nicht sucht. Bei den Menschen ist das alles ein bisschen komplizierter als bei uns Tieren."

Kiki denkt eine Weile nach, dann fragt sie:

„Woher weißt du das eigentlich alles?"

„Ja, woher weiß ich das? Das ist mir selbst nicht ganz klar. Vielleicht bin ich ja tatsächlich so etwas wie ein Engel, wie Michael meinte."

„Unsinn, Robin", rede ich mir den Gedanken selbst aus. „Du und ein Engel…"

Zu Kiki sage ich:

„Intuition! Ich habe schon den Tod mehrerer Tiere miterleben müssen und einige wollten darüber sprechen. Außerdem bin ich selbst schon auf dem Weg ins Jenseits gewesen, ich würde sogar beschwören, ich war schon dort. Aber ich durfte nicht bleiben, obwohl ich es gerne getan hätte. Doch darüber möchte ich nicht reden. Es würde dich sicher auch noch mehr verwirren."

„Schade", sagte sie. „Interessieren würde es mich schon. Aber ich will dich nicht drängen, vielleicht erzählst du es mir ja ein andermal."

„Ja, vielleicht. Ich werde dich sicher noch öfter besuchen. Die Tierpflegerin kommt gerade, sie will das Gehege abschließen, da muss ich gehen."

Ich verabschiede mich von Kiki und den Zwergen und laufe zur Gehegetür, lasse mich von der Pflegerin kurz knuddeln und verdrücke rasch das Leckerli, das sie mir reicht. Dann schlage ich den Weg zum Bürogebäude ein. Basko wartet dort sicher schon auf mich.

„Bobbys Frauchen hat angerufen", sagt Felix zu mir. „Sie will uns mit ihm besuchen kommen. Sieh zu, dass du dann nicht irgendwo auf dem Gelände bist, du willst Bobby doch sicher sehen."

Manchmal verstehe ich auch ohne Tanjas oder Michaels Übersetzung, was Felix mir sagt. Woran das liegt, weiß ich nicht. Vermute aber, dass er mir dann unbewusst Bilder aus seinem in meinen Kopf sendet.

Jedenfalls freue ich mich sehr darauf, den kleinen Terrier wiederzusehen. Seit er von seinem Frauchen abgeholt wurde ist eine ganze Weile her. Sicher hat er mir viel zu erzählen.

Um ihn ja nicht zu verpassen bleibe ich bei Felix im Büro und vertreibe mir die Wartezeit mit schlafen. Als Felix mich weckt bin ich aber sofort hellwach, springe auf und schüttle kräftig meinen Pelz aus. Fertig! Bobby kann kommen.

Ich höre ihn schon aufgeregt hecheln als er den Gang entlangkommt. Felix hat die Tür bereits aufgemacht, so stürmt Bobby förmlich ins Büro und zieht sein Frauchen an der Leine hinter sich her. Als er mich sieht zerrt er noch mehr, so dass sie die Leine loslässt und mit ihm schimpft. Was Bobby kein bisschen zu interessieren scheint. Stürmisch springt er an mir hoch und leckt mir wie wild über die Schnauze.

„Er ist ein kleiner Teufel", sagt das Frauchen zu Felix und lacht. „Aber ich bin so glücklich ihn wiederzuhaben, deshalb lasse ich ihm viel zu viel durchgehen."

„Schickes Geschirr, sicher ganz neu", sage ich als er endlich von mir ablässt. Er schaut sich mit einem Seufzer über die Schulter.

„Ich finde es würde besser einer Hündin stehen, mit all den Glitzersteinchen drauf. Aber Frauchen gefällt sowas halt, da bleibt mir nichts anderes übrig. Während wir Neuigkeiten austauschen, schaue ich mir Bobby genauer an. Er sieht sehr gut aus, stelle ich fest und denke flüchtig daran, wie er aussah, als ich ihn kennenlernte. Das einstmals stumpfe Fell glänzt wie eingeölt und von den Narben ist kaum noch was zu sehen. Seine Ohren sehen etwas ausgefranst aus, doch das gibt ihm einen verwegenen Ausdruck und unterstreicht seinen Charakter. Er scheint auch keine posttraumatischen Schäden zurückbehalten zu haben, wie es leider oft bei so schwer misshandelten Hunden vorkommt.

Auf meine Frage wie es ihm geht, wird er kurz ernst.

„Ich habe beschlossen mich nicht durch die schlimmen Erlebnisse kleinkriegen zu lassen. Das würde mein Frauchen ebenfalls belasten und das will ich nicht. Die Sache ist vorbei und nicht rückgängig zu machen, also verbanne ich sie so gut es geht aus meinem Kopf. Durch dich habe ich praktisch ein neues Leben geschenkt bekommen und das will ich genießen."

Was für ein mutiger kleiner Kerl, denke ich bewundernd. Doch er lässt mir keine Zeit etwas zu sagen.

„Weißt du eigentlich, warum wir hier sind?"

Verschmitzt hechelt er mich an. Dann sprudelt er heraus. „Frauchen will mir eine Gefährtin schenken. Sie hat sich in eine kleine Hundedame verguckt, die sie auf diesem Dings gesehen hat, mit dem sie auch telefoniert. Sie hat mir dieses Dings vor die Nase gehalten und gesagt, ich soll sie mir mal anschauen. Sie soll mir auch gefallen, meinte sie. Aber leider konnte ich nicht viel erkennen, da das Bild sehr klein war. Deshalb hat sie beschlossen wir fahren mal her, dann kann ich mir diese Kiki aus der Nähe ansehen."

„Kiki? Ihr wollt Kiki adoptieren? Das ist ja großartig. Sie wird dir bestimmt gefallen, sie ist ein Terrier, genau wie du und sieht dir sogar etwas ähnlich. Aber eigentlich müsstest du sie kennen, sie kam doch auch mit uns aus der Ukraine. Allerdings war sie im LKW, mit ihrem Beschützer Boris reiste sie in einer Box.

Boris war riesig gegen sie aber schon sehr alt. Leider ist er schon wenige Tage nach der Ankunft hier in der Auffangstation gestorben…"

„Oh, das tut mir leid. Jetzt, wo du es sagst, meine ich die beiden mal gesehen zu haben…"

„Na, du wirst Kiki ja bald kennenlernen und bestimmt gefällt sie dir. Sie ist eine sehr hübsche kleine Hündin, und sehr lebhaft aber das bist du ja auch. Fragt sich nur, ob ihr im Doppelpack nicht zu anstrengend seid."

„Anstrengend? Ich? Das hör ich zum ersten Mal. Aber wenn schon, wir wohnen ja jetzt mit Oma und Opa zusammen in einer Wohnung mit großem Garten. Die kümmern sich um mich, wenn Frauchen arbeiten ist. Und sie freuen sich schon auf Kiki, haben sie gesagt."

Wir unterhalten uns noch eine Weile, dann folgen wir Felix und Bobbys Frauchen zum Gehege der Kleinhunde. Es sind nur noch zwei außer Kiki da, die anderen wurden bereits adoptiert. Für die kleine Terrier-Hündin gab es zwar auch schon einige Anfragen, doch sobald sie vorgestellt werden sollte, verkroch sie sich in ihre Hütte und kam nicht mehr heraus. Die potentiellen Frauchen und Herrchen zogen enttäuscht wieder ab. Aber bei uns wird kein Hund vermittelt, wenn er nicht deutlich zeigt, dass ihm die Menschen, bei denen er fortan leben soll, gefallen. Wohl aus diesem Grund kommt auch kaum einmal ein Hund zu uns zurück. Ich habe Kiki einmal gefragt warum sie sich versteckt, sobald Interessenten für sie kommen. Dass sie doch gar nicht wissen kann ob es die Richtigen wären, wenn sie keinen Kontakt mit ihnen sucht.

„Ich weiß genau, wer die Richtigen sind, bis jetzt waren sie jedoch noch nicht hier."

Das sagte sie im Brustton der Überzeugung, dann fügte sie noch hinzu:

„Boris sagte mir bisher immer, dass die Leute noch nicht die Richtigen wären. Er weiß das, hat er mir versichert, und er wird mir rechtzeitig sagen, wenn es soweit ist. Ich vertraue ihm, obwohl ich mich oft frage woher er das überhaupt weiß. Kannst du es mir vielleicht erklären?"

Nein, das kann ich nicht. Aber vom Gefühl her vertraue ich ebenfalls auf Boris Urteil.

Schon als wir in die Nähe des Geheges kommen, sehe ich Kiki neugierig am Tor stehen. Als wir näherkommen springt sie sogar aufgeregt daran hoch, ihr Stummelschwanz dreht sich dabei wie ein Propeller. Bobby und sein Frauchen scheinen endlich die Richtigen zu sein, was mich ungemein freut. Spontan sende ich einen stummen Dank an Boris.

„Ich kenne die Beiden schon seit ewigen Zeiten, sie gehören zusammen", höre ich ihn in meinen Gedanken. „Ich habe versprochen auf Kiki aufzupassen, bis sie sich wiederfinden. Das ist nun geschehen, meine Aufgabe ist somit erfüllt. Jetzt werde ich mich für längere Zeit zurückziehen um mein vergangenes Leben zu analysieren."

„Und was ist mit Kiki, wird sie dich nicht vermissen?"

„Nein, das wird sie nicht. Sie ist nun wieder mit ihrem Bobby vereint, jetzt beginnt ihr neues gemeinsames Leben."

Ich spüre einen kurzen Windhauch der über meinen Körper streicht und weiß, dass Boris weg ist. Mein Blick richtet sich nach oben, zum Himmel, doch natürlich sehe ich nur Wolken.

„Was ist los, Robin? Du wirkst, als hättest du einen Geist gesehen. Wer ist denn der Hund, den du mitgebracht hast. Er gefällt mir sehr gut."

Kikis aufgeregte Stimme holt mich schnell aus meinen Gedanken. Deshalb beeile ich mich ihr zu antworten:

„Äh, das ist Bobby, ein Terrier genau wie du. Er kam mit uns hierher, fuhr aber im Transporter, weil er verletzt war und besondere Pflege brauchte. Deshalb hast du ihn wahrscheinlich nicht bemerkt."

„Und wer ist die Frau, die bei ihm ist? Sie sieht nett und freundlich aus, ich habe überhaupt keine Angst vor ihr. Ist das nicht seltsam?"

„Seltsam vielleicht, aber ich finde es fantastisch, dass du die Beiden sympathisch findest. Sie wollen dich nämlich adoptieren. Dürfen sie zu dir reinkommen, damit ihr euch besser kennenlernt?"

Kiki ist sofort einverstanden und sitzt direkt hinterm Tor, als es von Felix geöffnet wird. Natürlich drängt sich Bobby als erster durch und bleibt bei ihr stehen. Wie es verliebte Rüden so an sich haben, macht er sich groß, beschnüffelt zuerst ihre Nase und wedelt wie verrückt mit seinem kurzen Schwanz. Dann will er ihr hinteres Ende beriechen, doch Kiki dreht sich weg. Auch ihr Schwanz steht nicht still, doch sie tut so als hätte er ihr ein unsittliches Angebot gemacht, schnappt nach seiner Schnauze und rennt dann davon. Sofort setzt er ihr nach und die Beiden rennen zum anderen Ende des Geheges.

„Na, das sieht doch sehr gut aus. Da haben sich zwei gesucht und gefunden."

Felix sagt es lachend zu Bobbys Frauchen.

„Jetzt müssen wir bloß noch abwarten, ob Kiki auch an Ihnen Gefallen findet. Wie ich schon sagte, beachtete sie die bisherigen Bewerber überhaupt nicht und kam nicht einmal aus ihrer Hütte."

Als hätte sie es gehört, kommt die Terrier-Hündin angeflitzt, Bobby dicht hinter ihr, und springt mit einem Satz in den Schoß der Frau als die sich in die Hocke begibt. Als würden sie sich schon ewig kennen, macht Kiki sich lang und versucht ihr das Gesicht abzulecken.

„Ich glaube schon, dass sich Kiki freuen würde in unserer Familie Einzug zu halten."

Bobbys Frauchen schließt Kiki fest in die Arme und steht auf. „Was meinst du dazu?" fragt sie ihn und Bobby gibt ihr mit jaulenden Tönen Auskunft. Natürlich will er, dass sie bei ihm und seinem Frauchen Einzug hält.

Ich weiß ja bereits, dass die Zwei zusammengehören, dennoch kann ich meine Begeisterung darüber nicht zurückhalten. Es ist immer schön, wenn Seelen zusammenfinden die lange getrennt waren. Und ich komme nicht umhin darüber nachzudenken, ob es bei Lara und mir in unserem nächsten Leben ebenso sein wird.

Kapitel 15:
Ankunft der Zurückgebliebenen

Es muss nur noch der ganze Schreibkram erledigt werden, der bei jeder Hundeadoption Pflicht ist. Dazu gehen wir zurück ins Büro. Kikis neues Frauchen hat in weiser Voraussicht ein Geschirr samt Leine für Kiki mitgebracht. Es ist rosa und mit bunten Steinchen besetzt. Bobby verdreht kurz die Augen als sie es Kiki anzieht. Doch dann machte er große Augen, ich übrigens auch, denn die kleine Terrier-Dame sieht darin entzückend aus. Und das scheint sie zu wissen, denn sie tänzelt kokett vor uns herum. Was wiederum Bobby nicht gefällt, eifersüchtig stellt er sich zwischen Kiki und mich.

„Bobby, spinnst du? Du kannst doch die Kiki nicht gleich für dich beanspruchen", schimpft das Frauchen der Beiden mit ihm. „Der Robin darf Kiki auch bewundern."

Bobby wackelt entschuldigend mit dem Schwanz, lässt aber Kiki nicht aus den Augen. Die knurrt ihn warnend an.

„Hey Freundchen, leg dich nicht mit Robin an, er ist und bleibt mein Freund, auch wenn ich jetzt zu dir ziehe. Ohne ihn wären wir uns wahrscheinlich nie begegnet. Also bleib friedlich, ja."

Solche Töne ist Bobby nicht gewohnt, deshalb kneift er erstmal den Schwanz ein.

„War doch gar nicht so gemeint", verteidigt er sich in beschwichtigendem Ton. „Ich weiß doch, dass ich ohne Robin nicht mehr am Leben wäre."

Dann wird er gleich wieder vorlaut.

„Du hast mich aber so beeindruckt, dass ich kurz den Verstand verlor."

„Jetzt fangt doch wegen mir nicht zu streiten an", mische ich mich auch mal ein. „Ich bin nicht so leicht zu beindrucken oder einzuschüchtern und hätte mich schon gewehrt, wenn ich mich angegriffen gefühlt hätte. Habe ich aber nicht, also alles gut." Tatsächlich geben die Zwei Ruhe, bis ihr Frauchen und Felix die Adoption abgeschlossen haben. Sie beschäftigen sich damit, sich gegenseitig zu beschnüffeln und abzuschlecken. Dabei wedeln sie wie wild mit ihren teilweise abgeschnittenen Schwänzen. Während ich sie beobachte, kommt mir in den Sinn, dass sie doch sehr ähnlich aussehen. Obwohl wir alle Hunde als Mischlinge zur Adoption anbieten, sind oftmals auch reinrassige Tiere dabei, die ausgesetzt wurden oder in einem Tierheim landen. Um die Reinrassigkeit zu bestätigen müssten DNA-Tests gemacht werden, was viel Geld kostet, dass wir lieber für Futter und Impfungen ausgeben. Außerdem sollen die zukünftigen Adoptanten sich ihren Hund nach Gefühl aus-suchen und nicht, weil er einer bestimmten Rasse angehört.

Ob ich selbst eine reinrassige englische Bulldogge bin ist auch nicht bekannt. Eigentlich bin ich dafür zu groß und zu schwer, wie Felix mich immer neckt. Andererseits spricht aber mein Knotenschwanz sowie meine Kopf- und Körperform dafür. Mir ist es egal und meiner Familie auch, für die zählen vor allem meine inneren Werte, womit sie aber nicht meine Organe meinen, sondern meinen Charakter und mein großes Herz für alle Lebewesen.

Was wollte ich eigentlich noch sagen? Ach ja, das nicht nur ich Kiki und Bobby für reinrassige Jack Russel Terrier halte. Diese mutigen kleinen Hunde sind sehr beliebt, auch in der Ukraine, und werden deshalb auch dort in großen Mengen gezüchtet, mit und ohne Papiere.

Wie gesagt, sehen sich Kiki und Bobby so ähnlich, dass man sie für Geschwister halten könnte. Ihr Fell ist am Körper über-wiegend weiß, mit schwarzen und braunen Flecken auf dem Rücken. Beide wurden in derselben Stadt aufgegriffen und

Beide von der Tierärztin auf etwa zwei Jahre geschätzt. Zudem wurden Beiden, nicht sehr gekonnt, jeweils die Hälfte des Schwanzes kupiert.

Aber eigentlich ist es auch nicht schlimm, wenn sie keine Geschwister sind. Die Hauptsache ist sie haben ein gutes Zuhause gefunden und verstehen sich. Trotzdem, mir würde es gefallen, wenn sie Geschwister wären, die das Schicksal nach so viel Leid wieder zusammengeführt hat.

Seit der Adoption von Kiki und Bobby sind einige Tage vergangen und ich halte mich wieder mehr in meiner Arche auf. Hier ist auch immer irgendetwas los, um das ich mich kümmern muss. Zugegeben, während meiner unfreiwilligen Reise in die Ukraine lief alles genauso weiter wie zuvor, kein Tier kam zu Schaden und alle wurden regelmäßig gefüttert und betreut. Das liegt vor allem daran, dass hier nur erstklassige Leute arbeiten. Für die ist allerdings Michael verantwortlich, das kann ich nicht auch noch machen. Solange er mit uns in der Ukraine war, hat ihn seine Frau bestens vertreten. Wie ich schon sagte: Gute Leute sind das A und das O jedes Unternehmens.

Da ich schon lange nicht mehr bei den schwarzen Stieren war, mache ich mich auf den Weg zu deren Weide. Strenggenommen sind sie allerdings keine Stiere mehr, denn inzwischen wurden sie alle kastriert. Leider eine Notwendigkeit, wenn man männliche und weibliche Rinder in unmittelbarer Nähe zueinander hält. Sonst gäbe es zum einen ständig Streit unter den Jungs und zum anderen würde der Bestand noch mehr steigen, als er es eh schon tut. Ein Gnadenhof ist dazu da Tieren aus schlechter Haltung ein artgerechtes Leben bis zu ihrem natürlichen Tod zu ermöglichen. Da Rinder bis zu dreißig Jahre alt werden können verbietet es sich quasi von selbst auch noch Nachwuchs zu züchten.

Für die schwarzen Stiere war die Kastration aber auch aus einem weiteren Grund nötig. Denn als Ochsen taugen sie nicht mehr zum Stierkampf, weil sie dann angeblich nicht mehr kämpfen wollen. Für einen Torero wäre es unter seiner Würde, sich einem Ochsen zum Kampf zu stellen.

Ob ein Ochse nicht kämpfen will, kann ich nicht sagen. Meiner Meinung nach will das ein Stier auch nicht. Zumindest nicht mit einem Menschen, den der stellt eigentlich keine Gefahr für ihn dar. Würde der ach so tapfere Stierkämpfer nämlich gegen einen Stier antreten, der im Vollbesitz seiner Kräfte ist, würde er von dem schnell in Grund und Boden gestampft werden.

Deshalb wird der Stier oft schon Tage vor dem Kampf durch perverse Praktiken geschwächt. In der Arena werden ihm dann auch noch durch das hineinrammen von Eisenspeeren mit Widerhaken die Schulter- und Halsmuskeln durchtrennt, so dass er sich kaum mehr wehren kann. Außerdem wird durch die bunte Dekoration dieser Speere vertuscht, dass der Stier stark blutet. Durch den hohen Blutverlust soll er noch weiter ge- schwächt werden. Wenn er dann mit letzter Kraft seinen Peiniger attackiert, stößt der ihm seinen Degen in den Nacken. Dieser Todesstoß soll eigentlich das Rückenmark durchtrennen, was den sofortigen Tod des Stieres zur Folge hätte. Doch leider trifft er oftmals so schlecht, dass das Leiden des Stieres noch unnötig verlängert wird. Oft lebt er noch wenn ihm der ach so tapfere Torero die Ohren als Trophäe abschneidet. Wofür ihn die Zuschauer dann noch hochleben lassen.

Bereits der Gedanke an Stierkampf macht mich wütend aber noch mehr macht er mich traurig. Aus welchen perversen Gründen Menschen Tiere quälen, kann ich nicht nachvoll- ziehen.

Sicher spielt Geld eine große Rolle, wie ja fasst bei allem, was Menschen tun. Aber auch Tradition, was ich erst recht nicht verstehe. Unter Tradition verstehe ich den Stolz eines Landes auf das was es im Lauf seines Werdeganges erreicht hat. Aber nicht barbarische Spiele, bei denen unschuldige Lebewesen auf perverse Weise zu Tode gebracht werden. Auf Mangel an Empathie sollte kein Volkstolz sein.

Immerhin haben mich meine zornigen Gedanken an Stierkämpfe ziemlich schnell zur oberen Weide gebracht, auf der die schwarzen Stiere stehen. Normalerweise bin ich kein so guter Bergaufgänger, dabei wird mir immer schnell klar, dass ich wohl doch ein paar Pfunde zu viel mit mir rumtrage. Aber eigentlich ist es mir lieber gequält zu atmen, als von quälenden Gedanken getrieben zu werden.

„Oh, ein seltener Gast kommt uns besuchen."

Ein tiefes Brummen untermalt den Satz und bewirkt, dass sich meine Nackenhaare aufstellen. Schnell schüttle ich mich, damit sie wieder in ihre normale Lage kommen. Ich will nicht, dass Ferdy denkt ich hätte Angst vor ihm. Eigentlich passt der Name Ferdy überhaupt nicht zu ihm, denn er ist der größte Stier, den ich je gesehen habe und überragt alle seine schwarzen Kumpels um ein Stück. Er hat auch die gewaltigsten Hörner von allen. Aber auch die anderen Stiere können sich durchaus sehen lassen. Ihrer Kraft bewusst kommen sie langsam heran um mich ebenfalls zu begrüßen. Wenn ich sie so im Halbkreis vor mir stehen sehe, merke ich erst wie klein ich bin. So muss sich eine Maus fühlen, die vor einer Schar hungriger Katzen sitzt.

Aber im Gegensatz zur Maus habe ich keine Angst, denn seit Basko und ich die Stiere aus den Fängen der Entführer gerettet haben, sind wir beste Freunde. Sie fragen auch gleich nach Basko und warum er nicht dabei ist. Erst als ich verspreche ihn bald wieder mitzubringen sind sie zufrieden.

Wir unterhalten uns eine Weile über die neue Weide, die ihnen sehr gut gefällt. Vor allem den Bach, der hier durchfließt, und den felsigen Teil im Hintergrund finden sie toll. Zu meiner Verwunderung erfahre ich, dass es ausgerechnet der Schatten und der kühle Wind dort ist, den sie besonders mögen.

Eigentlich befürchtete ich es wäre ihnen eher zu kalt hier oben, sind sie doch die heiße Sonne Andalusiens gewöhnt.

„Wenn du tagein, tagaus mit einem schwarzen Fell in der Sonne stehen müsstest, würdest du auch den Schatten vorziehen", brummt Ferdy.

„Wir sind schon alle ganz gespannt auf den Schnee im Winter, das wird sicher ein Spaß."

Na, wenn das so ist, brauche ich mir ja keine Gedanken mehr zu machen. Zufrieden mache ich mich auf den Weg, der mich durch Kuh-City führt. Schließlich muss ich die dortigen Bewohner auch wieder einmal besuchen. Inzwischen leben so viele Tiere in der Arche, dass es mir leider unmöglich ist alle täglich zu besuchen. Dazu müsste ich mich in der Arche häuslich niederlassen und von früh bis spät von einem Gehege zum anderen laufen. Mein Job als Tierretter würde dabei auf der Strecke bleiben. Und, was noch schlimmer wäre, mein Familienleben, was ich auf keinen Fall will. Deshalb muss ich meine Zeit gut aufteilen und vor allem Prioritäten setzten.

Aber wie ich schon sagte, haben Michael und die Tierpfleger/-innen alles bestens im Griff. Und natürlich erfahre ich von Michael täglich, was sich so abspielt. Er kommt jeden Morgen ins Büro um mit Felix zu besprechen, was am Tag anfällt. Dabei informiert er mich ebenfalls über alles für mich Wichtige.

Zum Beispiel, dass ein Teil unserer Rinder bald an einen anderen Hof gehen, der sich nur auf ausgedientes Milchvieh spezialisiert hat.

Vor nicht allzu langer Zeit war es noch ein großer, moderner Milchbetrieb gewesen, auf dem Kühe Nummern anstatt Namen hatten und ein Computer das Melken übernahm. Er rechnete genau aus wieviel Kraftfutter jede Kuh bekam und wieviel Milch sie gab. Sogar die Gesundheit der Kühe wurde täglich überprüft und ebenso die Qualität der Milch. Wenn ein Tier die errechnete Leistung nicht mehr erbrachte, wurde es vom Computer aussortiert und kam zum Schlachter.

Doch dem Sohn des Bauers gefiel diese tierverachtende Art der Haltung überhaupt nicht und als er und seine Frau den Betrieb übernahmen, stellten sie die Milchgewinnung ein. Sie stellten alle Kühe trocken und brachten sie dann auf die Weide, wo sie fortan so leben sollten, wie es die Natur für Rinder vorgesehen hatte. Sie gründeten den Rinderschutzhof und retten seither Kühe und Kälber aus schlechter Haltung oder vor dem Schlachthof. Da sie noch jede Menge Platz haben boten sie Felix an, einen Teil unserer Rinder zu übernehmen.

Felix sagte dankbar zu und so werden bald ein Teil unserer Kühe und die Jungbullen in den Rinderschutzhof umziehen. Wir übernehmen dafür etliche Schweine einer fast ausgestorbenen Rasse, die der Betreiber des Schutzhofs aus schlechter Haltung übernommen hat, die er aber nicht auf Dauer behalten kann. Da sich bei uns auch ein paar Tiere dieser Rasse tummeln, sagten Felix und Michael gerne zu, die Schweine weiterhin zu züchten. Denn das war Bedingung,

Natürlich gebe ich auch sofort meinen Segen dazu. Eigentlich ist die Zucht mit geretteten Tieren auf einem Gnadenhof nicht die Norm. Doch da sie ja akut vom Aussterben bedroht sind machen wir eine Ausnahme. Und ich freue mich schon darauf, dass bald ganz legal kleine Schweinchen hier geboren werden.

„Robin, du Schlafmütze, wach auf! Die Hunde aus der Ukraine sind angekommen. Die willst du doch sicher nicht verpassen."
Michaels Stimme weckt mich aus einem angenehmen Traum auf, in dem ich mich gerade über einen vollen Napf Hundefutter

hermachen wollte. Jetzt ist es als hätte ihn mir jemand vor der Nase weggezogen. Verärgert mache ich die Augen auf und richte sie auf Michael, der vor mir steht.

„Du guckst mich an, als wolltest du mich fressen. Habe ich deinen Traum gestört?" Er fragt es lachend und wiederholt, was er gesagt hat.

„Die Hunde aus der Ukraine? Aber sind die nicht schon da." Ich springe verwirrt auf und schüttle mir den Schlaf aus dem Fell. Hab' ich was verpasst?

„Na, du wirst dich doch noch an die Hunde erinnern, die wir zurücklassen mussten, weil sie zu krank oder noch nicht geimpft waren. Die sind gerade angekommen."

Ich schaue ihn sicher nicht sehr intelligent an, dann dämmert es mir. Natürlich erinnere ich mich an Guscha und Mascha, Panja, Jury und Kolja, wie könnte ich die vergessen. Aber man hätte es mir auch schon sagen können, dass sie bereits auf dem Weg zu uns sind. Für mich gibt es schließlich keine Zeiteinteilung in Wochen oder Monaten.

„Na, du hast doch sicher mitbekommen, dass Yul und Sergej vor einigen Tagen mit dem Transporter von hier weggefahren sind. Daraus hättest du kombinieren können, wohin sie fahren."

„Nein, das habe ich nicht mitbekommen. Ich kann ja nicht den ganzen Tag hier rumsitzen und warten, dass etwas Interessantes passiert. Ich musste schließlich im Gnadenhof nach dem Rechten sehen." Jetzt bin ich richtig sauer. Was Michael natürlich sofort bemerkt.

„Tut mir leid, Robin, ich war mir eigentlich sicher, dass du informiert bist. Sonst hätte ich dir selbstverständlich gesagt, dass die Hunde kommen. Gehst du trotzdem mit mir runter um sie zu begrüßen?"

Ich seufze leise auf. Natürlich will ich mit, das weiß Michael doch ganz genau. Es ist mein großes Problem, dass ich nicht wirklich auf jemand lange böse sein kann, den ich mag. Gar zu gerne hätte ich mich noch eine Weile so stur gestellt, wie man es uns Bulldoggen gerne nachsagt. Es gelingt mir aber nur noch ein paar Sekunden grimmig zu blicken, bevor ich aufspringe.

„Na, komm schon. Wenn wir uns nicht beeilen, dann sind sie schon in ihren Gehegen."

Ich laufe an ihm vorbei zum Aufzug, wo ich wieder warten muss. Michael beeilt sich aber und während wir nach unten fahren geht er neben mir in die Hocke und knuddelt mich.

„Sind wir wieder Freunde?" fragt er und schaut mir in die Augen.

„Na klar", sage ich etwas verlegen. „Sind wir das nicht schon immer?"

„Da hast du recht" nickt er und gibt mir einen Kuss auf den Kopf.

Als wir ankommen macht Yul gerade die Hintertür des Transporters auf. Leises Winseln dringt in meine Ohren, da kann es jemand wohl gar nicht mehr erwarten endlich rauszukommen. Am liebsten wäre ich ins Auto gesprungen um den Hunden zu sagen, dass sie angekommen sind. Doch ich beherrsche mich und bleibe brav stehen. Dafür steigt Michael ein um den ersten Hund herauszuholen. Er kann ihn auch beruhigen und gleichzeitig heraustragen.

Ich tripple unruhig hin und her und kann es kaum erwarten, dass er wieder erscheint. Endlich erscheint er in der Tür, einen Hund auf den Armen. Es ist Kolja, den ich in der Tierklinik kennengelernt habe. Ihm wurde ein Bein amputiert und ich bin gespannt, ob er auf drei Beinen laufen gelernt hat.

Ja, hat er, stelle ich zufrieden fest als Michael ihn neben mir absetzt. Kolja erkennt mich sofort und hüpft aufgeregt hin und her.

„Hallo Robin, ich bin endlich da. Als du weg warst hat es noch so lange gedauert, dass ich manchmal dachte, du hast mich angelogen und ich komme nie weg aus diesem schrecklichen Land. Immer wieder hörte man aus der Ferne Schüsse und Donnern, ich hatte so schreckliche Angst. Aber jetzt bin ich hier und es wird alles gut. Oder?"

In seinen Augen flackerte es, so dass ich schnell sagte:

„Es wird alles gut, du musst keine Angst mehr haben. Hier tut dir niemand etwas. Du bekommst gleich einen ruhigen Platz, an dem du dich erholen kannst und etwas zu essen und zu trinken. Ich komme morgen zu dir, dann kannst du mir alles erzählen."

Er stimmt zu und hüpft willig neben der Pflegerin her, die ihn zu einem der Einzelgehege führt. Dort steht schon eine Hütte bereit, in der eine orthopädische Matratze für ihn liegt. Darauf wird er bestimmt gut schlafen, mit vollem Bauch und ohne Kriegsgeräusche.

Ich schaue ihm kurz nach, dann wird meine Aufmerksamkeit auf die beiden Hunde gelenkt, die als nächstes den Transporter verlassen. Sie kommen mir zwar bekannt vor, aber ich bin mir nicht sicher ob sie es wirklich sind. Sie haben sich sehr verändert, seit ich sie das letzte Mal sah. Aber als sie vor mir stehen gibt es keine Zweifel mehr. Es sind Panja und ihr Sohn Jury.

Auch Panja hat sich inzwischen daran gewöhnt auf drei Beinen zu laufen. Da ihr jedoch ein Vorderbein fehlt sieht es zumindest so aus, als sei es anstrengender zu laufen als bei Kolja. Aber sie ist guter Dinge und schaut sich neugierig um. Jury steht direkt hinter ihr und schaut etwas misstrauisch, man sieht ihm an, dass er über sie wacht. Kein Zweifel, er ist erwachsen geworden.

Als er mich entdeckt macht er einen Sprung und will zu mir her. Ich gehe schnell zu ihm, damit er nicht so doll an der Leine zieht und begrüße die Beiden. Panja ist etwas zurückhaltend, was mich nicht wundert, den als wir uns zuletzt sahen ging es ihr sehr schlecht. Ich sage auch ihnen, dass ich morgen zu ihnen kommen werde, um ihnen zu berichten, wie es weitergehen wird. Ich bin mir sicher, dass ich die Beiden noch oft treffen werde, sie zählen zwar nicht mehr zu den Unvermittelbaren, da sie inzwischen in Menschen keine Feinde mehr sehen. Aber ihr Weg zu zufriedenen Familienhunden ist auch noch in weiter Ferne. Doch bin ich mir auch sicher, dass die Beiden diesen Weg gehen werden. Und natürlich werde ich sie dabei gerne unterstützen.

Danach begrüße ich noch Guscha und Mascha, das größenmäßig so ungleiche Paar, das ich gemeinsam mit ihrem kleinen Frauchen Chilja in der Gartenhütte entdeckt hatte. Sie sehen nicht sehr glücklich aus, obwohl sie beide wohlgenährt sind. Anscheinend wurde ihre Familie noch nicht ausfindig gemacht, was mich traurig stimmt. Denn das heißt sicher auch, dass Chilija noch immer in der Ukraine ist, ohne ihre Eltern. Felix hatte ihr versprochen, alles zu versuchen, damit die Familie wieder zusammenkäme.

Was er bestimmt auch getan hat, denn er macht keine Versprechungen, die er dann nicht hält. Also hatte er vermutlich kein Glück bei der Suche gehabt. Wie soll ich das morgen den beiden Hunden erklären, frage ich mich bang. Und warum habe ich nicht schon einmal bei Michael angefragt, ob er und Felix etwas vom Verbleib von Chilijas Eltern gehört haben? Ich hatte es einfach vergessen.

Ich verspreche Guscha und Mascha ebenfalls morgen mit ihnen zu sprechen, obwohl ich noch gar nicht weiß, was ich ihnen sagen soll.

Die weiteren Hunde, die noch mit dem Transporter kamen, kenne ich nicht. Es handelt sich vermutlich um Straßenhunde, denn sie sind noch etwas scheu und sehr aufgeregt. Sie kommen gemeinsam in ein großes Gehege, da sie bereits im Tierheim zusammen waren. Als alle untergebracht sind, frage ich Michael nach Chiljas Eltern. Er schaut mich sinnend an, bevor er sagt:

„Habe ich dir das gar nicht erzählt? Tut mir leid, das habe ich dann wohl vergessen. Du weißt ja, dass seit unserer Ukraine-fahrt hier alles etwas hektisch zugeht. Wir wurden vor einigen Tagen benachrichtigt, dass Chiljas Eltern gefunden wurden, sie leben jetzt in Deutschland und waren außer sich vor Freude, dass ihre Tochter noch lebt. Sie waren der Überzeugung sie wäre bei dem Bombenangriff ums Leben gekommen. Die Kleine wurde bereits zu ihnen gebracht. Genaueres wissen wir allerdings nicht."

„Und was ist mit Guscha und Mascha?" will ich wissen. „Können sie auch wieder zu ihrer Familie zurück?"

Michael zuckt die Schultern.

„Wie gesagt, es ist erst ein paar Tage her seit wir Bescheid be-kommen haben. Ich hoffe natürlich, dass sie ihre Hunde zu sich holen. Dazu müssten sie sich aber erst bei uns melden, das haben sie bisher nicht gemacht."

„Oh je! Was sag ich den Beiden denn morgen? Ich habe ihnen doch versprochen, dass sie wieder zu ihrer Familie kommen."

Doch das konnte Michael mir auch nicht sagen. Fragend schaut er mich an.

„Soll ich morgen mit dir zu ihnen gehen? Vielleicht kann ich ihnen erklären, dass sie noch etwas warten müssen."

„Ich weiß nicht. Sie sind so unglücklich ohne ihre Chilja. Falls sie nicht mehr zu ihrer Familie dürfen werden sie das nicht verstehen. Was passiert denn dann mit ihnen?"

„Nun, sie können natürlich hierbleiben bis sie anderweitig ver-mittelt werden. Versorgt sind sie auf jeden Fall…"

„Aber sie wollen doch zu Chilja zurück, nicht anderweitig

vermittelt werden. Das würden sie nicht verkraften. Nach allem, was sie durchgestanden haben, um ihr kleines Frauchen am Leben zu halten."

Warum wollte Michael das nicht verstehen.

„Doch, ich verstehe das schon, aber was soll ich machen, falls sie ihre Hunde nicht mehr wollen? Vielleicht lässt ihre derzeitige Lebenssituation Hundehaltung nicht mehr zu. Wenn sie noch in einem Asylantenheim untergebracht sind, dürfen sie keine Hunde halten."

Er holt tief Luft, dann sagt er in beruhigendem Ton:

„Ich werde nochmal mit Felix darüber reden, vielleicht hat er bereits mehr erfahren. Vermutlich wissen sie noch gar nicht, dass ihre Hunde bei uns sind. Schließlich sind die erst seit ein paar Stunden hier. Es kann genauso gut sein, dass sie sich darüber freuen, und sie abholen. Schließlich haben die beiden ihrer Tochter das Leben gerettet."

Na, das klingt doch wesentlich besser. Mit nicht mehr ganz so bangen Gedanken trabe ich neben Michael zum Bürogebäude. Mit dem Lift fahren wir hoch zu Felix' Büro, dessen Tür offensteht. Eigentlich erwarte ich, dass Felix am Schreibtisch sitzt und telefoniert, doch er ist gar nicht da. Dann höre ich ein Geräusch, das mir bekannt vorkommt. Sein Schnarchen. Mein Felix liegt auf der Couch und schläft seelenruhig.

Michael hat sein Schnarchen ebenfalls gehört und grinst mich an.

„Gönnen wir ihm noch ein bisschen Schlaf? Dann komm, wir schleichen uns an ihm vorbei und setzen uns auf den Balkon."

Was wir auch tun. Ich lege mich gemütlich auf meine Decke, von der aus ich einen guten Blick über das Gelände habe. Michael setzt sich auf einen Stuhl und streckt seine Beine von sich. Schweigend blicken wir hinunter in den nun menschen-

und hundeleeren Hof. Nur der Transporter steht noch da. Die Hintertür steht auf und erinnert mich an den Beginn meiner unfreiwilligen Ukrainereise vor einigen Wochen.

Auch Michael scheint daran zu denken, grinsend meint er:

„Noch einmal würdest du nicht freiwillig da reinsteigen, oder?"

„Äh, nein, vermutlich nicht. Zumindest möchte ich nie mehr in ein Land reisen, in dem so ein schrecklicher Krieg herrscht. Doch um Hunde zu retten würde ich jederzeit wieder mit euch fahren. Egal wohin."

„Na. ihr zwei, braucht ihr auch ein wenig Ruhe?"

Felix steht in der Balkontür und rauft sich durch die Haare, die ziemlich strubbelig aussehen. Er gähnt herzhaft, was mich sofort ebenfalls zum Gähnen animiert.

„Hast du noch nicht ausgeschlafen?" will Michael wissen. „Wir waren extra leise, damit wir dich nicht aufwecken."

Felix winkt ab und setzt sich auf den freien Stuhl neben Michael.

„Schlafen wird eh überbewertet. Das kann ich nachholen, wenn ich mal in Rente bin. Aber die ewige Telefoniererei macht mich ganz fertig, vor allem, wenn ich nur die Hälfte verstehe. Wird Zeit, dass Zlatko wieder aus dem Urlaub kommt. Dem macht das nichts aus, der telefoniert stundenlang, wenn es sein muss. Zumindest hatte ich zuletzt eine Frau am Hörer, die ganz gut deutsch sprach. Es war eine reine Wohltat für mich."

„Konnte sie dir auch in der Angelegenheit mit dem Waldgelände weiterhelfen? Bisher fühlte sich ja keiner so richtig zuständig, wie du sagtest."

„Ja, das war noch das Beste, sie ist zuständig für dieses Waldgelände und schien nicht abgeneigt, es uns zu verkaufen. Ein Großteil der Fichten müsse gefällt werden, da sie vom Borkenkäfer befallen sind, sagte sie. Das käme uns gelegen, da wir ja freie Flächen zum Anlegen der Gehege brauchen. Ich habe mit ihr vereinbart, dass wir in zwei oder drei Wochen nach Rumänien kommen um uns alles anzusehen und gegebenenfalls einen Vertrag auszuhandeln. Bis dahin ist Zlatko wieder zurück."

Sie unterhalten sich noch eine ganze Weile über ihre Pläne, da Michael mir aber nichts übersetzt, verstehe ich nur einzelne Worte. Das ist mir zu uninteressant, deshalb lege ich den Kopf auf meine Pfoten und mache ein Nickerchen.

Als ich von Felix geweckt werde ist es schon dunkel. Er sagt, dass wir heimfahren, also stehe ich auf und dehne und strecke mich erst einmal gründlich. Dann fällt mir ein, dass Michael mir versprochen hat mit Felix über die Familie von Mascha und Guscha zu reden. Fragend sehe ich ihn an und er nickt. Während wir mit dem Lift nach unten fahren, sagt Michael mir, dass die Familie sich gemeldet hat und gerne ihre Hunde abholen will.

„Du kannst also heute Nacht beruhigt schlafen und morgen erzähle ich dir dann ausführlich, was ich erfahren habe. Kannst du so lange noch warten?"

„Muss ich ja wohl", brumme ich. „Aber für heute gebe ich mich damit zufrieden zu wissen, dass sie kommen werden."

Am Morgen kann ich es kaum erwarten, dass wir endlich in die Auffangstation fahren. Felix wundert sich, weil ich schon an der Autotür auf ihn warte.

„Was ist los, Robin?", fragt er mich. „Du trödelst doch sonst meist noch im Garten herum, wenn wir losfahren wollen."

Ich versuche es ihm zu erklären indem ich ihm Gedankenbilder schicke. Er schaut mich erst irritiert an, dann scheint er zu verstehen.

„Ah, ich weiß. Michael hat dir erzählt, dass Chilja heute mit ihren Eltern vorbeikommen wird. Sie wollen ihre Hunde abholen."

Ich belle begeistert. So langsam klappt die Kommunikation mit

Felix ein wenig besser. Er bemüht sich ja schon längere Zeit die Tierkommunikation zu erlernen, aber leider hat er nicht das Talent wie Tanja oder Michael. Aber er gibt sich Mühe und ab und zu klappt es ja.

Während der Fahrt redet er meist mit mir, so wie es viele Menschen tun, die mit ihren Hunden unterwegs sind. Ich höre ihm immer gerne zu, verstehe aber vieles nicht was er mir sagt. Meist ist mir das egal, schließlich bin ich ein ganz normaler Hund mit einem ganz normalen Herrchen. Nur wenn es um etwas wichtiges geht, dann möchte ich es verstehen. Und verstanden werden.

Im Verein angekommen muss ich mich aber noch in Geduld üben, was mir nicht besonders gefällt. Aus langer Erfahrung weiß ich aber, dass es nicht erwünscht ist wenn ich die morgendliche Routine in den Innen- und Außenanlagen störe. Zumindest wenn wir voll belegt sind kommt es schon mal vor, dass ich weggeschickt werde. Da nützt es mir auch nichts, dass ich der Hund des Chefs bin.

Also mache ich es wie jeden Morgen, ich lasse mich auf einen meiner Liegeplätze plumpsen, knabbere an einem Kauknochen bis mir die Augen zufallen und mache einen Ausflug ins Land der Träume. Dort verweile ich so lange, bis mich jemand weckt.

Heute ist es Michael der mich weckt und sagt, dass die Familie von Guscha und Mascha da ist. Ich bin sofort hellwach, springe auf und schüttle mir den Schlaf aus dem Pelz, dann bin ich bereit. Voller Elan laufe ich neben Michael zum Aufzug. Felix wird später nachkommen, er muss erst noch die Papiere fertig machen.

Unten erwartet uns ein ganzer Trupp Leute. Sind das etwa alles Verwandte von Chilja? Sieht ganz so aus, denn Chilja steht zwischen ihnen und alle unterhalten sich sehr angeregt miteinander. Allerdings nicht auf Deutsch, sondern vermutlich auf Ukrainisch. Auf jeden Fall verstehe ich kein Wort. Na, das kann ja heiter werden. Aber als wir näherkommen, löst sich eine junge Frau aus dem Pulk und spricht uns an:

„Hallo, wir sind die Familie ..., sie sagt einen Namen, den ich nicht verstehe.

Ich schaue schnell zu Michael hin, dem es genauso zu ergehen scheint. Er schaut einen Moment ratlos, dann gibt er der Frau die Hand und stellt sich ebenfalls vor.

„Sie kommen wegen ihrer Hunde, ich weiß schon Bescheid. Gehören Sie alle zusammen?"

Sie schaut sich um und macht lachend mit der Hand eine umfassende Geste.

„Ja, wir sind alle miteinander verwandt. Die beiden", sie deutet auf einen Mann und eine Frau, „Sind die Eltern von Chilja. Sie wollen sich unbedingt persönlich für die Rettung ihrer Tochter bedanken und natürlich ihre Hunde abholen. Da sie noch wenig deutsch sprechen, bin ich mitgekommen um zu übersetzen. Ich bin die Schwester von Chiljas Mutter und die Beiden da hinten sind unsere Eltern. Sie wollten unbedingt auch mitkommen. Ist das in Ordnung?"

„Ja, selbstverständlich. Darf ich Ihnen noch ein paar Fragen stellen, bevor wir die Hunde herbringen?"

Michael zückt einen Kugelschreiber und öffnet den dünnen Ordner, den er mitgebracht hat.

Er darf und beginnt zu fragen:

„Wo sind ihre Schwester und ihre Familie denn untergekommen? In einem Asylheim oder haben sie eine Wohnung? Gibt es dort die Möglichkeit, Hunde zu halten?"

„Sie sind selbstverständlich bei uns untergekommen", antwortet die Frau.

„Mein Mann und ich kamen schon vor Jahren nach

Deutschland, wir haben uns hier einen Bauernhof gekauft und züchten auf dem dazugehörigen Land Ziegen und Schafe, deren Milch wir zu Käse verarbeiten. In bester Bioqualität. Ich habe etwas davon mitgebracht..."

Sie hält ihm ein eine Stofftasche hin, aus der es verführerisch duftet. Mir läuft sofort das Wasser im Mund zusammen, ich hatte mir schon die ganze Zeit überlegt, was da so appetitlich riecht. Nachdem Michael die Tasche dankend entgegengenommen hat, rücke ich ein Stück näher an ihn heran. Er ignoriert mich jedoch, fragt die Frau weiter aus und schreibt alles auf. Schließlich ist er davon überzeugt, dass Guscha und Mascha zu ihrer Familie zurückkehren können. Trotzdem behält er sich vor, in nächster Zeit zu einem Kontrollbesuch vorbeizukommen, so wie es bei unserem Verein Vorschrift ist.

Ich nehme mir vor dann unbedingt mitzukommen, natürlich nur, um Mascha und Guscha zu besuchen, nicht wegen dem Käse. Obwohl er sehr lecker riecht.

Guscha und Mascha sind nun schon eine ganze Weile wieder bei ihrer Familie. Ihr Wiedersehen mit Chilja und deren Eltern war herzzerreißend schön. Selbst Michael und Felix, der später noch dazukam, hatten Tränen in den Augen als sie es sahen. Ich blieb etwas abseits und dachte wehmütig, dass alle Kinder und Hunde nach schrecklichen Kriegsdramen ein so glückliches Wiedersehen verdienen würden. Doch leider lässt sich das Schicksal da nur selten dreinreden.

Nachdem die Großfamilie mit dem unaussprechlichen Namen in einen Kleinbus gestiegen und samt Hunden in Richtung ihres Zuhauses abgefahren ist, gingen Felix, Michael und ich nochmal rauf ins Büro. Bei einem Kaffee für die beiden Männer und je einem Stück von dem mitgebrachten Käse für uns alle, erzählte uns Michael dann, wie es überhaupt dazu kam, dass Chilja von ihren Eltern getrennt wurden:

Als Chilja damals morgens mit dem Schulbus zur Schule fuhr, war von den Raketen, die ihre Siedlung zerstören würden noch nichts zu ahnen. Ihre Eltern sind wie immer zur Arbeit gegangen, ihre älteren Geschwister waren bereits auf dem Weg in eine andere Schule.

Nach der Pause fühlte sich Chilja nicht wohl und musste sich übergeben. Die Lehrerin schickte sie deshalb in einen Ruheraum, damit sie sich erholen konnte. Chilja schlief dort ein und erwachte erst, als die Schulstunden bereits beendet waren. Man hatte vergessen, sie zu wecken. Da der Schulbus bereits weg war, musste sie den Heimweg zu Fuß antreten.

Unterwegs hörte sie dann das Donnern der Bomben, die den Stadtteil, in dem sie wohnte zerstörten. Sie bekam Angst und ging von der Straße weg, dann lief sie über kleine Feldwege in Richtung ihrer Wohnsiedlung. Voller Schrecken sah sie, dass fast alle Häuser zerstört waren, darunter auch das, in dem sie wohnte. Sie traute sich nicht mehr weiterzugehen und lief zum Garten ihrer Großeltern um sich dort zu verstecken. Dort traf sie auf ihre beiden Hunde, die ebenfalls dort Schutz gesucht hatten. Obwohl auch das Gartenhaus teilweise zerstört war, blieb sie mit den Hunden dort, da sie nicht wusste, wo sie sonst hingehen sollte. Außerdem hoffte sie, dass ihre Eltern sie dort suchen und finden würden. Doch niemand kam.

Da Chilja über die Feldwege gegangen war, kam sie nicht an dem Schulbus vorbei, mit dem sie eigentlich fahren wollte. So wusste sie nicht, dass er kurz vor seinem Ziel von einer Rakete getroffen wurde und in Flammen aufgegangen war. Der Fahrer und alle Kinder, die darin gesessen hatten, waren gestorben. Da niemand ahnte, dass Chilja gar nicht im Bus saß, wurde sie ebenfalls für tot gehalten und ihren Eltern mitgeteilt, dass sie in den Flammen umgekommen sei.

Da in dem ausgebrannten Schulbus nur noch wenige Überreste

der Opfer gefunden wurden, die man eindeutig identifizieren konnte, erklärte man kurzerhand alle für tot, die täglich mit dem Bus gefahren waren.

Chiljas Eltern bezweifelten in ihrer Trauer und Verzweiflung, ebenfalls den Tod ihrer jüngsten Tochter nicht. Und sie hatten Angst, auch noch ihre anderen Kinder durch den Krieg zu verlieren. Wohnungslos waren sie ebenfalls, so beschlossen sie nach einiger Zeit, nach Deutschland zu flüchten. Dort hatte Chiljas Mutter Verwandte, bei denen sie unterkommen konnten.

Da ihre Hunde nicht mehr aufgetaucht waren, vermuteten sie, dass sie ebenfalls umgekommen wären und suchten nicht mehr nach ihnen.

Erst durch die Suchmeldung der Krankenhausärzte, die Chilja betreuten, wurden ihre Eltern schließlich ausfindig gemacht und der Familienzusammenführung stand nichts mehr im Wege.

Dann erreichte auch die Suchmeldung von Tasso die Familie, so dass auch Guscha und Mascha wieder zu ihnen zurückkehren konnten.

Die Geschichte von Chilja, Guscha und Mascha berührt uns alle zutiefst, zeigt sie doch, dass es noch Wunder gibt und selbst aus den schlimmsten Geschehnissen noch Glück entstehen kann.

Ende

Nachgedanken:

Hallo liebe Leserinnen und Leser,

Ich hoffe der vorliegende Roman hat euch gefallen. Diesmal habe ich für das Schreiben besonders lange gebraucht. Nicht, weil mir nichts mehr einfällt, denn Tierschutz ist leider ein unendliches Thema.
Und genau das ist es auch was mich mehr am Schreiben hindert, als dazu inspiriert. Denn Tierquälerei in jeglicher Form scheint immer präsenter zu werden.
„Dank" Facebook, Instagram und ähnlichen Plattformen bekommt man immer schlimmere Dinge zu sehen, als einem lieb ist.

Jetzt in den Sommermonaten sind es wieder die Stierkämpfe, die in vielen spanischsprechenden Ländern ja als heiliges Kulturgut gelten. Ein uralter, barbarischer Brauch, der mich immer mehr an der Zivilisation dieser Völker zweifeln lässt.
Neben dem Stierkampf gibt es jedoch noch weitere bei der Bevölkerung beliebte Veranstaltungen, bei denen Tiere oft bis zum Tod gequält werden. Der Stierlauf zum Beispiel, aber auch Pferde, Esel und unzählige andere Nutztiere fallen diesen Festbräuchen zum Opfer, die meist sogar irgendeinem Heiligen gewidmet sind.

Ein Ende dieser grausamen Tierquälerei ist vermutlich erst dann in Sicht, wenn sich alle tierlieben Menschen dazu entschließen, diese blutigen Spektakel nicht auch noch durch Urlaube in diesen Ländern und dem Konsum landestypischer Spezialitäten zu unterstützen.

Schon das Wissen um tierquälerische Praktiken belastet mich stark, darüber zu schreiben fällt mir deshalb sehr schwer.

Viel lieber würde ich mehr lustige Sachen über meinen Helden Robin schreiben. Aber er und ich sind uns einig, dass wir immer wieder darauf hinweisen müssen, dass es im Tierschutz leider noch lange nicht nach heiler Welt aussieht.

Deshalb wollen wir in diesem Buch auch auf die verlassenen Hunde aus der Ukraine aufmerksam machen. Egal, wie man zu dem schrecklichen Krieg steht. Die Hunde und anderen Tiere sind die wahren Leidtragenden, denn sie stehen leider bei den Hilfsmaßnahmen immer an letzter Stelle.

Doch auch in vielen anderen Ländern geht es besonders den Hunden immer noch schlecht. In der Türkei wurde ein Gesetz herausgebracht, dass das Töten von Streunerhunden legalisiert. In Griechenland sind die Tiere unter anderem wegen der vielen Waldbrände akut in Gefahr. Auch in Italien, den Balkanländern, Bulgarien und Rumänien und, und reißt das Tierelend nicht ab. Deshalb bitte ich euch, spendet bitte immer einmal etwas den vielen Tierschutzvereinen vor Ort, damit sie weiterhin ihre wichtige Aufgabe erfüllen können.

Ich selbst spende schon seit Jahren meinen gesamten Erlös aus der Robin-Huth-Serie, sowie auch einiges aus meiner privaten Geldbörse, für die Rettung der Straßenhunde. Aber das ist natürlich nie genug um nur annähernd das Elend der Hunde zu lindern. Dazu braucht es viele tierliebe Menschen, die helfen.

Bitte gehört auch dazu.

Liebe Leserin, lieber Leser

mit dem Erwerb dieses Romans haben sie einen kleinen
Beitrag für Hunde geleistet, die kein so glückliches
Hundeleben führen können.

Hunde, die gequält, ausgesetzt werden oder in
Tötungsstationen ein trostloses Dasein führen.

Ich habe mich deshalb entschlossen den gesamten Erlös
dieses Romans an Organisationen zu spenden, die es sich zur
Aufgabe gemacht haben, Hunden in Not zu helfen.

Vielen Dank, auch im Namen der Hunde,
und viel Spaß beim Lesen des Romans

*„Mitleid mit Tieren und ein guter Charakter
sind derart eng miteinander verknüpft,
dass man mit Gewissheit feststellen kann,
dass niemand, der grausam zu Tieren ist,
ein guter Mensch sein kann"*

Arthur Schopenhauer

Mein Name ist Huth, Robin Huth
Weitere Abenteuer von Bulldogge Robin Huth

Teil 1:
Geschichten aus dem Leben einer Bulldogge

Hallo Leute, mein Name ist Huth, Robin Huth. Ich bin eine englische Bulldogge und ein wichtiger Mitarbeiter der Tierschutzorganisation MfTN.

Mit meinem Herrchen und besten Freund Felix Huth rette ich vernachlässigte und misshandelte Tiere. Ein wichtiger und anstrengender Job, der uns Beide ausfüllt. Bis unversehens die Liebe in unser Leben tritt. Und zwar in Gestalt von Tanja Sommer, einer Tierkommunikatorin, die traumatisierten Hunden helfen will und Lara, der tollsten Boxerhündin der Welt. Lara bringt mein gemütliches Bulldoggenleben gehörig durcheinander und auch Felix kann Tanja nicht lange widerstehen.

Unser gemeinsames Leben könnte perfekt sein. Gäbe es da nicht jemand, der mir nach dem Leben trachtet.

Teil 2:
Die abenteuerliche Odyssee einer Bulldogge

Im Urlaub werden Bulldogge Robin und seine Boxerfreundin Lara samt Wohnmobil entführt. Sie können fliehen, doch wo sind sie gelandet? Sie machen sich auf den Weg ins Ungewisse. Doch Robin kann, selbst in dieser Notlage, seine Berufung nicht vergessen und rettet etliche Hundemütter, samt ihren Welpen aus einer illegalen Zuchtstätte. Während Familie Huth alles in Bewegung setzt um Robin und Lara zu finden, verstrickt sich der vierbeinige Retter in weitere gefährliche Abenteuer.

Plötzlich völlig auf sich alleine gestellt versucht er den Weg nach Hause zu finden.

Teil 3:
Die unglaublichen Reiseerlebnisse einer Bulldogge

Robin ist mit Herrchen Felix, weiteren Mitarbeitern und Hunden des MfTN in Sachen Tierschutz unterwegs. Ihre Ziele sind Ungarn, Spanien und Rumänien.

Dort wollen sie in Zusammenarbeit mit örtlichen Tierschützern das schlimme Los von ausgemusterten Vermehrerhunden, misshandelten Galgos und eingefangenen Straßenhunden beenden. Auch Aufklärungsarbeit an den Schulen steht auf ihrem Programm.

Doch Robin und seine Freunde nutzen die Reisen außerdem um schnell mal in Eigenregie bedrohte Tiere zu retten.

Was nicht ungefährlich für die tapfere Bulldogge ist…

Teil 4:
Super-Dog

Es gibt wieder viel zu tun für Bulldogge Robin. Hope, eine traumatisierte Hündin braucht dringend seinen Beistand, und im neueröffneten Gnadenhof werden misshandelte Zirkustiere aufgenommen.

Gemeinsam mit dem Pony Zorro und dem Kamelhengst Sultan heckt Robin eine Überraschung zur Einweihung des Gnadenhofs aus. Dazwischen rettet er weitere Tiere, darunter Ponystute Angelina, die ihn bittet, auch ihre Ponyfreunde zu befreien.

Bald sind sich alle Tiere einig: Robin Huth ist Super-Dog

Sie interessieren sich für Fantasy-Romane.
Für Vampire, Hexer, Geister oder Engel.

Einlesen in alle meine Romane unter

www.gerdi-m-buettner.de